DAS EXODUS-PROJEKT

DAN SMITH

DAS EXODUS PROJEKT

Aus dem Englischen von
Birgit Niehaus

CHICKEN HOUSE

Für Carolyn, die mir von hier nach dort geholfen hat.

STATION ZERO, ANTARKTIS

VOR 3 TAGEN

Irgendetwas stimmte nicht in Station Zero. Irgendetwas Merkwürdiges, Unheimliches ging hier vor sich – und Sofia Diaz wollte endlich wissen, was das war.

Neugierige Katzen verbrennen sich die Tatzen, dachte sie, als sie das Schneemobil anwarf und auf der glatten Eisfläche beschleunigte. Aber es gab natürlich auch Sprichwörter, die genau das Gegenteil besagten. *Wer nicht neugierig ist, erfährt nichts.* Und wenn sie sich nicht vor Ort umsah, würde sie nie erfahren, was die Typen von BioMesa am großen Spalt, am Abgrund, zu suchen hatten.

Die Polarstation Zero wurde vom Exodus-Projekt betrieben. Sie diente acht Familien, insgesamt zweiunddreißig Menschen, dazu, ihr künftiges Leben auf dem Mars vorzubereiten.

Sofia, ihre Eltern und ihr Bruder Pablo waren eine der acht Familien. Sie nahmen auf Sofias Wunsch an dem Projekt teil und waren schon seit zwei Monaten in der Antarktis. Seit zwei dunklen, sonnenlosen Monaten.

Ein paar Wochen nach den Projektteilnehmern waren überraschend weitere Leute aufgetaucht. Acht von ihnen arbeiteten für eine Forschungsgesellschaft namens BioMesa. Sie hatten nichts mit der Mars-Mission zu tun, ihr Interesse galt dem gähnenden Abgrund, der sich vor einigen Monaten unweit des Außenpostens im antarktischen Eis aufgetan hatte.

Leider war kein Herankommen an die BioMesa-Typen. Selbst wenn sie sich im Gemeinschaftsmodul aufhielten, sonderten sie sich ab. Und wenn Sofia die anderen Familien fragte, was genau die Männer auf der Forschungsbasis trieben, machten alle sofort dicht und schüttelten den Kopf.

»Frag lieber nicht«, war das Einzige, was sie zu hören bekam. »Tu einfach so, als wären sie nicht da.«

Aber sie *waren* da. Sie waren allgegenwärtig. Liefen in knallroten Station-Zero-Jacken herum, genau wie alle anderen auch. Nur dass sie statt des Exodus-Abzeichens ein schwarzes BioMesa-Logo auf dem Arm trugen.

Jeden Morgen zur selben Zeit brachen sie zum Abgrund auf und jeden Abend zur selben Zeit kehrten sie zurück. Nur gestern nicht. Gestern waren sie drei Stunden später zurückgekommen, und als Sofia sich nach dem Grund erkundigte, hatte sie wieder bloß in verschlossene Gesichter geblickt.

Sofia war mit vierzehn Jahren die jüngste Projektteilnehmerin und man schien zu erwarten, dass sie tat, was man ihr sagte. Aber Sofia tat nur selten, was man von ihr erwartete, und fast nie, was man ihr sagte. Sie hatte abgewartet, bis die BioMesa-Leute sich zurückgezogen hatten, und war dann in ihre Schlafkabine geeilt. Auf dem Weg dorthin hatte sie beinahe einen jungen, bärtigen Typen umgerannt, der mit einem

Kaffeebecher aus dem Küchentrakt kam. »Jennings« stand auf seinem blauen BioMesa-Pullover.

»Nichts passiert«, sagte er, wischte sich die Kaffeespritzer von der Hand und lächelte sie an.

Er wirkte nett und Sofia tat es fast ein bisschen leid, dass sie ihn angerempelt hatte.

Aber nur fast.

In der Schlafkabine schlüpfte sie in ihr Polaroutfit und verließ das Gebäude durch den Notausgang am Ende des Westtunnels. Mit einem nervösen Kribbeln im Magen sprang sie runter aufs Eis und schlich zu den Arctic Cats, die vor der Polarstation parkten. Sie schnappte sich das letzte Schneemobil in der Reihe und schob es außer Hörweite. Dann erst ließ sie den Motor an.

Sie war sich sicher, dass niemand ihren Aufbruch bemerkt hatte.

Schon bald war die Basis nur noch eine Ansammlung winziger Lichtpunkte. Mit klopfendem Herzen fuhr Sofia weiter, bis sie den rötlichen Schein der Leuchtfeuer sah, die das BioMesa-Forschungsareal umgaben. Auf dem Gelände angekommen, stellte sie das Schneemobil ab, zog Jennings Zugangskarte aus der Tasche und ging zu der Tür, die in die riesige Eiswand eingelassen war.

Er wird denken, dass er sie im Schnee verloren hat, dachte sie. *Wahnsinn, wie einfach das war.*

Sie wischte den Schnee vom Scanner an der Tür und hielt die Karte dagegen.

Die Tür glitt auf und Sofia schlüpfte hinein.

Jetzt werden wir ja sehen, was ihr hier treibt.

Durch einen Tunnel trat sie in eine riesige, quadratische Eishöhle. Auf der rechten Seite standen mehrere Computer, auf der linken war eine lange Reihe rechteckiger Löcher in den Boden eingelassen.

Wie Gräber, dachte sie. *Kalte Gräber.*

Am anderen Ende der Höhle klaffte ein tiefschwarzer Schlund. Der Abgrund.

Es war nicht das erste Mal, dass Sofia ihn sah, trotzdem zog er sie magisch an. Sie hätte zu gern gewusst, was sich in der Tiefe verbarg. Auf dem Weg zur Abbruchkante streifte ihr Blick eines der rechteckigen Löcher an der Seite und sie blieb wie angewurzelt stehen.

In dem Loch lagen mehrere längere Bohrkerne aus Eis, vermutlich aus großer Tiefe hervorgeholt. Sie sahen aus wie die langweiligen Dinger, mit denen Wissenschaftler herumhantierten, um Erkenntnisse über das Klima vergangener Epochen zu gewinnen. Das Merkwürdige: Die Bohrkerne unterschieden sich von denen in den anderen Löchern.

Etwas war in ihnen eingeschlossen. Tiefgefroren.

Sofia kniete sich hin und nahm vorsichtig einen Bohrkern heraus. Er steckte in einer durchsichtigen Plastikröhre mit aufgedrucktem BioMesa-Logo und der Nummer »31«. Sie drehte den Kern hin und her, aber mehr als ein paar daumennagelgroße, in das Eis eingeschlossene dunkle Punkte konnte sie nicht erkennen. Einer befand sich so weit am Rand des Kerns, dass man ihn mit ein bisschen Kratzen vielleicht herauslösen konnte.

Sofia streifte ihre klobigen Handschuhe ab, zog ein Messer aus der Tasche, klappte es auf und öffnete mit der Klingenspitze die Versiegelung der Röhre. Dann ließ sie den Bohrkern herausgleiten und kratzte die Eisschicht über dem schwarzen Punkt vorsichtig weg, bis er so weit hervorstand, dass sie ihn mit den Fingern lockern und herausziehen konnte.

Sie legte das Teil in ihre Handfläche und betrachtete es.

Es war eher braun als schwarz und sah aus wie ein Kokon. Wie irgendein verpupptes Insekt. Anfangs war es eiskalt, doch je länger sie es hielt, desto wärmer wurde es.

Als es sich schließlich bewegte, erschrak Sofia so, dass sie das Teil fast hätte fallen lassen.

Ihr Herz hämmerte und das Blut rauschte in ihren Ohren. Sie hielt den Kokon weit von sich, als könnte jeden Moment etwas aus ihm herausplatzen.

Jetzt mach dir nicht ins Hemd! Das Ding ist winzig. Es wird dich wohl kaum beißen.

Entschlossen stopfte sie es in ihre Tasche. Sie würde es Doc Blair zeigen, der würde schon wissen, was das sein könnte. Oder es herausfinden. Eigentlich wäre es am besten, gleich den ganzen Bohrkern mitzunehmen. Denn dass hier etwas nicht stimmte, stand außer Frage. Und es war absolut nicht okay, dass BioMesa den Projektteilnehmern etwas verheimlichte. Sie hatten ein Recht zu erfahren, was hier gespielt wurde.

Sofia ließ den Bohrkern in die Röhre zurückgleiten, ging zu ihrem Schneemobil und klemmte das Behältnis auf den Gepäckträger. Dann streifte sie die Schneebrille über und startete den Motor.

Als sie auf die Lichter der Forschungsbasis zusteuerte, grübelte sie über die Gräber mit den Bohrkernen nach. Ob die BioMesa-Leute merken würden, dass einer fehlte? Na ja, eigentlich auch egal, oder? Was konnten die schon groß machen? Angst hatte sie vor denen jedenfalls nicht.

Aber das sollte sich bald ändern.

Sie würde Angst haben. *Todesangst.*

IM ANFLUG AUF STATION ZERO, ANTARKTIS
JETZT

Die DHC-6 Twin Otter wackelte und schlingerte und schien ganz plötzlich an Höhe zu verlieren. Erschrocken blickte Zak von seinem Buch auf. Er hatte versucht sich mit der Abenteuergeschichte abzulenken, aber je tiefer sie in den Sturm hineinflogen, umso schlechter klappte das.

Es war das schlichteste Flugzeug, in dem er je gesessen hatte: Alles war total zweckmäßig, null komfortabel und schon ziemlich abgewrackt. Im vorderen Teil des Rumpfes waren Klappsitze an die Wände geschraubt, sechs auf jeder Seite, hinten stapelten sich Alufrachtkisten, die mit Nylongurten gesichert waren. Die Metallwände sahen wie tiefgefroren aus.

Wieder rüttelte es und das Flugzeug sackte in der dünnen Luft ab. Zak rutschte das Herz in die Hose. Ihm war eiskalt. Und er hatte Angst. Seine Hände zitterten so sehr, dass er das Buch nicht mehr halten konnte. Und da Jackson Jones' Abenteuer ihn sowieso nicht mehr abzulenken vermochten, klappte er das Buch zu und starrte das Cover an.

Jackson Jones und die Geister der Antarktis.

Die Abbildung zeigte zwei kühne Abenteurer, die in der zerklüfteten Öffnung einer Eishöhle standen. Einer der beiden war Jackson Jones selbst. Er steckte in einer schwarzen winddichten Hose und einem dicken orangen Parka mit schwarzer Kapuze, ähnlich dem, den Zak trug. Hinter ihm stand ein Junge, der genauso angezogen war. Jackson machte eine Rückwärtsbewegung und schwang abwehrend seinen Eispickel. Aus der Dunkelheit glühten ihnen zwei rote Augen entgegen und auf der einen Seite ragte eine Art Klaue aus der Höhle. Aber Jackson und sein Begleiter hatten keine Angst. Jackson hatte nie Angst – was Zak Reeves leider nicht von sich behaupten konnte.

Er ließ das Buch auf seinen Schoß sinken und klemmte die Hände zwischen die Knie.

Das alte, klapprige Flugzeug transportierte fünf Passagiere, den Piloten mitgezählt. Die einzigen fünf Menschen auf der Welt, die blöd genug waren, während des heftigsten Sturms seit Jahren in die Antarktis zu fliegen.

Gegenüber von Zak saß seine Schwester May, ebenfalls mit einem Buch. Wahrscheinlich irgendeine Liebesschmonzette. May las nichts anderes als Liebesschmonzetten. Aber sie war mit den Gedanken nicht bei der Sache, das sah Zak genau. May wirkte eigentlich immer krank, was an ihrem kalkigen Make-up und dem schwarzen Eyeliner lag, aber jetzt sah sie *richtig* krank aus: weiß wie ein Bettlaken und mit tiefen Falten auf der Stirn. Ihre Hand krampfte sich in ihren Oberschenkel – mit gekreuztem Zeige- und Mittelfinger.

May war fünfzehn, drei Jahre älter als Zak, und gehörte

zu den Leuten in der Schule, die stolz darauf waren, sich von der breiten Masse abzuheben. »Warum soll ich sein wie alle, wenn ich anders sein kann?«, war ihr Lieblingsspruch. May trug am liebsten Schwarz. Eigentlich trug sie nichts anderes als Schwarz. Schwarze Jeans (natürlich zerrissen), schwarzes T-Shirt (entweder mit einem Band-Logo oder dem Filmplakat eines Horrorschockers vorne drauf), schwarze Lederjacke. Ihre Piercings beschränkten sich auf drei Stück an jedem Ohr, aber auch nur, weil Mum Lippen- und Nasenpiercings nicht erlaubte. Ihre Augen waren pechschwarz geschminkt und ihre schwarzen Haare hingen ihr tief ins meist finstere Gesicht. May bezeichnete sich selbst als eine Mischung aus »Emo-Punk und Fan chinesischer Horrorfilme« – eine absolut einzigartige Kombination an der West Allen School. Mays Schuluniform war übersät mit Badges und ihre Schulbücher hatte sie mit Bildern aus Horrorfilm-Magazinen beklebt. Auf ihrem Rucksack prangte die Aufschrift »The Evil Dead«. Abgesehen von einer Handvoll Freunden hielten ihre Mitschüler sie für durchgeknallt und gingen ihr aus dem Weg. Ein Mädchen, Vanessa Morton-Chandler, war sogar richtig fies zu ihr. Sie beleidigte sie und verbreitete Gerüchte hinter ihrem Rücken. May warf Vanessa meist nur vernichtende Blicke zu, konterte mit sarkastischen Bemerkungen und tat im Übrigen so, als würde sie sich nichts aus dem Gezicke machen, aber Zak wusste, dass es sie verletzte. Er wusste auch, dass ihre schwarze Kleidung eine Art Schutzpanzer war.

Er hätte es zwar nie zugegeben, aber im Grunde seines Herzens fand er seine Schwester cool.

Als sie merkte, dass er sie beobachtete, strich sich May die schwarzen Haarsträhnen aus dem Gesicht. Ihre Mundwinkel rutschten ein paar Millimeter nach oben und sie nickte ihm kurz zu.

Neben ihr nahm Dad seine Brille ab und zwinkerte Zak zu. »Alles okay mit dir, mein junger Padawan?« Seine Worte hingen als warmes Wölkchen in der eisigen Luft. »Ziemliches Abenteuer, was?« Er rieb sich den Nasenrücken und setzte die Brille wieder auf. »Und wir sind noch nicht angekommen ... Du wirst deinen Freunden einiges zu erzählen haben, wenn wir wieder zu Hause sind.«

»Ich würde ihnen lieber von der Tropensonne in St. Lucia erzählen«, bemerkte May. »Können wir nicht umdrehen?«

»Wir uns nähern.« Die Stimme des Piloten mit dem krassen russischen Akzent knackte in den Lautsprechern. »Wir Station Zero gleich sehen.«

Erneutes Geschaukel und Gerüttel. Zak biss die Zähne zusammen und versuchte nicht an den Tod zu denken. Mit dem Gedanken hatte er sich in letzter Zeit oft genug herumgeschlagen und er war es leid. Trotzdem, irgendwie war die Vorstellung, er käme bei einem Flugzeugabsturz ums Leben, lustig – nach allem, was ihm die Ärzte prophezeit hatten. Na ja, nicht wirklich lustig. Lustig auf die Art, bei der einem das Lachen im Hals stecken bleibt. Sie alle vier, Opfer eines Flugzeugunglücks – das würde alle Erwartungen durchkreuzen. Wo doch sämtliche Prognosen besagten, dass nur er sterben würde. Er alleine. In einem Klinikbett, mit einem von der Krankheit zerfressenen Gehirn. Die Prognosen sahen vor, dass Zak seine

Familie zurückließ. Deshalb war er sich auch ziemlich sicher, dass heute nichts passieren würde. Es handelte sich bloß um ein paar Turbulenzen. Einen Sturm. Über der Antarktis. Kein Problem. Kein Grund zur Panik.

Jawohl!

Er schielte zu Mum hinüber, die neben ihm saß und die Lippen so fest zusammenpresste, dass die kleine Zickzacknarbe unter ihrer Nase ganz weiß war. Die Narbe hatte sie, seit sie als kleines Mädchen in Hongkong vom Fahrrad gefallen war – Zak hatte die Geschichte mindestens tausendmal gehört –, und wenn sie weiß wurde, hieß das, dass Mum entweder verärgert oder besorgt war. Das Funkeln in ihren braunen Augen war ebenfalls verschwunden, und als sie sich die Haare aus ihrem schmalen Gesicht strich, musste sie sich zu einem Lächeln geradezu zwingen.

»Wir sind bald da«, krächzte sie.

Zak drehte sich um und schaute aus dem kleinen runden Fenster hinter sich. Der Propeller sah aus wie eine verschwommene Scheibe. Und hinter dem Propeller sah man nichts. Rein gar nichts – oder *buchstäblich* nichts, wie May sagen würde. Nur tiefste Schwärze. Nicht ein einziges Licht.

Zak wusste, dass sich die Bewohner von Station Zero auf eine lange Nacht vorbereitet hatten, als die Sonne vor drei Wochen hinter dem Horizont verschwunden war. Eine Nacht, die mehrere Monate dauern würde. Wäre der Himmel klar gewesen, hätte man wahrscheinlich Sterne sehen können, aber die Wolken verdeckten alles.

Dad hatte Zak erklärt, dass der Außenposten in einer Senke lag, wie in einer Schüssel oder im Krater eines erloschenen Vulkans, im Westen geschützt von niedrigen Bergen, im Osten von einer gewaltigen Eiswand. Und hinter der Eiswand der klaffende Abgrund. Jetzt allerdings war nichts von alledem zu sehen. Sie hätten genauso gut den Amazonas überfliegen können – oder den Mars. Alles war schwarz.

»Wir jetzt gehen in Sinkflug«, meldete sich der Pilot. »Direkt in Sturm hinein. Wird gleich holprig. Sehr hol...prig.«

Er hatte noch nicht zu Ende gesprochen, da ging ein heftiger Ruck durch das Flugzeug und es stürzte in die Tiefe.

Zaks Eingeweide schienen plötzlich in seinem Hals zu stecken und sein Hintern hob vom zerfetzten Polster des Klappsitzes ab. Der Anschnallgurt schnitt ihm in die Hüfte, aber immerhin verhinderte er, dass er durch den Frachtraum flog. Mit einem unsanften Aufprall landete er wieder auf dem Sitz, während das Flugzeug zu rütteln begann wie eine Waschmaschine im Schleudergang.

»Was ich hab gesagt?«, lachte Dima. »Holprig!«

Ja, super, du bist echt ein Prophet, dachte Zak, während das Flugzeug drastisch an Höhe verlor und wild nach rechts und links geworfen wurde.

Nein, wir werden nicht abstürzen, wiederholte er wie ein Mantra. *Wir werden NICHT abstürzen. Das ist nicht vorgesehen. So werde ich nicht sterben. Bitte lass uns nicht abstürzen.*

Ein Bild schoss ihm durch den Kopf: Er im Krankenhausbett, ruhig und mit geschlossenen Augen. Mum, Dad und May um ihn herum. Grandma und Grandpa im Hintergrund. *So* würde er sterben – und nicht anders.

Die Stimme mit dem russischen Akzent knackte wieder im Lautsprecher. »Keine Angst.« Dima drehte sich um und blickte durch die offene Cockpittür in den Frachtraum. »Familie Reeves ist sicher. Ich werde Familie sicher zum Außenposten bringen, heil und in einem Stück, okay?«

Er hatte leichtes Übergewicht und einen wüsten Haufen schwarzer Haare auf dem Kopf, die an den Schläfen grau wurden. Sein Gesicht war wettergegerbt und seine Nase von zahlreichen Brüchen total schief. »Keine Angst. Ich in schlimmeren Situationen gelandet. Viel schlimmer. Einmal, totales Whiteout am Boden. Ich nix gesehen. Gar nix. War schlechte Landung, Flugzeug kaputt, konnte nicht mehr fliegen, nie mehr. Aber am Ende: Horrorshow.«

Horrorshow? Das Flugzeug im Eimer? Was zum Teufel erwartete sie hier?

Zak starrte den Piloten an. Der Typ hatte wirklich einen an der Waffel.

»War nur Scherz.« Dimas Gesicht verzog sich zu einem breiten Grinsen. Eine tabakgelbe Zahnreihe mit einer Lücke in der Mitte kam zum Vorschein. »Wirklich, nur Scherz. Niemand kann in totalem Whiteout landen, nicht mal ich. Völlig unmöglich, man nichts sehen.«

Na super. Zak schaute wieder aus dem Fenster. Jetzt zuckten Blitze am Himmel. Er erhaschte einen Blick auf dichte, tief hängende Wolkenberge. Aber die schreckten ihn nicht. Was ihn schreckte, war, was sich unter den Wolken befand. Diese wirbelnde Masse aus Schneeflocken und Eisklumpen, die gegen den Rumpf prasselte, als sie tiefer gingen.

Verdammt, wenn das kein Whiteout war, dann wusste Zak nicht, was sonst.

»Hör nicht auf ihn, Zak.« Seine Mutter legte ihm beruhigend eine Hand auf den Arm. »Alles wird gut, du wirst sehen.« Aber ihr Gesicht war ganz zerknittert vor Sorge, wie ein altes Stück Papier. »Alles in Ordnung mit dir?«

»Ja, alles okay.« Zak tat so, als würde er den Kragen seiner Polarjacke zurechtziehen, aber in Wirklichkeit wollte er nur Mum seinen Arm entziehen. Manchmal war Mitgefühl für ihn das Allerschlimmste.

»Sehen Sie Station jetzt?«, rauschte Dimas Stimme in den Lautsprechern. »Da, die Lichter.« Er deutete durchs Cockpitfenster, aber alles, was Zak erblickte, war Dimas verzerrtes Spiegelbild in der Scheibe. Erst als er den Hals reckte, sah er es: ein diffuses oranges Leuchten mitten im Sturm.

»Station Zero«, verkündete Dima. »Der Außenposten. Endlich.«

Das Leuchten wurde stärker, je näher sie kamen, und nach einer Weile konnte Zak die einzelnen Lichter sogar unterscheiden. Also wohl doch kein totales Whiteout, dachte er und wunderte sich, wie klein die Polarstation war. Viel kleiner, als er sie sich vorgestellt hatte.

Dima sprach in sein Mikro, während er die Flugzeugnase weiter absenkte. »Station Zero, bitte melden. Twin Otter 7-1-5 wartet auf Anweisung.«

Die Orkanböen warfen die Maschine hin und her. Dima hielt auf eine Stelle links der Lichter zu. Wieder sprach er ins Mikro, aber diesmal so leise, dass Zak nicht verstehen konnte, was er sagte. Dafür sah er, dass Dima wie ein Verrückter an den Knöpfen und Schaltern drehte, auf die Anzeigen klopfte und seine Unterlagen checkte. So, als würde irgendetwas nicht stimmen.

Als Zak realisierte, was das war, krampfte sich sein Magen zusammen. Es gab keine Lichter, die auf eine Landebahn hindeuteten. Nichts. Nicht den kleinsten Scheinwerfer. Okay, vielleicht würde er doch auf diese Weise sterben – entgegen allen ärztlichen Prognosen. Er würde nicht mehr mit Medikamenten und Infusionen vollgestopft werden und nicht in den weißen Laken eines Krankenhausbettes dahinsiechen. Er würde auch keine trauernden Familienangehörigen zurücklassen. Denn die würden mit ihm sterben, jetzt und hier, die ganze Familie auf einen Schlag. In einem riesigen Feuerball.

Draußen blitzte es und kurz war das Flugzeug von grellweißem Licht erhellt. Es klang, als würde Metall auseinanderreißen, dann jaulten die Triebwerke auf.

»Alles okay«, rief Dima und warf einen Blick über die Schulter. »Keine Angst. Alles wird gut gehen. Wird Horrorshow.«

Schon wieder dieses Wort!

»Müsste die Landebahn nicht beleuchtet sein?«, fragte Dad.

»Sie ... ich erhalte keine Antwort von Station.« Dima fummelte immer noch an den Schaltknöpfen herum. »Vielleicht liegt am Wetter.«

»Und die Lichter?«, hakte Dad nach.

»Ich schon tausendmal hier gelandet. Kenne Landebahn wie ... wie sagt man? ... wie Jackentasche. Wird gut gehen. Zero ist beleuchtet, das reicht. Ich weiß, wo Landebahn ist.«

In dem Moment erlosch auch die Beleuchtung der Station. Das orange Glühen war weg, von einer Sekunde auf die andere. Nicht das kleinste Licht war mehr zu sehen, nirgends. Nur noch das wirbelnde Weiß des arktischen Schneesturms.

»Scheiße!« Dima ließ die Knöpfe los und konzentrierte sich darauf, die Nase des Fliegers hochzureißen. Offenbar wollte er durchstarten.

Wieder jaulten die Triebwerke und Zak rutschte auf seinem Klappsitz zur Seite, während sich das Flugzeug nach einem furchterregenden Fall plötzlich steil in die Höhe schraubte und dabei ratterte und wackelte wie ein Einkaufswagen mit kaputtem Rad. Zak begegnete dem Blick seiner Schwester. Er umklammerte das Buch so fest, dass seine Fingerspitzen schmerzten und die Knöchel weiß hervortraten.

Nein, ich sterbe nicht. Nicht hier. Und nicht so.

Mum legte ihm einen Arm um die Schultern, und obwohl er ihn eigentlich abschütteln wollte, so wie immer, rührte er sich nicht.

»Wird alles gut gehen«, sagte sie, aber sie zitterte und Zak wusste, dass sie genauso viel Angst hatte wie er. Vielleicht sogar mehr. Zak würde sowieso bald sterben. Jeder Tag, jede Stunde, jede Minute brachte ihn dem Tod näher. Manchmal konnte Zak an nichts anderes mehr denken – wie auch, wenn alle Menschen in seiner Umgebung ihn ständig daran erinnerten? Einfach dadurch, dass sie so bemüht nett zu ihm waren.

»Was zum Teufel ist hier los?«, fragte Dad. »Warum haben sie die Lichter ausgeschaltet?«

Dima antwortete nicht, er hatte alle Hände voll zu tun, das Flugzeug unter Kontrolle zu behalten, den steilen Aufstieg zu meistern und gegen die Orkanböen anzukämpfen. Als die Maschine endlich eine Flughöhe erreichte, in der die Rotoren wieder einigermaßen ruhig liefen, versuchte er erneut die Basis zu kontaktieren: »Station Zero, Twin Otter 7-1-5 wartet auf Anweisungen. Bitte melden.« Er klopfte auf seinen rechten Kopfhörer und wiederholte den Spruch: »Station Zero, Twin Otter 7-1-5 wartet auf Anweisungen. Bitte melden!«

»Und?«, fragte Dad. »Hören Sie was?«

Dima schimpfte auf Russisch, riss sich die Kopfhörer herunter und warf sie neben sich auf den Boden. Mit einer weiteren Schimpftirade drehte er sich zu ihnen um. Sein Gesichtsausdruck gefiel Zak nicht. Ganz und gar nicht.

»Und?«, wiederholte Dad.

»Ich ... Alles in Ordnung. Vielleicht sie haben Energieproblem.«

»Vielleicht?«

»Ich meine, sieht so aus. Nach Problem mit Strom.« Er holte tief Luft, hangelte mit dem Arm nach dem Kopfhörer und setzte ihn wieder auf.

»Und jetzt?«, fragte Mum, während Dima einen weiten Bogen um den Außenposten flog. »Heißt das, wir müssen umkehren?«

»Unmöglich. Ich *muss* landen. Um zu tanken.«

»Wie bitte?« May riss die Augen auf und beugte sich vor, immer noch mit gekreuzten Fingern. »Wollen Sie etwa sagen, dass das Benzin nur für den Hinflug gereicht hat? Dass wir

nicht genug für den Rückflug haben? Was ist denn das für ein bescheuertes Flugzeug?«

»Wir tanken es bei Station Zero auf.«

»Ja, klar, wenn Sie landen können. Aber das können Sie nicht, stimmt's? Sie können ja nichts sehen. Wie wollen Sie da landen?« May schaute Mum und Dad an. »Ich meine, ehrlich, wie will der Typ hier landen?«

Mum und Dad tauschten einen Blick.

»Im Ernst!« May klang jetzt richtig aufgebracht. »Wie will er landen, wenn er die Landebahn *buchstäblich* nicht sieht? Wie sollen wir da heil runterkommen? Das ist doch Wahnsinn ...«

»May«, unterbrach sie Mum.

»Wir überall können landen«, sagte Dima. »Boden hier ist ziemlich flach und wir haben Not-Biwak-Ausrüstung und Survival-Packs. Bin tausendmal hier gelandet. Alles gut. Ich verspreche. Was auch immer passiert, wir schaffen.«

Zak merkte genau, dass Dima versuchte zuversichtlich zu klingen, aber er hörte auch den Zweifel in seiner Stimme und sah die Besorgnis in seinen Augen. Keine Frage, der Pilot hatte genauso viel Angst wie sie.

STATION ZERO, ANTARKTIS

VOR 21 STUNDEN

Sofia stolperte über das Eis. Der Schneesturm riss an ihrer Jacke. Ihre Augen waren starr auf die Metalltreppe gerichtet, die zur Polarstation hinaufführte, und sie betete, dass sie es rechtzeitig bis dorthin schaffte. Damit sie nicht so endete wie all die anderen ...

Die Treppe war ihr Rettungsanker. Die Station ihr einziger Zufluchtsort. Um sie herum nichts als Schnee und Eis, eine wirbelnde, tosende weiße Hölle. Der Wind pfiff um sie herum, griff mit eisigen Klauen unter ihre Kapuze, saugte die letzte Kraft aus ihr heraus.

Nur noch ein kleines Stück. Ein winziges Stück und sie war in Sicherheit ...

Tick-tack-tick-tack-tick-tack.

Das Geräusch ließ sie vor Schreck erstarren.

Tick-tack-tick-tack-tick-tack.

Sie waren ihr auf den Fersen!

Sofia zwang sich weiterzulaufen. Als sie die Treppe endlich erreichte, umklammerte sie das Geländer und zog sich die Stufen hinauf. Oben angekommen, streckte sie ihre Hand nach dem kleinen Kasten neben der Tür aus. Sie brauchte eine Weile, bis ihre behandschuhten Finger den Griff der Klappe zu fassen bekamen, dann riss sie so heftig daran, dass sie fast rückwärts umgefallen wäre.

»Hilf mir!« Professor Peters' letzte Worte dröhnten in ihren Ohren, als sie den Nothebel umklammerte, der sich hinter der Klappe verbarg. Sie hängte sich fast an den Hebel, um ihn umzulegen, und mit einem leisen Zischen glitt die Tür der Station auf. Geschafft!

Sie taumelte nach drinnen, drehte sich um und hämmerte auf den Schalter, der die Tür verschloss. Dann trat sie ein paar Schritte zurück und starrte auf den Horror, der sich durch das wirbelnde Weiß und den heulenden Wind näherte. Aber mehr als gruselige Silhouetten konnte sie nicht erkennen.

Die Tür brauchte eine Ewigkeit, um sich zu schließen. Es war zum Verrücktwerden, Sofia hätte am liebsten nachgeholfen. Als sie endlich im Schloss einrastete, gaben Sofias Beine nach und sie sank zu Boden, den Blick starr auf die Tür gerichtet.

Drinnen war außer dem gedämpften Pfeifen des Windes kein Geräusch zu hören. Sofia versuchte krampfhaft nicht daran zu denken, was sie gesehen hatte ... was mit den anderen passiert war. Mit Professor Peters, Commander Miller, Dr. Asan, Lee, Doc Blair. *Mit allen.*

Aber es war ja noch nicht vorbei. Es gab noch eine Sache, die sie erledigen musste.

Mit letzter Kraft richtete sie sich auf. Das Schutzgebäude war nicht weit entfernt und dort musste sie hin. Sofort. Sie musste unbedingt das Video hochladen. Wenn die Leiter des Exodus-Projekts ein Rettungsteam vorbeischickten, dann konnte das Videomaterial vielleicht helfen Leben zu retten. Vielleicht.

STATION ZERO, ANTARKTIS

JETZT

Die Maschine heulte auf. Alarmsirenen schrillten. Warnlichter blinkten.

Zak starrte durchs Cockpitfenster in die schneeverwirbelte Leere, in die das Flugzeug hinabglitt. Ruckelnd und dröhnend sackte es alle paar Meter in irgendwelche Luftlöcher und kippte gefährlich zur Seite. Zak klammerte sich an seinen Sitz und biss die Zähne zusammen. Jetzt konnten sie nur noch auf ein Wunder hoffen. Wenn wenigstens die Landebahn zu sehen wäre. Und die Lichter endlich angingen ...

Plötzlich fuhr ihm ein stechender Schmerz in den Kopf. Als würde sich ein glühender Speer durch sein rechtes Auge bohren. Ein Feuerball schien in seinem Schädel zu explodieren. Zak hatte oft Kopfschmerzen, das gehörte zu den Symptomen seiner Krankheit, aber so ein furchtbares Stechen hatte er noch nie erlebt. Es war nicht einfach nur körperlicher Schmerz. Der Schmerz fühlte sich an wie ein Lebewesen. Er hielt die Luft an und kniff die Augen zu. Der Schmerz war *er*. *Er* war der Schmerz! Ein riesiges schwarzes Meer aus Schmerz hatte alles andere aus seinem Kopf verdrängt.

Und dann, urplötzlich, lockerte sich der glühende Griff um seinen Schädel – und nichts tat mehr weh. Seine Gedanken kehrten zu dem zurück, was ihn vor der Attacke beschäftigt hatte: das Wunder, auf das er gehofft hatte. Das Wunder, dass die Lichter dort unten wieder angingen.

»Festhalten!«, brüllte Dima. »Alle festhalten! Boden in Sicht, wir ...«

Zak riss die Augen auf – genau in dem Moment, als die Lichter der Polarstation wieder ansprangen. Sekunden später leuchtete das Hauptgebäude wie ein Signalfeuer und etwas zeitversetzt flammten auch die Scheinwerfer entlang der Landebahn auf, einer nach dem anderen.

»Gott sei Dank!«, seufzte Dima.

Der Sturm warf die Maschine mit unverminderter Stärke hin und her. Zak kam sich vor wie in einer dieser Schneekugeln, die Grandma May jedes Jahr aus Hongkong schickte. Wie in einer Schneekugel *nach* dem Schütteln. Es war ein einziges Geschaukel, die Flügel kippten abwechselnd mal zur einen, mal zur anderen Seite weg und jedes Mal stülpte sich Zaks Magen um. Seine Adrenalinkurve stellte wahrscheinlich ein genaues Abbild der Erschütterungen dar, denen die Maschine ausgesetzt war. Doch Dima hielt sie auf Kurs: steil abwärts.

Nach einer Weile ertönte ein grässliches Knirschen aus dem unteren Rumpfbereich – das Fahrwerk mit den Schneekufen fuhr heraus – und wenige Sekunden später landeten sie rumpelnd auf dem Eis.

Niemand sprach, während der russische Pilot das Flugzeug rutschend zum Stehen brachte und den Motor ausstellte, so erleichtert waren sie es heil nach unten geschafft zu haben. Vielleicht hatten Mays gekreuzte Finger ja doch geholfen.

Seufzend nahm Dima seinen Kopfhörer ab und dehnte seinen Hals, indem er den Kopf erst auf die eine, dann auf die andere Seite legte. Schließlich drehte er sich zu ihnen um.

»Willkommen auf Station Zero«, sagte er. »Willkommen bei Exodus-Projekt. Außentemperatur beträgt minus vierzig Grad. Mein Name ist Dimitri Alexejewitsch Milanow, ich war Pilot auf diesem Flug und bin genauso froh wie Sie, heil zu sein. Ich hoffe, Sie hatten angenehmen Aufenthalt an Bord. Ich mich freuen, wenn Sie in Zukunft wieder fliegen mit Dima Airways.«

»Glaube ich kaum«, murmelte Mum.

»Gut gemacht, Dima.« Dads Stimme bebte und er musste sich mehrmals räuspern. Er nahm die Brille ab und massierte seinen Nasenrücken, während er versuchte sich zu sammeln. »Na, dann wollen wir mal sehen, dass wir ins Warme kommen, was?«, sagte er schließlich.

Mit zitternden Händen öffnete Zak seinen Anschnallgurt und starrte aus dem Fenster auf das orange Glühen hinter den wirbelnden Schneeflocken. Weiß und Orange, sonst nichts. Gar nichts.

In dem Moment erloschen sämtliche Lichter auf dem Außenposten. Die Scheinwerfer an der Landebahn, die Lampen im Hauptgebäude, alles. Erneut lag die Station in völliger Finsternis da.

»Was ist das jetzt wieder?«, fragte Dad, aber Zak achtete nicht auf ihn, denn kurz bevor die Station in Dunkelheit versank, hatte er draußen eine Bewegung gesehen. Etwas Großes, Helles, das durch das weiße Gestöber gehuscht war, direkt am Flugzeug entlang.

»Was war das?« Er presste sein Gesicht an die Scheibe und spähte nach rechts und links.

»Was?«, fragte May.

»Keine Ahnung. Irgendwas Großes ... Gibt's hier Eisbären?«

»Eisbären?« May löste ihren Anschnallgurt. Sie sah aus, als hätte sie sich von ihrer Todesangst erholt. »Die leben am Nordpol, du Idiot. Wir sind am Südpol. Weiter als wir kann man von Eisbären nicht entfernt sein.«

Ja, sie hatte sich tatsächlich erholt.

»Ich weiß«, sagte Zak. »Trotzdem bin ich mir ziemlich sicher, dass ich gerade einen ...«

»Die einzigen Tiere, die's hier gibt, sind Pinguine. Sonst nichts. *Buchstäblich* nichts.« May stellte sich neben ihn und presste ihr Gesicht an die Scheibe. »Dies ist übrigens auch der einzige Ort auf der Welt, wo es keine Spinnen gibt – wenn man Mums und Dads gruselige Spinnen-Drohnen nicht mitzählt.«

»Und was ist mit all den gruseligen Viechern, die wir im Internet gesehen haben? Asselspinnen und Würmer und so was? Das freakige Krabbelzeug mit den vielen Beinen?«

»Die leben im Meer, du Horst.«

Zak zog eine Grimasse. »O Mann, ich wusste, warum du meine Lieblingsschwester bist.«

»Du kannst froh sein, dass ich deine einzige Schwester bin.«

»Du auch«, sagte Zak. »So hast du mich ganz für dich alleine.«

May hatte schlechte Laune und Zak konnte es ihr nicht verübeln. Eigentlich hätten sie ja gar nicht hier sein sollen, an diesem Ort, an dem es monatelang kein Tageslicht gab. Eigentlich hätten sie im sonnigen St. Lucia am Strand liegen sollen – was sie bis vorgestern ja auch noch getan hatten. Zwei Wochen entspannten Familienurlaub hätten sie dort verbringen sollen, bevor ... na ja, bevor Zaks Therapie begann. Die Ärzte hatten gewarnt, dass es eine »unschöne« Zeit werden würde – also, die Behandlung, nicht der Urlaub in St. Lucia –, und Zak hatte sofort gewusst, dass sie mit »unschön« nicht einfach nur »nicht schön« meinten.

»Wessen bekloppte Idee war es noch gleich hierherzukommen?«, stöhnte May und funkelte Zak wütend an.

»Was? Es war nicht *meine* Idee.«

»War es wohl. Als Mum und Dad den Anruf wegen dieser bescheuerten Spinnen-Drohnen bekamen, hatten sie erst abgelehnt herzukommen. Wegen deiner ... deiner Sache.« Sie tippte sich an den Kopf. »Aber dann hast *du* sie überredet.«

»Sie hätten es nicht gemacht, wenn sie keine Lust gehabt hätten«, sagte Zak. »Niemand macht etwas, nur weil ich es will. Niemand hört je auf mich.«

»Das stimmt nicht. Wir sind hier, weil du gesagt hast, dass wie herfliegen sollen. Und überhaupt machen wir alle *immer* nur, was du willst.«

Der tatsächliche Grund, warum Mum und Dad zur Polarstation gekommen waren, hatte mit den Spinnen-Drohnen zu tun, die sie für das Exodus-Projekt entwickelt hatten. Mit denen gab es nämlich ein Problem. Vor ein paar Jahren, als die Spinnen Mums und Dads einziges Gesprächsthema gewesen waren, hatte May ihnen öfter vorgeworfen, dass sie wahrscheinlich lieber Drohnen statt Kinder bekommen hätten. Das war allerdings lange vor dem D-Day, lange bevor Zaks Krankheit diagnostiziert worden war. Seitdem drehte sich nämlich alles um Zak – um das, »was für Zak am besten« war.

Als die Leute vom Exodus-Projekt anriefen und sagten, dass die Spinnen nicht richtig funktionierten, spürte Zak sofort, wie frustriert Mum und Dad waren. Sie wollten ihm grandiose, unvergessliche Ferien schenken, bevor seine Therapie begann, und gleichzeitig wollten sie sich um ihre Drohnen kümmern. Also überredete Zak seine Eltern, in die Antarktis zu fliegen und die Drohnen zu reparieren, wenn sie ihren Sohn schon nicht reparieren konnten. Er schwärmte ihnen vor, wie toll er es fände, live zu sehen, worüber alle Welt sich die Köpfe heißredete: die erste Vorbereitungsmission für eine Besiedelung des Mars. Außerdem würden sie ja nicht mehr als ein paar Tage beim Exodus-Projekt verbringen, argumentierte er, und ärztliche Versorgung gäbe es dort auch. Was konnte also schon groß passieren?

Na ja, und es gab noch einen anderen Grund, weshalb er sie überredet hatte herzukommen. Der war ein bisschen egoistisch. Station Zero lag verlockend dicht am Abgrund – an diesem gewaltigen Schlund, der seit einiger Zeit im antarktischen Eis klaffte. Er war zweihundert Kilometer lang und mindestens fünfzehn Kilometer tief und für Zak so ziemlich das

Aufregendste, was es zurzeit zu sehen gab. Ein gigantischer, bodenloser Riss in der Erde. Unvorstellbar. Eigentlich interessierte ihn der Abgrund sogar viel mehr als der Mars und er hoffte auf eine Gelegenheit, einen Blick hineinwerfen zu können. Das wäre mal ein richtiges Abenteuer.

»Tut mir leid«, entschuldigte sich May.

»Häh?«

»Was ich gerade gesagt habe. Dass sich alles immer nur um dich dreht. Das war fies.«

Zak seufzte. »Kein Problem, daran bin ich gewöhnt.«

»Hey, ich bin nicht *immer* fies.«

»Nein«, sagte Zak. »Nicht immer. Aber meistens.«

May schenkte ihm ein sarkastisches Lächeln und wandte sich ab. »Ich kapiere immer noch nicht, warum Zak und ich nicht in St. Lucia bleiben konnten«, sagte sie wütend Richtung Fußboden und blickte Mum dann direkt ins Gesicht.

»Glaubst du wirklich, wir hätten euch beide alleine dort gelassen?«, antwortete die. »Eine Fünfzehnjährige und einen Zwölfjährigen? Wo es Zak obendrein nicht gut geht?«

Zak hasste es, wenn sie so über ihn redete. Als wäre er invalide oder so. Das Tolle an May war, dass sie ihn nicht in Watte packte. May war zu ihm genauso mürrisch und schlecht gelaunt wie zu allen anderen.

»Ich bin alt genug, um Verantwortung zu übernehmen!«, schnappte May, besann sich dann jedoch und fuhr etwas versöhnlicher fort: »Du und Dad, ihr hättet alleine herkommen können. Es ist einfach nicht fair, dass wir ...«

»Ich will nicht länger darüber diskutieren. Das hatten wir

doch alles längst. Außerdem war es Zaks Wunsch herzufliegen, schon vergessen?« Mum schaut auf ihr Handy, stopfte es dann aber zurück in die Jackentasche. »Ich schätze, wir haben eh keinen Empfang, oder?«

»Aber ihr habt doch eine Nachricht erhalten, dass sich die Probleme längst geklärt haben. Euren Spinnen geht's super. Die brauchen euch nicht mehr. Wir können also auf der Stelle kehrtmachen und nach St. Lucia zurückfliegen.«

»Als die Nachricht kam, waren wir schon über den Südlichen Shetlandinseln«, unterbrach Mum sie. »Da hätte es gar keinen Sinn mehr gemacht umzukehren.«

»Aber es sollten doch Ferien werden«, maulte May. »Wann machen wir jemals Ferien? Du und Dad, ihr seid ständig mit euren blöden Drohnen beschäftigt und Zak ...«

»Schluss jetzt!« Mum warf May einen ihrer berühmten Blicke zu. »Wir sind jetzt hier und basta. Ich bin mir übrigens sicher, dass es interessant für euch wird. Wie viele Menschen auf der Welt können schon von sich behaupten, auf Station Zero gewesen zu sein?«

»Keine Ahnung, zweiunddreißig?«, sagte May. »Ausschließlich Familien, die sich dafür fit machen, den Rest ihres Lebens auf dem Mars zu verbringen. Sorry, aber wo hat man die ausgegraben? Die müssen komplett einen an der Waffel haben. Wer kommt bitte schön auf die Idee, seine Kinder mit auf den Mars zu nehmen? *Buchstäblich* für immer?« Sie verdrehte theatralisch die Augen und brachte Zak damit zum Grinsen.

»Es sind sogar mehr als zweiunddreißig.« Dad hatte sich ebenfalls abgeschnallt und streckte seinen Rücken. »Mum und ich waren ja auch schon mal hier. Ebenso wie andere Wissenschaftler. Und im Übrigen sind die Leute hier nicht verrückt. Sie sind hochintelligent, hochqualifiziert und bestens trainiert. Selbst ihre Kinder schneiden in allen Bereichen überdurchschnittlich gut ab.«

»Oh, dann haben Zak und ich hier wohl null Chance.«

»Man kann die Exodus-Projektteilnehmer mit den frühen Siedlern in den USA vergleichen«, fuhr Dad unbeirrt fort. »Sie sind auf der Suche nach einem neuen Leben. Irgendwann werden wir alle irdischen Ressourcen aufgebraucht haben und eine Alternative zur Erde benötigen. Das Exodus-Projekt ist der Versuch, Lebensräume jenseits unseres kleinen Heimatplaneten zu erschließen und so den Fortbestand der Menschheit zu sichern. Und es ist erst der Anfang.«

»Vielleicht sollten wir lieber darüber nachdenken, wie wir auf unserem Planeten leben können, *ohne* ihn zu zerstören«, murmelte May. »Egal, ich glaube immer noch, dass sie einen an der Waffel haben.«

Zak hatte keine Lust mehr, dem Streit zuzuhören. Er setzte seine Kapuze auf, zog den Reißverschluss seiner Jacke hoch und verschanzte sich hinter dem Schalkragen. Sie hatten sich die Polarausrüstung auf dem Weg hierher gekauft und seine Jacke war etwas zu groß. Dafür roch sie gut: neu und frisch.

»Okay.« Dima kletterte zu ihnen nach hinten. »Alle Passagiere heil?« Ohne eine Antwort abzuwarten, stiefelte er zum Heck und öffnete die Tür. Sofort schwallte eisige Luft herein.

Die Reeves folgten dem Piloten. Zaks Beine fühlten sich an wie aus Pudding. Mehrmals stolperte er.

»Alles okay mit dir?« Mum nahm seinen Arm.

»Ja, alles gut.« Er zwang sich den Arm nicht wegzuziehen, um Mum nicht zu kränken.

»Ist dir schwindelig? Wenn du wieder Kopfschmerzen bekommst, musst du …«

»Ich sag doch, dass es mir gut geht, ehrlich! Warum hört ihr mir nie zu?«

Wenn sie doch endlich aufhören würden ihn wie ein kleines Kind zu verhätscheln! Was blieb ihm da anderes übrig, als einen auf harten Mann zu machen? Er schulterte seinen Rucksack mit extra viel Schwung und stampfte zur Tür.

Als er seinen ersten Atemzug in der antarktischen Luft tat, kribbelte seine Nase und seine Gesichtshaut schien sich vor Kälte zusammenzuziehen. Mit einem Schlag fühlte er sich lebendiger als in den ganzen Wochen zuvor.

Dad war der Erste, der auf die Landebahn sprang. Sofort drehte er sich um und streckte Zak eine Hand entgegen.

Noch vor einem Monat hätte Zak sie ergriffen, aber jetzt wollte er kein Zeichen von Schwäche zeigen.

»Mir geht's gut«, wiederholte er und sprang an Dads Hand vorbei. Dann stand er eine Weile auf dem vereisten Boden und starrte in die wirbelnden Flocken.

»Man fühlt sich ein bisschen wie Robert Scott, oder? Der Polarforscher?«, brüllte Dad durch den tosenden Sturm.

»Na ja, geht so.«

»Ist der Typ nicht gestorben?«, schrie May, als sie aus dem Flugzeug sprang. »Verhungert und erfroren? Mitsamt seiner Mannschaft?«

»May-Ling!« Wenn Mum May bei ihrem vollen Namen nannte, war das eine Art Warnschuss.

»Was denn? Stimmt doch.«

»Ja, aber musst du das ausgerechnet jetzt erzählen?«

»Genau, *May-Ling*«, brüllte Zak und grinste seine Schwester schadenfroh an.

»Misch du dich da nicht auch noch ein, du Zwerg.« May streckte ihm die Zunge raus und setzte ihre Schneebrille auf.

»Trotzdem eine ziemlich abenteuerliche Geschichte, oder? Scott, meine ich.« Dad schien völlig unbeeindruckt von Mays schlechter Laune. Na ja, er war daran gewöhnt.

»Wahrscheinlich.« Zak verschränkte die Arme vor der Brust.

»Tja, nichts von alledem wird hier und jetzt passieren.« Dad beugte sich zu Zaks Ohr, damit er nicht so brüllen musste. »Hier gibt's alles, was du brauchst. Essen, Licht, Wärme ...«

»Licht?«, fragte May. »Ich sehe kein Licht. Alles dunkel.«

»... und Spezialisten, vor denen deine Ärzte zu Hause den Hut ziehen würden. Ausgestattet mit dem neuesten und besten medizinischen Equipment.«

»Komisch, dass uns niemand willkommen heißt«, rief Mum. »Meinst du, sie haben überhaupt mitgekriegt, dass wir gelandet sind?« Sie musste ihre Kapuze festhalten, so sehr zerrte der Wind daran.

»Vielleicht wir nicht willkommen«, brüllte Dima und ein nervöses Lächeln legte die schlaffe Haut um seine Augen in Falten. »Nein, nur Scherz. Kommen Sie, wir schauen, was ist los.« Er sprang aufs Eis hinunter und warf die Tür zu. »Ich lasse Kabinenlicht an, dann wir besser sehen.«

Im schwachen Licht, das durch die Fenster der Twin Otter nach draußen fiel, trotteten sie im Gänsemarsch auf den Gebäudekomplex zu. Mit unglaublicher Wucht fuhr der Schneesturm unter ihre Kapuzen und Jacken. Aber sie stapften unbeirrt weiter, mit gesenkten Köpfen – auf den Ort zu, der für sie schon bald zur Falle werden sollte.

Zu einem dunklen, eisigen und sehr einsamen Albtraum.

STATION ZERO, ANTARKTIS
JETZT

Das Hauptgebäude war ein zweigeschossiges Modul, in dem die Gemeinschaftsräume untergebracht waren. Kleinere Container, in denen sich die Wohneinheiten, Labore und Arbeitsplätze befanden, waren durch Röhrengänge mit ihm verbunden. Die ganze Basis stand auf stabilen, zwei bis drei Meter hohen Stelzen, die sie davor schützte, eingeschneit zu werden. Überhaupt wirkte sie so, als könne sie Temperaturen von minus hundert Grad Celsius und wochenlangen Sturmböen trotzen.

Die Reeves und Dima steuerten auf das Hauptmodul zu, das dunkel aus dem Schneegestöber ragte. Nirgends eine Bewegung, ein Licht, ein Lebenszeichen, nichts. Zak fand das vor allem deshalb beunruhigend, weil er wusste, dass es weit und breit keinen anderen Ort gab, an dem sich die Bewohner hätten aufhalten können. Die nächste Anlaufstelle war die *British Antarctic Survey Research Station Halley VI*, aber die lag mehr als fünfhundert Kilometer entfernt.

Der Wind heulte um die Basis wie ein schwermütiger Geist und fegte den Ankömmlingen winzige Eissplitter ins Gesicht.

Zak war dankbar für seine Schneebrille. Ohne sie hätte er bei diesem Bombardement wahrscheinlich das Augenlicht verloren. Aber wer weiß, vielleicht waren seine Augen ja schon längst im Schädel festgefroren …?

Etwas weiter rechts, zwischen Hauptgebäude und Landebahn, parkte das Mars-Rover-Vehicle. Viel mehr als seine Umrisse waren im Schneesturm nicht zu erkennen, aber Zak wusste, dass er riesig war, sechs fette Reifen hatte und ein Cockpit wie der Millennium-Falke aus Star Wars. Trotz seiner Größe schaukelte das Fahrzeug im Sturm hin und her und gab dabei schaurig knarzende Geräusche von sich.

Als sie daran vorbeigingen, drückte ein stumpfer Schmerz in Zaks Kopf – als würde sich etwas in seine Gedanken zwängen. Der harte Eisboden unter seinen Füßen verschwand, stattdessen meinte Zak zu schweben. Das Mars-Rover-Vehicle war plötzlich weg. Ebenso wie die Basis. Zak hing über einem strudelnden schwarzen Nichts, das seinen Namen rief. Das ihn lockte sich in die Tiefe fallen zu lassen. Mit wild kreisenden Gedanken starrte Zak in die endlose Schwärze … um im nächsten Moment wieder auf dem Eis zu stehen, allerdings mit dem Gefühl zu fallen, so wie manchmal kurz vor dem Einschlafen. Die Station und der Rover waren wieder da, genau an der Stelle, wo sie vorher gestanden hatten. Aber da war noch etwas. Etwas, das dort nicht hingehörte.

Ein großer weißer Bär, riesiger als alle Bären, die er jemals auf Fotos oder im Zoo gesehen hatte, kam durch den Schneesturm auf ihn zu. Fixierte ihn mit seinen schwarzen Augen. Dann stellte er sich auf die Hinterbeine und riss sein Maul zu einem lautlosen Brüllen auf, wobei er furchterregende gelbe Zähne entblößte.

Zaks Brustkorb schnürte sich zusammen, sein Herz hämmerte. Als die Bestie wieder auf allen vieren stand, wollte Zak die anderen warnen, aber er brachte keinen Laut heraus, die Worte blieben ihm im Hals stecken. Der Bär senkte seinen Kopf und raste auf ihn zu. Er donnerte nur so übers Eis. Unaufhaltsam. Zak taumelte zurück, schloss die Augen und hob hilflos die Arme vor das Gesicht.

»Alles okay mit dir?« Mays Stimme riss ihn aus dem Szenario.

Verwirrt öffnete Zak die Augen.

»Was war das denn, du Freak?«

Zak starrte seine Schwester an und stellte fest, dass seine Eltern und Dima ebenfalls stehen geblieben waren und ihn ansahen.

»Ihr ... ihr habt nichts gesehen?«, fragte er.

May schüttelte den Kopf. »Was sollen wir denn gesehen haben? Wieder einen Eisbären?«

»Ähm ...« Zak blinzelte in das Schneegestöber. »Nein. Natürlich nicht. Ich hab bloß ... ach, keine Ahnung, muss eine Windböe oder so gewesen sein. Ich bin ausgerutscht.«

May kniff die Augen zusammen. »Dir geht's wirklich gut?«

»Ja, alles okay.« Kurz glaubte Zak wieder eine Bewegung zu sehen. Einen dunklen Schatten, der sich vom Gebäude entfernte. Gleichzeitig hörte er ein Geräusch im Wind. *Tick-tack-tick-tack-tick-tack.*

Wie Bärenklauen auf hartem Eis.

»Was ist jetzt wieder?« Blinzelnd folgte May Zaks Blick. Ihr Gesicht verschwand fast in ihrer orangen Kapuze. Sie hatte ein Riesentheater gemacht, als sie die Jacke gekauft hatten – *Orange? Wieso ausgerechnet Orange? Haben die nichts Schwarzes?* –, aber Mum hatte darauf bestanden, dass sie in der Antarktis etwas »gut Sichtbares« tragen müssten. Schwarz kam nicht infrage.

»Ich glaube, ich hab da was gesehen«, sagte Zak.

»Klar, ein Rudel Eisbären. Die sind vom Nordpol hergeflogen. Kleiner Urlaubstrip, kein Grund zur Panik.«

»Haha.« Aber als Zak sich umdrehte, um seiner Schwester die Zunge rauszustrecken, streifte sein Blick den Mars-Rover und er hatte den Eindruck, dass auch dort etwas nicht stimmte. Dass etwas *fehlte.* Er war sich sogar ziemlich sicher, schließlich hatte er genug Fotos von der Kiste gesehen. Aber er traute sich nicht es laut auszusprechen. Womöglich bildete er sich das auch wieder nur ein? Vielleicht ließ ihn sein »Zustand« Dinge sehen? Angestrengt blinzelte er in den Schneesturm. Und plötzlich blies ihm eine Böe die Sicht frei und er sah alles ganz deutlich – wie wenn Scheibenwischer über eine beschlagene Scheibe huschen. Im Bruchteil einer Sekunde erkannte Zak, was das Problem war: Der Platz, wo Han und Chewie sitzen und auf Lichtgeschwindigkeit beschleunigen sollten, war weg. Statt des abgeschrägten, verglasten Cockpits war da nur ein gezacktes Loch, durch das man in den zerstörten Innenraum sehen konnte.

Was zum Teufel hatte einem so robusten Fahrzeug solchen

Schaden zufügen können? Fassungslos starrte Zak auf das Loch, doch in dem Moment änderte sich die Windrichtung erneut und der Mars-Rover verschwand im Schneegestöber. Fragend drehte sich Zak zu May um.

Die nickte. »Ich hab's auch gesehen.«

»Wir alle haben es gesehen.« Mum trat näher.

»Das muss der Sturm gewesen sein«, sagte Dad.

Der Sturm? Der Mars-Rover sah aus, als sei er mit brutaler Gewalt aufgerissen worden. Als hätte ein Riese seine Zähne in einen Schokoriegel gehauen. Wie sollte der Wind so etwas anrichten können? Dazu wäre nicht mal ein Rieseneisbär in der Lage, falls es Rieseneisbären überhaupt gab.

»Kommt, wir gehen rein«, brüllte Mum zwischen zwei Böen.

Dad erreichte die Treppe zum Hauptgebäude als Erster. Er klammerte sich am Geländer fest und drehte sich nach den anderen um. »Alles okay?«, fragte er und reckte den Daumen in seinem dicken Handschuh nach oben.

Er wartete, bis alle vier ihm mit einem Daumen-Hoch geantwortet hatten, dann stieg er die Stufen hinauf und schlug mit der Faust auf den Türöffnerknopf.

Nichts passierte.

»Kein Strom«, rief Dima und deutete auf eine Klappe neben der Tür. »Nehmen Sie Nothebel.«

Die Klappe stand bereits halb offen. Dad schob seine Finger in den Spalt und zog sie ganz auf. Er kratzte das Eis vom Nothebel und wollte ihn runterdrücken, doch der Hebel schien festgefroren. Dad brauchte ein paar Versuche, bis sich endlich etwas tat. Es knackte, dann zischte es und die Tür glitt auf. Dahinter tat sich ein stockdunkler Flur auf.

»Na dann, hereinspaziert.« Dad trat beiseite und ließ seine Familie und Dima vorbei.

STATION ZERO, ANTARKTIS
JETZT

Zu Hause hatte Zak ein Buch mit dem Titel »Mysteriöse Welt«. Es war ein dicker Schinken mit leuchtend grünem Einband und einem verschwommenen, linsenförmigen Foto vorne drauf. Einem Bild, das sich veränderte, wenn man es bewegte: Schaute man von der einen Seite drauf, sah man den Kopf eines grausigen Reptils, grün, ledrig, mit riesigem Maul und kleinen schwarzen Augen. Blickte man von der anderen Seite, sah man einen menschlichen Schädel.

Es war ein Buch mit Geschichten und Fotos von unerklärlichen Phänomenen, dem Bigfoot, dem Yeti, dem Mottenmann, Ufos und so Zeug. Zak liebte es, abends in seinem Bett darin zu schmökern und sich logische Erklärungen für die rätselhaften Erscheinungen zu überlegen. Eine der Geschichten handelte von der *Mary Celeste*, einem Schiff, das man irgendwann auf dem Atlantik treibend entdeckt hatte. Auf den ersten Blick schien alles in Ordnung mit dem Segler, das Equipment und die Habseligkeiten an Bord waren intakt und offenbar vollzählig – nur die Besatzung und die Passagiere fehlten. Sie waren spurlos verschwunden.

Als Zak die Polarstation betrat, musste er an die Matrosen denken, die das Geisterschiff entdeckt hatten. Als sie an Bord gegangen waren, mussten sie sich ähnlich gefühlt haben wie er jetzt. Alles hier wirkte falsch und unstimmig. Er kam sich vor, als würde er nachts auf einem gruseligen Friedhof herumstolpern.

Als Dad die Tür schloss und den heulenden Wind aussperrte, standen sie eine Weile schweigend da. Es war so stockfinster, dass man die Hand vor Augen nicht sehen konnte. Und es war deutlich kälter, als es hätte sein sollen. Die Luft war feucht und klamm und es roch merkwürdig ... Zak schnupperte. Es roch nach einer Mischung aus überreifen Früchten und rohem Fleisch. Wie in einem Obst- und Schlachterladen am Ende eines langen, heißen Sommertages.

Offenbar war Zak nicht der Einzige, dem der Geruch auffiel. Auch die anderen schienen zu riechen, dass hier irgendetwas passiert war.

»Hallo?« Dads Worte verklangen, sobald er sie ausgesprochen hatte. »Ist hier jemand?« Es gab nicht das geringste Echo, keine Spur von Hall. Als würde jemand die Schallwellen abschneiden. »Hallo?«

Zak fand dieses Hallo-Rufen in der Dunkelheit total bescheuert. In Filmen machten die Leute das auch ständig und es hatte ihn schon immer genervt. Als würden Monster, die sich in finsteren Ecken verbargen, auf einmal lächelnd und winkend hervortreten. *Hallo, da bin ich.*

»Es gibt Taschenlampen«, sagte Dima.

Zak hörte Schritte und dann ein tastendes Geräusch.

»Hier.«

Links von Zak klickte es, dann durchschnitt ein heller Lichtstrahl die Dunkelheit.

Dima deutete an die Wand neben der Tür. Dort hingen ein Regalbord mit zwei weiteren Taschenlampen, ein roter Feuerlöscher in einer Halterung und ein klobiges oranges Gewehr, das ein bisschen so aussah wie Zaks Elite-Alpha-Trooper-Nerf zu Hause.

Mum und Dad nahmen sich je eine Taschenlampe, knipsten sie an und leuchteten in den Gemeinschaftsraum.

Der war rechteckig und besaß vier Türen, eine auf jeder Seite: die Übergänge zu den restlichen Gebäudetrakten. Neben jeder Tür hingen ein Feuerlöscher und eines dieser komischen orangen Gewehre. Direkt vor ihnen führte eine Wendeltreppe ins obere Stockwerk. Zu ihrer Rechten befanden sich mehrere quadratische Tische mit roten Plastikstühlen. Allerdings waren die Stühle allesamt von den Tischen abgerückt, einer lag sogar umgestürzt auf dem Boden – wie nach einem heftigen Streit. Auf den Tischen standen Serviettenspender und Teller mit gefrorenem Essen. Aus umgekippten Bechern war der Inhalt ausgelaufen und auf den Tischplatten angetrocknet.

Im schweifenden Schein der Taschenlampen erspähte Zak plötzlich eine Gestalt hinter dem letzten Tisch. Für den Bruchteil einer Sekunde streifte sein Blick altmodische Outdoorklamotten und dicke Fellfäustlinge. Der Kopf der Gestalt war unter einer Fellkapuze, einer schwarzen Sturmhaube und einer klobigen Schneebrille verborgen und wirkte wie der eines riesigen, aufgedunsenen Insektes. Der Typ stand reglos da und starrte sie an.

»Was war das?« Zak umklammerte die Hand seiner Mutter und drehte die Taschenlampe zurück in die Richtung.

Doch die Ecke hinter dem letzten Tisch war leer. Komisch. Es hatte so echt gewirkt. Genau so hatte sich Zak immer den Polarforscher Robert Scott vorgestellt.

»Ist da jemand?«, fragte Mum. »Hast du etwas gesehen?«

»Nein.« Zak ließ ihre Hand los und riss sich zusammen. »War nur ein Schatten.« Verdammt, dieser Trip würde sich zu einem Albtraum entwickeln, wenn bei jedem kleinen Schatten sein Kopfkino ansprang. Erst der Bär und jetzt dieser Typ? Obwohl, beide hatten verdammt echt ausgesehen! Was war nur los mit ihm?

»Es wird alles gut«, beruhigte ihn Mum. »Aber das weißt du selbst, oder?«

»Ja, natürlich, ich weiß.«

»Kommt, wir müssen herausfinden, was hier passiert ist.« Dad wagte sich weiter in den Raum hinein. »Sieht so aus, als wäre die Belegschaft überstürzt aufgebrochen.«

»Aber wohin?«, fragte May. »Wohin hätten sie aufbrechen sollen? Wir sind hier *buchstäblich* am Arsch der Welt.«

Weiter hinten im Raum befand sich ein Billardtisch. Die Kugeln und Queues lagen verstreut auf dem grünen Filz und warfen bizarre Schatten, als das Licht der Taschenlampen über sie hinweghuschte. Neben dem Billardtisch, vor einem Bildschirm an der Wand, stand ein großes Ecksofa. Dort, wo Leute gesessen hatten, waren die Kissen noch eingebeult.

»Puh, was ist das für ein Gestank?«, fragte May. »Das riecht, als wäre hier jemand gestorben. Toll, super Ferien!«

Zak trat zu ihr. »Ich dachte, du stehst auf Horror?« Gegen seinen Willen wanderte sein Blick immer wieder zu der Stelle, wo er die Gestalt gesehen hatte.

»Ich stehe auf Horror*filme*, nicht auf echten Horror. Wieso heißt die Bude hier noch gleich ›Station Zero‹? Weil es *null* Gründe gibt herzukommen?«

»Sie heißt so, weil ›Station One‹ auf dem Mars errichtet wird. Diese Basis hier ist eine Art Grundsteinlegung für das Mars-Projekt«, dozierte Zak, nahm eine imaginäre Brille ab und massierte seinen Nasenrücken.

May lachte schnaubend. Keiner konnte Dad so gut nachmachen wie Zak.

»Das reicht jetzt, ihr zwei«, warnte Mum.

»Hallo?«, rief Dad, als er sich der Wendeltreppe näherte.

»Hallo ...«, antwortete Zak flüsternd. »Wer spricht da?«

May kicherte, aber Dad achtete nicht auf sie.

»Ist dort jemand?« Kurz vor der Treppe knirschte etwas unter seinem Stiefel und er blieb stehen. »Was war das?« Er richtete den Lichtstrahl auf den Boden. »Eierschalen?«

»Nein, sieht eher aus wie ...« Mum leuchtete den Boden im Umkreis ab. »Insekten?«

»Unsinn.«

»Nein, Mum hat recht«, rief Zak. »Das sieht aus wie zertretene Insekten. Vertrocknete Insekten.«

Im Licht der Taschenlampen schillerten die zerbröselten Überreste in verschiedenen Farben.

»Sorry«, sagte May, »aber wir befinden uns in der Antarktis, schon vergessen? Da gibt's keine Insekten. Nur Pinguine.«

»Kommt weiter. Das wird sich alles klären.« Dad war bereits auf der Treppe.

Im ersten Stock stand ein großer runder Tisch mit vier Computern drauf. Die andere Hälfte des Raumes war mit zwei Laufbändern, Hanteln und Gymnastikequipment ausgestattet.

»Wo sind die bloß alle?«, flüsterte May. »Langsam wird's gruselig.«

»Ach was«, sagte Mum betont munter, wahrscheinlich um ihnen die Angst zu nehmen.

»Dr. Reeves hat recht«, stimmte Dima zu. »Wird Horrorshow.«

»Was soll das denn heißen?«, fragte May. »Wieso reden Sie ständig von Horrorshow? Das macht nicht gerade Mut.«

»Ah, du meinst *choroscho.*« Dima gluckste vor Lachen. »Das ist Russisch. Heißt: ›alles gut‹.«

»Na super, klingt eher wie das Gegenteil.«

»Wir brauchen Strom«, sagte Mum. »Licht und Wärme. Es ist jetzt schon kalt hier drinnen und es wird mit jeder Minute kälter.«

»Du hast recht.« Mit fragend hochgezogenen Augenbrauen sah Dad Dima an.

»Ja, natürlich.« Dima zuckte die Achseln. »Wir sehen nach Generator. Vielleicht ...«

Ein schrilles Geräusch unterbrach ihn. Es kam von draußen und klang wie ein Kreischen. Ein Schrei.

»Mein Gott, was ... war das?« May fand als Erste ihre Sprache wieder.

Erneutes Kreischen!

Deutlich länger diesmal – und metallischer. Als würde Stahl reißen oder gewaltsam verbogen werden. Mit schreckgeweiteten Augen starrten Zak und May einander an.

»Mein Flugzeug!« Dima erwachte aus seiner Starre und rannte zur Treppe. Der Lichtkegel seiner Taschenlampe sprang wild umher.

»Warten Sie«, rief Dad ihm hinterher, aber der Pilot war schon nach unten verschwunden.

»Los, kommt, wir bleiben zusammen«, sagte Dad, aber noch bevor sie sich in Bewegung setzen konnten, hörten sie einen gellenden Schrei von unten, gefolgt von einer Serie dumpfer Schläge.

Sie entdeckten Dima am Fuß der Treppe. Er lag auf dem Rücken, reglos. Seine Taschenlampe war unter den Tisch gerollt. Der grelle Lichtkegel beleuchtete ihn und warf seine Silhouette als verzerrten Schatten an die Wand.

Mum und Dad stürzten auf ihn zu, aber May und Zak blieben auf der Treppe stehen und starrten ihn einfach nur an.

»Ist er tot?«, fragte Zak.

»Natürlich nicht«, sagte May. »Wie denn? Er ist doch nicht tot, oder?«

Mum tastete nach Dimas Hals und prüfte seinen Puls, während Dad ihn mit der Taschenlampe beleuchtete. Das Gesicht des Piloten war blutüberströmt. *Alles* war voller Blut. Seine Jacke, seine Kapuze, der Fußboden ... einfach alles.

»Gott, wo kommt denn das ganze Blut her?« Dads Atem bildete Wölkchen im Schein der Taschenlampe.

»Keine Ahnung, kann ich nicht erkennen.« Mum streckte May ihre Taschenlampe hin. »Hol bitte mal ein paar Servietten vom Tisch.«

May zögerte.

»*Schnell!*«

Da schnappte sich May die Taschenlampe, rannte durch den Raum und brachte Mum einen der Serviettenspender. Mum zog eine Handvoll Tücher heraus und tupfte vorsichtig Dimas Gesicht ab. Binnen Sekunden waren die Servietten blutgetränkt. Angeekelt ließ Mum sie fallen. Mit einem schmatzenden Geräusch klatschten sie auf den Boden. Zak wurde schlecht.

Mum nahm neue Servietten. »Leuchtet hierher«, befahl sie Dad und May. »Und jetzt hier.« Zentimeter für Zentimeter untersuchte sie Dimas Gesicht, bis sie den tiefen Schnitt auf seiner Stirn entdeckte. Sie knüllte mehrere Servietten zusammen und presste sie auf die Wunde.

Dima öffnete die Augen und blinzelte erstaunt. »*Moi samoljot*«, murmelte er, bevor er die Augen wieder schloss.

»So eine Wunde muss genäht werden«, sagte Dad. »Oder geklammert oder was auch immer. Wir brauchen einen Erste-Hilfe-Kasten.«

»Was wir brauchen, ist Strom«, erwiderte Mum. »Man sieht ja die Hand vor Augen nicht und von Minute zu Minute wird's kälter. Wenn wir die Generatoren nicht in Gang bekommen, ist Dimas Wunde unser kleinstes Problem. Dann werden wir alle erfr…«

»Evelyn!«, schnitt Dad ihr das Wort ab, aber Zak wusste auch so, was sie hatte sagen wollen. Und sie hatte recht. Draußen herrschten minus vierzig Grad und drinnen sank die Temperatur auch schon. Ohne Wärme und Licht wären sie ziemlich schnell verloren.

Zak starrte Dima an, der im grellen Schein der Taschenlampe aussah wie ein Patient auf dem OP-Tisch. Mums Hände waren jetzt ebenfalls blutverschmiert, wie die eines Chirurgen während einer komplizierten Operation. Wieder stieg Übelkeit in ihm hoch. Er musste an bedrohliche Krankenhäuser denken, an das unheimliche Ding, das in seinem Kopf wuchs, und an irre alte Ärzte (*Zak Reeves? Ah, da bist du ja. Höchste Zeit für den Eingriff. Hier entlang, es wird nicht wehtun …*). Plötzlich hatte er die elektrische Knochensäge vor Augen, auf die er einen Blick erhascht hatte, als er mal in Mays Zimmer geplatzt war, während sie mit Freunden *Re-Animator* gesehen hatte.

Der Gedanke an unsägliche Todesqualen sprang ihn an und gleichzeitig meldete sich der reale Schmerz hinter seinem rechten Auge zurück – glühende Stiche, die sich schnell in seinem ganzen Kopf ausbreiteten.

Es war ein pulsierender Schmerz, der in Schüben stärker wurde. Zak drückte eine Hand an seinen Kopf, dort, wo sich die Narbe unter den schwarzen Haaren verbarg, und fuhr die Linie mit dem Finger nach. Da versengte ihm der Schmerz plötzlich das Gehirn. Die Welt um ihn herum zerstob und er hing über einem endlosen schwarzen, ölig schimmernden Meer, während irgendwelche nervigen Raschel- und Knackgeräusche seine Ohren traktierten.

Das passiert nicht wirklich. Zak kniff die Augen zu. *Das ist nicht echt.* Er schüttelte den Kopf und öffnete die Augen. Er befand sich wieder im Gemeinschaftsraum von Station Zero. Mum, Dad und May waren da und Dima lag auf dem Boden.

Aber sie waren nicht allein.

Die seltsame Gestalt war wieder aufgetaucht. Der Polarforscher. Er stand knapp außerhalb des Lichtkegels, das Gesicht hinter der Sturmhaube und der gruseligen Schneebrille verborgen. Während Zak die Erscheinung anstarrte, hob sie ihre rechte Hand und streckte sie ihm entgegen. Und als sich dann auch noch der Mund hinter der Sturmhaube bewegte, war Zak überzeugt, dass der Typ den Tod verkörperte.

Nein, nicht jetzt, dachte er. *So kann es nicht enden. Nicht hier. Nicht jetzt. Ich bin noch nicht bereit. Wir brauchen Licht und Wärme, damit es allen gut geht, denn es ist doch so, dass nur ich sterben soll.*

Und plötzlich war die Gestalt weg. Nicht verblasst oder so, nein, es war, als wäre sie niemals da gewesen. Gleichzeitig verschwand der Schmerz in seinem Kopf und die Deckenbeleuchtung sprang an.

Sie flackerte einmal.

Zweimal.

Dann flutete Neonlicht den Raum und das Heizungsgebläse arbeitete auf vollen Touren.

Station Zero hatte wieder Strom.

JANUARY-ISLAND, SÜDCHINESISCHES MEER

VOR 17 STUNDEN

Der Broker nippte an seinem Drink und starrte über die Balkonbrüstung auf die Leuchtspur, die die gleißende Sonne aufs Meer warf. Eiswürfel klirrten in dem beschlagenen Glas, die Flüssigkeit rann ihm kühl die Kehle hinunter. Den Blick gen Horizont gerichtet überdachte er, was sich letzte Woche in Costa Rica abgespielt hatte. Da summte plötzlich sein Smartphone auf dem Tisch neben seinem Korbstuhl und auf dem übergroßen Display leuchtete das Wort »Phönix« auf.

Der Broker ließ es dreimal klingeln, bevor er das Glas auf dem runden Untersetzer abstellte, und zwar exakt so, dass es an keiner Seite auch nur einen Millimeter überstand. Dann trocknete er seine Hände an einer gestärkten weißen Serviette ab und tippte auf das grüne Hörersymbol.

Mit geschlossenen Augen lehnte er sich zurück und schwieg.

»Sir, ich habe etwas für Sie«, meldete sich eine Frau.

»Schießen Sie los.« Der Broker sprach mit tiefer, angenehmer Stimme und ohne den Hauch eines Akzents.

»Einer ihrer NASA-Spione hat mich vor ein paar Minuten kontaktiert. Ich habe Ihnen die Informationen schriftlich zusammengestellt.«

»Senden Sie sie mir.«

Mit einem Pling tauchte ein Icon rechts oben auf seinem Smartphone auf. Der Broker öffnete die Augen, beugte sich vor und tippte darauf. Sofort füllte ein Foto das Display aus.

»Erklären Sie mir, was ich da sehe.«

»Vor knapp einer Stunde hat ein Satellit die Antarktis überflogen und eine Reihe Aufnahmen gemacht. Nun fügt es sich, dass der NASA-Mitarbeiter, dem die Überwachung des Satelliten obliegt, zufällig Ihr Spion ist. Er hat mich umgehend verständigt. Er meint, Sie sollten sich die Fotos sofort ansehen. Sie gehörten genau zu der Art von Informationen, an denen Ihnen gelegen ist. Sie haben mit BioMesa zu tun, das ja ganz oben auf Ihrer Beobachtungsliste steht.«

Der Broker schwieg. Die Information war interessant, aber er wollte sich keine zu großen Hoffnungen machen. Nach einer Weile griff er nach seinem Smartphone. Das Foto war fast komplett weiß – weiß mit weißen Wirbeln, fast wie ein abstraktes Gemälde. In der farblosen Monotonie waren schemenhaft die dunklen Umrisse eines T-förmigen Gebäudes und zweier Nebengebäude sowie die Markierungen einer Landebahn zu erkennen.

Am anderen Ende der Leitung betrachtete Phönix dieselbe Luftaufnahme. »Ich muss mich für die schlechte Bildqualität entschuldigen, Sir, aber über der Antarktis herrschen momentan schwierige Wetterbedingungen. Was Sie dort sehen, ist jedenfalls Station Zero. Wie Sie wissen, ist das eine Trainingseinrichtung für ...«

»Erzählen Sie mir nicht, was ich bereits weiß.«

»Natürlich nicht, Sir, bitte entschuldigen Sie ...«

»Und weiter?«

»Auf dem zweiten Bild, Sir, sehen Sie ein Objekt auf der Landebahn.«

Der Broker öffnete das zweite Foto. Tatsächlich, auf der Landebahn befand sich ein großer, ovaler Schatten.

»Wir glauben, dass es sich dabei um eine der Spinnen-Drohnen handelt, Sir. Sie haben ja damals die Entwurfszeichnungen gesehen.«

»Ich weiß, dass ich sie gesehen habe«, sagte der Broker ungeduldig. Er bewunderte den Erfindungsgeist von Dr. Evelyn und Dr. Adam Reeves, den beiden Drohnen-Konstrukteuren. Er hatte sogar kurz erwogen das Projekt an sich zu reißen. Die Drohnen würden mit Sicherheit viel Geld einbringen. Aber letztlich hatte sein Interesse an dem, was BioMesa in der Antarktis trieb, überwogen. Die Firma hatte eine Gruppe von Forschern zur Polarstation geschickt und der Broker vermutete etwas Illegales dahinter. Wahrscheinlich suchten sie unter der Eisschicht nach irgendetwas. Öl vielleicht. Oder Gas. Oder nach einer anderen Ressource, von der er bislang noch nichts mitbekommen hatte. Was auch immer es war, er hatte die Absicht, es herauszufinden.

»Ich hoffe, die Informationen taugen etwas, Phönix. Ich fürchte, Sie haben mich in einem ungünstigen Moment erwischt. Meine Laune ist nicht die allerbeste.«

»Ich komme jetzt auf den Punkt, Sir.«

»Hoffentlich.«

»Wenn Sie die Bilder der Reihe nach betrachten, Sir, werden Sie feststellen, dass die Spinnen-Drohnen ziemlich aktiv waren. Es spricht einiges dafür, dass sie Dinge konstruiert haben, die über ihren eigentlichen Auftrag hinausgehen. Es scheint fast, als würden die Drohnen auf eigene Faust agieren.«

»Auf eigene Faust?« Der Broker beugte sich wieder vor. »Wollen Sie etwa andeuten, dass künstliche Intelligenz im Spiel ist?«

»Das glaubt Ihr NASA-Kontakt nicht. Er vermutet etwas anderes. Sie werden feststellen, dass er die letzten Fotos mit Wärmebildtechnik aufgenommen hat, Sir, und ...«

Aber der Broker hörte nicht mehr zu. Was er auf den letzten Aufnahmen sah, ließ ihn aufstehen und ans Balkongeländer treten. Mit geschlossenen Augen sog er die frische Luft ein. Als er sich beruhigt hatte, wandte er sich wieder den drei letzten Fotos auf seinem Handy zu.

Jedes der Bilder zeigte eine gräulich weiße Polarlandschaft. Auf dem ersten waren die Gebäude von Station Zero in einem gedämpften Orange dargestellt. Die Wärmeabstrahlung war geringer, als er gedacht hätte. Auf der Landebahn gab es drei rote Punkte. Das mussten die Spinnen sein, die Drohnen. Zumindest hatten die Punkte die passende Form und Größe.

Auf dem zweiten Foto hatten die Gebäude offenbar an Wärme verloren, sie waren nur noch blass orange. Die Spinnen hatten sich in Richtung des Eingangs bewegt, doch um zu erkennen, was sie dort machten, hätte man eine hochauflösendere Bildqualität gebraucht. Aber im Grunde interessierte es den Broker auch nicht. Er hatte etwas Spannenderes entdeckt.

Ungefähr einen Kilometer östlich der Station hatte sich ein großer, leuchtend oranger Fleck gebildet. Der Broker wischte noch einmal zum ersten Foto und dann zurück zum zweiten. Der orange Fleck tauchte wirklich wie aus dem Nichts auf.

Er warf einen Blick auf die Aufnahmezeiten und stellte fest, dass 60 Minuten zwischen den Fotos lagen. Binnen einer Stunde hatte sich also irgendetwas unter dem Eis entwickelt. Etwas Warmes.

Der Broker scrollte zur dritten, letzten Aufnahme. Eine Weile war er damit beschäftigt, zu verarbeiten, was er dort sah.

»Wissen wir, wie tief unter dem Eis sich das Ding befindet?«

»Das lässt sich schwer sagen, wenn man nicht direkt vor Ort ist, Sir.«

»Und wie schnell können unsere Leute vor Ort sein?« Dem Broker war klar, dass Phönix eine Antwort auf seine Frage hatte. Deshalb bezahlte er sie ja so gut. Weil sie intelligent und schnell war.

»Wir haben die zwei Ospreys, die Sie gekauft haben, Sir. Ich weiß, dass sie eigentlich an Ihre russischen Kunden weiterverkauft werden sollen, aber da sie momentan auf November-Island stehen, habe ich mir erlaubt sie betanken und auf die Rollbahn fahren zu lassen. Mehrere Analysen haben gezeigt, dass die Osprey der geeignetste Flugzeugtyp für diese Operation ist. Ich habe Lazarovich kontaktiert und angewiesen ihr Team zusammenzutrommeln. Sie werden binnen zehn Stunden mitsamt Ausrüstung auf November-Island eintreffen. Zwar haben die Ospreys nicht die nötige Reichweite, aber die Piloten haben mir versichert, dass sie in der Luft betankt werden können. Sie würden elf Stunden für den Flug zum Außenposten brauchen. Wir hätten unser Team also in gut zwanzig Stunden vor Ort, Sir.«

Der Broker ließ seinen Blick über die Wellenkämme auf dem Meer schweifen. »Gut. Stellen Sie sicher, dass Lazarovich alles bekommt, was sie braucht. Weiß noch jemand von der Sache?«

»Nein, Sir.«

»Sicher?«

»Hundertprozentig, Sir.«

»Dann sorgen Sie dafür, dass es so bleibt. Sagen Sie meinem NASA-Kontakt, er soll die Aufnahmen verschwinden lassen. Und dann möchte ich, dass jemand die gesamte Kommunikation von Station Zero überwacht. Alles soll kontrolliert werden. Eingehende wie ausgehende Informationen. Komplette Abschirmung der Basis.«

»Dazu muss ich sagen, Sir ...«

»Warum habe ich das Gefühl, dass Sie mich gleich enttäuschen werden, Phönix?«

»Ich bedaure, Sir, aber es war uns leider nicht möglich, die Kommunikation der Basis unter unsere Kontrolle zu bringen. Es scheint, als hätte das bereits jemand anders getan.«

»Wer?«

»Das wissen wir nicht. Aber innerhalb der Station wurde alles heruntergefahren. Das Einzige, was noch funktioniert, und auch nur zeitweise, ist ein primitives E-Mail-System. Irgendetwas ist dort passiert, wir wissen nur nicht, was.«

»In Ordnung. Bleiben Sie dran. Ich will über alles informiert werden, was dort geschieht.« Der Broker legte auf und blieb noch eine Weile an der Balkonbrüstung stehen, den Blick aufs Meer gerichtet, das heute auffallend ruhig war. Er nahm das Panorama in sich auf und ließ seine Gedanken zur Ruhe kommen, bevor er sich noch einmal das dritte Foto anschaute.

Der Schnee, die Polarstation, die Spinnen. Und diese andere Sache.

Hatte die zweite Aufnahme überhaupt erst den Hinweis auf eine Wärmequelle unter der Eisschicht geliefert, so dokumentierte das dritte Foto, wie stark und schnell das Ding wuchs. Es ähnelte einem breiten orangen Fluss, der auf die Polarstation zuströmte. Keine Frage, irgendetwas war dort im ewigen Eis verborgen. Etwas, das entweder wärmer wurde – oder größer. Was auch immer es war, es erklärte die Anwesenheit der BioMesa-Forscher in der Antarktis, da war sich der Broker sicher. Sie suchten etwas. Oder besser: Sie hatten etwas gefunden. Und seiner Meinung nach gehörte dieses Etwas jetzt ihm.

Vielleicht war der Tag doch gar nicht so übel.

STATION ZERO, ANTARKTIS
JETZT

Im Licht der Deckenstrahler saß Dima an einem der Tische und presste sich einen Wattebausch auf die Stirn. Dad wühlte in einem Erste-Hilfe-Kasten herum, aber es war ziemlich offensichtlich, dass er keine Ahnung hatte, wonach er suchte. Er tat einfach nur beschäftigt. Mum war durch den Osttunnel in Richtung Krankenstation verschwunden, um weitere nützliche Dinge zu holen. Dima selbst würde es in seinem Zustand nicht bis dorthin schaffen, hatte sie gemeint.

Zak hockte am Fuß der Wendeltreppe, mit dem Rücken zu der Blutlache auf dem Boden. Er betrachtete die Brösel, die unter Dads Stiefel geknirscht hatten.

»Wonach sieht das für dich aus?«, fragte er May, die auf der Treppe saß.

»Keine Ahnung.«

»Wie die Panzer von Käfern, oder?«

»Ich kann's nur noch mal wiederholen: In der Antarktis gibt's keine Käfer.«

Die Brösel waren tiefschwarz, aber sobald man sie aus einem etwas anderen Winkel betrachtete, schillerten sie rötlich, grünlich oder bläulich. »Hier liegt massenhaft von dem Zeug rum. Überall.« Zak machte eine weite Handbewegung durch den Raum.

»Das muss irgendwas anderes sein«, vermutete May.

»Und was? Was glaubst du, was das ist, Dad?«

»Das fragen wir die Exodus-Leute, wenn wir sie gefunden haben.« Dad kramte immer noch in dem Verbandskasten. »Wieso braucht Mum so lange? Was macht sie ...?«

In dem Moment zischte die Tür zum Osttunnel und Mum kam zurück. Sie eilte zu Dima und öffnete den kleinen Kasten, den sie mitgebracht hatte.

»Das hier wird den Zweck erfüllen.« Sie nahm ein Teil heraus, das wie ein kleiner Gasbrenner aussah, und fummelte an einem seitlich angebrachten Rädchen herum. Dima stöhnte, als Mum seine Hand von seinem Gesicht wegzog und die Schnittwunde reinigte. Dann schaltete sie das Gerät ein. Die Spitze begann rötlich zu glühen.

»Was ist das?« May trat an den Tisch, um besser sehen zu können.

»Das, mein Schatz, ist ein sehr ausgefeiltes Instrument zum Behandeln von Wunden. Eine Art Heißklebepistole. Es wird den Schnitt verschließen.«

»Oh. Du meinst, das Ding heilt ihn?« May beugte sich vor und verfolgte, wie Mum die klaffende Wunde zusammendrückte und dann mit der Spitze des Geräts darüberfuhr.

»Ja, das meine ich.«

»Cool.« Zak riskierte jetzt auch einen Blick, obwohl er das Pistolenteil ziemlich gruselig fand. »Wie funktioniert das?«

»Keine Ahnung, ich weiß nur, dass es funktioniert.« Mum wandte ihren Blick nicht von der Wunde.

»Verrückt! Aber auch ziemlich eklig.« Staunend beobachtete Zak, wie der Spalt in Dimas Haut kleiner wurde.

Kurz bevor er sich ganz schloss, quoll ein letzter Blutstropfen heraus und rann über Dimas Stirn. Entsetzt wandte sich Zak ab.

»Puh!«, stöhnte er.

»Weichei«, grinste May.

»Stimmt doch gar nicht.«

»Stimmt wohl. So 'n kleiner Blutstropfen.«

»Ein total fetter, ekliger Blutstropfen.«

»Warum setzt ihr zwei euch nicht dort drüben hin?«, schlug Dad vor.

Zak war froh eine Ausrede zu haben, um sich zu verkrümeln.

»Ich will aber zuschauen«, maulte May.

»Ich fände es besser, wenn ihr zwei zusammenbleibt«, sagte Mum.

Widerstrebend hockte sich May neben Zak auf die Sofakante. Keiner von beiden wollte sich in die Kissen zurücklehnen, in denen noch die Abdrücke derjenigen zu sehen waren, die vorher dort gesessen hatten. Es wäre ihnen vorgekommen, wie in fremden Betten zu liegen. Oder in Gräbern.

»Findest du das nicht auch verrückt?«, fragte May.

»Dieses Haut-Klebeding? Nicht verrückt – eklig.«

»Das meine ich nicht. Ich meine, dass plötzlich alles wieder funktioniert. Der Strom. Schwupps ist er plötzlich wieder da.

Als wüsste jemand, dass wir Strom brauchen. Während des Landeanflugs war's genauso. *Buchstäblich* genauso.« May hatte ihre Handschuhe ausgezogen und pulte sich den Nagellack von den Fingern. »Wären die Lichter an der Landebahn nicht wieder angegangen, wären wir gecrasht. Aber nein, genau im richtigen Moment war die Piste wieder beleuchtet. Genau wie jetzt hier.« Sie schnipste einen schwarzen Lacksplitter weg. »Ist doch verrückt, oder?«

»Ja. Wie alles an diesem Ort.« Zak stand auf, ging eine Weile auf und ab und trat dann ans Fenster. Draußen wirbelten noch immer Schneeflocken umher, aber der Wind hatte sich etwas gelegt und die Sicht war deutlich besser. Die Markierungsleuchten der Landebahn durchschnitten die Dunkelheit wie Lichtschwerter. Zak zählte fünfzehn Leuchtfeuer auf jeder Seite. Kurz vor dem Ende der Landebahn, auf Höhe des zwölften Strahlers, stand Dimas Flugzeug – merkwürdig nach vorne gekippt, als hätte es das Gleichgewicht verloren.

Zak schirmte sein Gesicht mit der Hand ab, drückte es an die Scheibe und blinzelte in die Dunkelheit. Die vordere Kufe des Flugzeugs fehlte, was erklärte, warum es so schief stand. Aber das war nicht der einzige Schaden. Genau wie beim Mars-Rover sah die Frontpartie aus, als hätte ein Riese ein gewaltiges Stück herausgebissen. Im Cockpit klaffte ein fettes Loch und auf dem Boden lag ein garagentorgroßes Stück Metall neben den Sitzen des Piloten und des Copiloten. Es sah aus, als seien sie aus ihrer Verankerung gerissen und wie Müll einfach in die Gegend geworfen worden.

Zak zog sein Handy aus der Tasche, tippte auf die Kamera, hielt sie gegen die Scheibe und zoomte das Cockpit heran. Das Bild war nicht ganz scharf, aber er konnte trotzdem erkennen, dass sämtliche Instrumente und Armaturen fehlten. All die Hebel, Schalter und Knöpfe, auf die Dima eingehämmert hatte, all die Warnlämpchen, die aufgeleuchtet hatten, waren verschwunden. Nicht etwa zersplittert oder abgebrochen, nein: weg.

»O Gott, was ist denn da passiert?«, rief May.

»Ich … ich weiß nicht«, stammelte Zak. »Auf jeden Fall werden wir ohne das Cockpit damit nicht mehr wegfliegen können.«

»Mum? Dad? Schaut mal, schnell!«

»May, siehst du nicht, dass wir beschäftigt sind?« Mum inspizierte immer noch Dimas Wunde.

»Im Ernst, das wird euch interessieren.«

»Was ist?«, fragte Dad gereizt.

»Das Flugzeug«, antwortete Zak. »Es sieht genauso aus wie der Mars-Rover. Als hätte jemand reingebissen.«

»Lass die blöden Witze!«, sagte Dad, trat aber trotzdem ans Fenster. »O mein Gott!«

Jetzt kam auch Mum und selbst Dima schleppte sich zu ihnen.

Nebeneinander standen sie da und starrten auf die Überreste des Flugzeugs.

»*Moi samoljot*«, flüsterte Dima. »Mein Flugzeug. Das ist nicht *choroscho,* absolut nicht.«

Dad nahm seine Brille ab, rieb sich mit dem Handrücken

über die Augen, setzte die Brille wieder auf und starrte erneut auf die Landebahn. »Wer kann das getan haben?«

»Bestimmt keine … Pinguine«, brachte Dima heraus, bevor seine Knie nachgaben und er zu Boden stürzte.

STATION ZERO, ANTARKTIS
JETZT

Während Dad Dima zum Ecksofa neben dem Billardtisch schleppte, schärfte Mum ihm ein auf keinen Fall mehr aufzustehen.

»Wahrscheinlich haben Sie eine Gehirnerschütterung«, mahnte sie. »Und Sie haben eine Menge Blut verloren. Sie müssen sitzen. Und vor allem: sitzen *bleiben*!«

Bei dem Wort »Blut« huschte Zaks Blick zu dem dunklen Fleck, der am Fuß der Wendeltreppe trocknete. Ringsum waren noch mehr Blutspritzer auf dem Boden und überall lagen rot getränkte Servietten herum. Wie an einem Tatort.

»Zak? May? Könnt ihr mal nachsehen, ob ihr irgendwo etwas zu essen für Dima findet?« Mum deutete auf die Küchenzeile am anderen Ende des Raums. »Und bringt auch ein Glas Wasser mit.«

Zak war sich sicher, dass Mum und Dad sie nur aus dem Weg haben wollten. Denn kaum hatten sie sich ein paar Meter entfernt, hörte er, wie Dad sagte: »Was zum Teufel ist hier los?« Dad war noch nie ein großer Flüsterer gewesen. »Wo sind die alle? Und was ist mit dem Flugzeug? Ich will den Kindern ja keine Angst machen, aber das sieht nicht gut aus.«

»Ich glaube, sie haben bereits Angst.«

»Wir hätten sie nicht mitnehmen sollen. Vor allem nicht Zak. Was haben wir uns nur dabei gedacht? Wenn ihm hier etwas passiert …«

O nein, nicht die Leier schon wieder. Der arme kleine Zak.

»Das konnte doch niemand ahnen«, sagte Mum. »Wir sind davon ausgegangen, Experten hier anzutreffen, den neuesten medizinischen Standard, Bedingungen wie in einem guten Krankenhaus …«

»Wir hätten sie zu meiner Schwester schicken sollen.«

»Es bringt nichts, sich Vorwürfe zu machen. Dafür haben wir keine Zeit. Wir müssen jetzt rauskriegen, was hier los ist und wie wir hier heil rauskommen.«

Dad seufzte. »Glaubst du, es hat etwas zu tun mit …?«

Den Rest des Satzes konnte Zak nicht verstehen, weil May den Wasserhahn aufgedreht hatte. Das Wasser rauschte ins Spülbecken und spritze alles voll.

»Pst!«, zischte Zak.

»Was?« May drehte den Strahl kleiner und nahm sich ein Glas vom Abtropfbrett.

Zak legte einen Finger auf die Lippen und machte eine Kopfbewegung in Mums und Dads Richtung. *Verdammt, mit was hatte es etwas zu tun?*

»Ich weiß«, hörte er Dad sagen. »Aber was sonst könnte einen solchen Schaden anrichten? Hier draußen?«

»Du ziehst voreilige Schlüsse. Wir sollten uns den Schaden erst mal genau ansehen. Und nachschauen, ob sie immer noch ...«

Mum blickte zur Küchenzeile und merkte, dass Zak sie beobachtete. Schnell setzte sie ein Lächeln auf und beugte sich näher zu Dad. Als sie weiterflüsterte, konnte Zak nichts mehr verstehen.

»Was glaubst du, worüber die reden?«, fragte er seine Schwester.

»Keine Ahnung.« May füllte das Glas. »Ich schätze, sie wollen nicht, dass wir Angst kriegen. Du kennst sie. Sie trauen uns nichts zu. Dabei haben sie überhaupt keine Ahnung. Gott, stell dir vor, *sie* hätten jeden Tag mit Leuten wie Vanessa Morton-Chandler und ihren Klonen zu tun. Die würden's *buchstäblich* keine fünf Minuten in der Schule aushalten. Im Ernst.« May klang stark, aber als sie das Glas abtrocknete und auf die Arbeitsplatte stellte, zitterte ihre Hand.

Zak musste an die Gestalt denken, die er im Licht der Taschenlampe hinter dem Tisch gesehen oder sich eingebildet hatte. Den Polarforscher. Er hätte May gerne von ihm erzählt. Vielleicht würde er ihn weniger gruselig finden, wenn er ihn aus dem Dunkel seines Kopfes herausließ. Aber May würde sich nur wieder über ihn lustig machen, ihn einen Freak nennen und so. Wie immer. Trotzdem, es drängte Zak, über den Typen zu reden. Also überlegte er, wie er das Gespräch auf ihn bringen konnte, ohne sich selbst mit reinzuziehen.

»Ich hab neulich eine Geschichte im Internet gelesen ...«, begann er und legte seine Hände auf die Arbeitsplatte. »Über ... eine Gruppe von Wissenschaftlern in einer kleinen Polarstation hier draußen. Sie haben über Meteoriten geforscht, irgendwo weitab vom Schuss. Anscheinend krachen hier ständig irgendwelche Meteoriten herunter. In der Antarktis, meine ich, nicht genau hier.«

»Okay, verstehe.«

»Gut, egal, in der Reportage hieß es jedenfalls, dass einer der Wissenschaftler mit seinem Schneemobil rausfuhr, um einen Meteoriten zu suchen, aber er geriet in einen Sturm und verirrte sich. Er fand eine alte, verlassene Hütte – so eine, wie Forscher sie in früheren Zeiten benutzten. Ich hab ein Foto davon gesehen. Es lagerten immer noch Essensvorräte darin, uralte verrostete Konserven, teilweise schon geborsten. Offenbar gibt's in der Antarktis massenhaft solches Zeug: Hütten, eingefrorene Schiffe und so. Ich hab sogar ein Foto von einer alten Kirche gesehen. Mitten im Eis und ringsum nichts.«

»Läuft deine Geschichte auf irgendwas Bestimmtes hinaus oder willst du mir die Antarktis einfach nur schmackhaft machen?«

»Hm.« Zak zögerte. Vielleicht war das doch keine so gute Idee gewesen.

Seufzend öffnete May einen der Schränke. »Na los, erzähl weiter.«

»Okay, also dieser Typ betrat die alte Hütte und wusste noch im selben Moment, dass irgendetwas nicht stimmte.«

»So wie wir hier«, stellte May fest.

»Ja, vielleicht. Nur dass er das Gefühl hatte, in der Hütte seien Menschen gestorben ...«

»Das Gefühl kenne ich.«

»... und ein Teil von ihnen, der Geist oder so, würde weiterleben. Aber ihm war so arschkalt und er hatte einen solchen Hunger und der Schneesturm war so schlimm, dass er trotzdem blieb. Es gab ein Bett und Decken, also legte er sich hin. Und als er irgendwann später aufwachte, standen Leute um ihn herum. Am Anfang dachte er, sie wären gekommen, um ihn zu retten, aber dann sah er, dass sie keine Hightech-Polarklamotten trugen, also kein Zeug wie dieses hier ...« Zak tippte auf seine dicke orange Jacke. »Nein, die Typen, die den Wissenschaftler umringten, steckten in *uralten* Outdoorklamotten.«

»Jetzt sag bloß nicht, dass sie ihn umgebracht haben!«

»Nein. Sie standen einfach bloß da und starrten ihn an. Dann machten sie auf dem Absatz kehrt und verließen die Hütte. Der Forscher hatte natürlich Angst. Was heißt Angst: Er hatte richtig Schiss. Vor lauter Schreck blieb er wie gelähmt im Bett liegen. Erst nach einer gefühlten Ewigkeit hat er sich rausgetraut. Aber da war niemand. Irgendwann ließ der Sturm dann endlich nach und er konnte zu seiner Station zurück. Er hat ein paar Kollegen zu der Hütte geschickt, aber die haben sie nicht gefunden. Es war, als gäbe es sie gar nicht. Als hätte sie nie existiert.«

»Und woher kommt dann das Foto?«

»Häh?«

»Das Foto der Hütte. Du hast doch gesagt, du hättest ein Foto gesehen.«

»Äh, keine Ahnung.« Zak schüttelte den Kopf. »Ich schätze, sie haben das Foto einer anderen Hütte genommen. Ist doch auch egal, oder?«

May stand da, eine Hand an der offenen Schranktür, und blickte Zak an. »Und warum erzählst du mir das alles? Glaubst du etwa, dass es in der Antarktis Geister gibt?«

»Quatsch.« So gerne Zak gewusst hätte, was seine Schwester von der Sache mit dem Eisbären und dem Scott-Typen hielt, er traute sich nicht es anzusprechen.

May seufzte. »Der Mann war hungrig und erschöpft, oder?«

»Wahrscheinlich.«

»Dann hatte er wohl eine Erscheinung.« Sie wandte sich erneut dem Schrank zu. »Manche Leute halluzinieren, wenn sie müde oder ausgehungert sind. Oder krank. Ich stehe auf Horrorfilme, Zak, aber ich glaube nicht an Geister.«

In dem Moment wusste Zak, dass er es ihr definitiv nicht erzählen konnte. Außerdem hatte May schon genug Angst. Sie würde seine Vision auf die Krankheit schieben, vielleicht sogar zu Recht. Vielleicht hatte er sich das alles tatsächlich nur eingebildet.

»Na los«, sagte May. »Lass uns etwas zu Essen suchen.«

Es gab reichlich Vorräte in den Küchenschränken: gebackene Bohnen und Gemüsekonserven, Tee, Kaffee, Milchpulver und Vakuumverpackungen mit Rindereintopf oder Hühnchen-Curry.

»Astronauten-Eiscreme?« May hielt eine Tüte hoch.

»Wozu braucht man die denn? Wir befinden uns hier in der größten Eistruhe der Welt. Man muss doch nur vor die Tür gehen, um Eis zu haben.«

»Und Milcheis? Einfach die Polarkühe melken, die sie draußen halten?«

»Das könnten sie einfliegen lassen – wie alles andere auch.« Zak riss den Deckel von einer großen Plastikdose mit Schokoriegeln und zeigte sie seiner Schwester. »Ist Zucker nicht gut, wenn man einen Schock hat?«

»Ja.« May nahm ein Snickers heraus und Zak steckte sicherheitshalber noch eins für später ein, dann gingen sie zurück zu Mum, Dad und Dima.

»Wie lautet der Plan?«, fragte May und reichte Dima das Wasser und den Riegel.

»Jetzt, wo wir wieder Strom haben, müssen wir als Erstes die Crewmitglieder suchen und eine Nachricht an die Zentrale schicken. Die müssen unbedingt erfahren, was hier los ist.«

»Wissen *wir* denn, was los ist?«, fragte May.

»Nein«, nuschelte Dima, den Mund voller Snickers. »Aber sieht nicht gut aus.«

»Bitte jetzt keine übereilten Schlüsse!« Mum funkelte ihn böse an. »Es gibt wieder Strom, wir müssten also kommunizieren können. Ich denke, in ein paar Stunden wird jemand hier sein. Bis dahin werden wir es doch wohl aushalten, oder?«

»Du hast recht.« Dad stand auf und ging zur Eingangstür, neben der eine selbst gemalte Übersichtskarte hing. Das Ding sah aus, als hätte jemand aus Langeweile ein bisschen vor sich hin gekritzelt und das Ergebnis an die Wand geklebt.

Dad tippte auf den Kontrollraum, das erste Gebäude hinter dem Osttunnel, und warf Mum einen Schulterblick zu. »Du hast viel mit Kommunikation zu tun, du kennst dich da besser aus als ich.«

»Schön, dass du es endlich zugibst«, sagte Mum mit einem Grinsen.

»In der Krankenstation warst du ja schon, aber sieh sicherheitshalber noch einmal nach. Und vergiss nicht, einen Blick ins Forschungsmodul zu werfen. Vielleicht ist dort ja jemand? Ich klappere den West- und Nordtunnel ab. Wenn wir fertig sind, treffen wir uns im Kontrollraum, okay?« Er tippte wieder auf den Plan. »Irgendwo müssen sie doch sein.«

»Okay, du begleitest mich.« Mum legte ihre Hand auf Mays Schulter. »Zak, du bleibst hier bei Dima, während Dad ...«

»Auf keinen Fall! Ich bleibe nicht hier! Ich gehe mit Dad.«

»Ist das eine gute Idee?« Mum wirkte skeptisch. »Fühlst du dich wirklich gut?«

»*Ja!* Warum muss ich das ständig wiederholen? Zum hundertsten Mal: Mir geht's bestens, Mum!«

Mum schwieg eine Weile. »Okay, dann begleitest du Dad«, sagte sie schließlich und wandte sich dem Osttunnel zu. »May, hier lang.«

»Oh, cool: ein Jungs- und ein Mädchenteam«, sagte May.

»May, wir liefern uns keinen Wettkampf, okay? Wir versuchen einfach nur hier wegzukommen.«

»Und was ist mit mir?« Dima klang immer noch etwas benommen. »Wen ich begleite?«

»Sie bleiben, wo Sie sind«, befahl Mum. »Das Letzte, was wir jetzt brauchen, ist, dass Sie wieder umkippen.«

»Aber ich hab gegessen, mir geht besser.« Dima wedelte mit dem Snickers-Rest.

»Das ist schön, denn wir werden Sie noch brauchen.«

»Aye, aye, Käpt'n.« Er salutierte, biss von seinem Riegel ab und ließ sich zurück aufs Sofa sinken.

»Na los, lass uns gehen.« Dad knuffte Zak in die Seite und winkte seiner Frau und seiner Tochter zu. »Bis gleich.«

Zak folgte seinem Vater, bis dieser am Eingang zum Westtunnel stehen blieb und die Taschenlampe von der linken in die rechte Hand nahm. Er versuchte es zu überspielen, aber er war nervös, das sah Zak genau. Und Zak ging es nicht anders. Sie hatten keine Ahnung, was sie im Inneren der Basis erwartete.

»Bereit?«, fragte Dad.

»Klar. Und du?«

Dad schob seine Brille die Nase hoch. »Eigentlich nicht.«

STATION ZERO, ANTARKTIS

JETZT

Der Westtunnel war ein langer, fensterloser Flur mit blassblauen Wänden und blassblauem Boden. Deckenspots verbreiteten ein grellweißes Licht und eine klinische Atmosphäre.

Der dumpfe Schmerz hinter Zaks rechtem Auge meldete sich zurück – als wollte er ihn anstupsen und an seine künftigen Krankenhausaufenthalte erinnern. Zak vergewisserte sich kurz, dass Dad nicht hinsah, dann presste er sich die Hand aufs Auge und versuchte den Schmerz wegzureiben.

»Alles klar mit dir, Kumpel?« Dad blieb stehen.

Zak zuckte zusammen. *Kumpel?* Es war so dermaßen peinlich, wenn Dad cool sein wollte. Er war groß und schlank mit einem »alterstypischen Bauchansatz«, wie er selbst es nannte, oder »einer Kugelwampe«, wie Mum es bezeichnete. Er hatte kurzes silbernes Haar, das sich oben etwas lichtete, und eine Schwäche für braune Cordhosen und braune Schuhe. Er trug gerne Sakkos mit beigen Lederflicken auf den Ellbogen – genau wie Zaks Erdkundelehrer – und im Sommer Socken in Sandalen. Zak liebte seinen Dad, aber cool fand er ihn nicht. Er bezweifelte sogar, dass Dad jemals cool gewesen war.

»Alles klar?«, fragte Dad noch einmal.

»Ja, jetzt fang du nicht auch noch an.« Zak konnte sich nur schwer beherrschen.

»Okay ...« Dad sah ihn prüfend an. »Es ist nur ... du hast vorhin, als wir ankamen, ein bisschen verängstigt gewirkt ... Na ja, und dann das viele Blut. Da ist dir wahrscheinlich etwas mulmig geworden. Deshalb hab ich mich gefragt, ob ...«

»Mir geht's gut, Dad!«

Gut. Gut. Gut. Zak hatte es so satt, den Leuten immer wieder zu versichern, dass es ihm gut ging. Warum reichte es nicht, dass er es ein Mal sagte? Warum musste er es tausendmal wiederholen?

»Na schön, dann lass uns mal aufbrechen. Ich denke, wir sollten zuerst im Schlaftrakt nachsehen«, sagte Dad. »Vielleicht haben sie sich alle aufs Ohr gelegt. Machen ein Nickerchen.«

Am Ende des Tunnels schwebte Dads Hand eine Weile über dem automatischen Türöffner. Er grinste Zak an, wie um sein Zögern zu überspielen. Schließlich gab er sich einen Ruck und drückte den Knopf. Als sich die Tür zu den Schlafkabinen zischend öffnete, hielt er rasch seine Taschenlampe hoch, so als rechnete er mit irgendeinem Problem.

Doch der kleine Flur hinter der Tür war leer. Dad atmete geräuschvoll aus und knipste das Licht an. Die Röhre flackerte ein paarmal, dann beleuchtete sie einen Gang mit drei großen runden Deckenfenstern. In den Sommermonaten fiel wahrscheinlich Licht hindurch, aber zurzeit war es ja rund um die Uhr dunkel.

Zu beiden Seiten des Ganges gingen je fünf Wohneinheiten ab, deren Eingangstüren offen standen.

»Hallo?« Dads Stimme zitterte leicht.

Keine Antwort.

Natürlich antwortet niemand. Es ist ja niemand da.

Als Zak den Gang betrat, bemerkte er die dunklen, glänzenden Brösel auf dem Fußboden.

»Schau mal, genau wie im Gemeinschaftsraum«, flüsterte er.

Dad betrachtete die Krümel, dann wandte er sich der ersten Tür auf der linken Seite zu. »Tja, dann lass uns mal nachsehen, ob jemand da ist.«

Die Wohneinheit bestand aus einem kleinen Wohnzimmer, einem Bad, nicht viel größer als die WC-Kabinen in Flugzeugen, und zwei winzigen Schlafkabinen mit Stockbetten und Einbauschränken. Auf dem Regalbord im Wohnzimmer standen ein paar Taschenbücher und an der Wand hingen gerahmte Fotos: Eines der Bilder zeigte eine lächelnde vierköpfige Familie auf Skiern vor einem verschneiten Berghang. Auf einem anderen Foto standen Mutter und Tochter bei strahlend blauem Himmel vor Station Zero – zumindest schloss Zak aus der Ähnlichkeit der Gesichter, dass es sich um Mutter und Tochter handelte. Dann gab es noch ein Foto vom Sohn, der stolz irgendein Zeugnis präsentierte, und ein Porträt der Tochter mit College-Pullover.

In einer der Schlafkabinen hing ein einzelnes weißes Blatt Papier an der Wand. In schwarzer Schrift stand darauf: »Sei allzeit bereit.« Und direkt darunter: »Improvisieren, anpassen, meistern.«

»Hier ist niemand«, sagte Dad. »Lass uns in den anderen Wohnungen nachsehen.«

Nach einem letzten Blick durch die winzigen Räume folgte Zak seinem Vater in den Gang und in die anderen Wohneinheiten, die alle exakt gleich eingerichtet waren und sich nur durch die wenigen persönlichen Gegenstände unterschieden.

In der letzten Wohnung jedoch war etwas anders: Der Inhalt des Regals war auf dem Boden verstreut und die Stühle waren umgekippt. Schwarzes Krümelzeug bedeckte die spärlichen Besitztümer.

»Was ist denn hier passiert?«, fragte Zak. »Sieht aus, als hätte hier ein Kampf stattgefunden oder so.«

Stirnrunzelnd und kopfschüttelnd betrachtete Dad das Chaos. Aber als er sich zu Zak umdrehte, lächelte er. »Tja, wohl niemand zu Hause. Lass uns noch mal …«

»Ich weiß, was du hier abziehst, Dad. Du tust so, als wärst du nicht beunruhigt. Als wäre alles in schönster Ordnung.«

»Aber es *ist* alles in Ordnung«, beteuerte Dad. »Wir werden der Sache schon auf den Grund gehen. Bis dahin lasst es mal Mums und meine Sorge sein. Es ist nicht eure Aufgabe, sich mit Problemen dieser Art zu beschäftigen.«

Zak ließ seinen Blick noch einmal durch die winzige Wohnung schweifen. Eine Wackelkopffigur von Star-Lord aus *Guardians of the Galaxy* fiel ihm auf, die auf dem Boden zwischen all dem schwarzen Bröselzeug lag.

»Und? Was glaubst du, wo sie alle sind?«

»Na ja, irgendwo müssen sie ja sein. Menschen lösen sich nicht einfach in Luft auf.«

»Und was ist mit dem Mars-Rover? Und dem Flugzeug? Wie soll das deiner Meinung nach passiert sein?«

Dad schüttelte den Kopf. »Das war der Wind, schätze ich.«

»Der Wind? Das glaubst du doch selbst nicht! Das hätte nicht mal ein Orkan geschafft.«

»Was meinst du denn, was es war?«

Zak musste an den gespenstischen Polarforscher und die Eisbären denken, aber dann schüttelte er den Kopf: »Ich weiß es nicht.«

»Und genau deshalb müssen wir es herausfinden«, sagte Dad und ging zurück in den Tunnel.

Der zweite Wohntrakt war genauso verlassen wie der erste und mit jedem leeren Raum, den Dad und Zak betraten, wuchs ihr Verdacht, dass irgendetwas Furchtbares in der Station geschehen war. Sie hatten auf ihrer Gebäudehälfte jetzt nur noch den Labortrakt vor sich. Blieb zu hoffen, dass Mum und May mehr Glück hatten.

Einige der Apparaturen in den Laboren kannte Zak aus der Schule, nur dass dies hier natürlich Profi-Equipment war: Bunsenbrenner, Bechergläser, Dreifüße, Mikroskope. Aber bei den meisten Gerätschaften hatte er nicht den blassesten Schimmer, wofür man sie brauchte. Schließlich entdeckte er doch noch etwas Bekanntes: Im hinteren Teil des Hauptlabors befanden sich zwei Arbeitsplätze hinter einer Glastrennwand und in einer dieser Kabinen stand eine Maschine, die dem Kernspintomografen im Krankenhaus ähnelte. Dem Teil, mit dem man das Innere seines Kopfes untersucht hatte.

An jeder Wand hingen ein Feuerlöscher und eines dieser merkwürdigen orangen Nerf-Gewehre, die er schon im Gemeinschaftsraum gesehen hatte.

»Das ist ein DLG«, erklärte Dad. »Ein Druckluft-Löschkapsel-Gewehr. Einprägsamer Name, oder?«

»Absolut.«

Dad lächelte. »Tja, das ist Wissenschaft: Du erfindest irgendetwas Tolles und gibst ihm einen idiotischen Namen.«

»Wie zum Beispiel ›Spinnen-Drohne‹?«

»Gefällt dir der Name nicht?«

»Dad! Schon mal dran gedacht, dass Spinnen so ziemlich das Unbeliebteste sind, was es gibt?«

»Hm, vielleicht.« Er deutete auf das DLG. »Egal, das Ding da ist jedenfalls eine Art Gewehr. Feuer ist eine große Gefahr hier drinnen. Und auf dem Mars erst recht. Schließlich kann man nicht mal schnell die Feuerwehr rufen, wenn es brennt, stimmt's? Also hat BioMesa dieses Gerät entwickelt. Es verschießt mithilfe von Druckluft kleine Patronen, die mit einer feuerlöschenden Chemikalie gefüllt sind und beim Aufprall zerplatzen. Bei großen Bränden nützen sie nichts, aber bei kleinen Brandherden sind sie perfekt.« Dad wandte sich zum Gehen. »Wir probieren es später mal aus, okay?«

»Okay.« Zak wollte Dad schon zurück in den Tunnel folgen, als er etwas sah, das ihn abrupt stehen bleiben ließ.

»Was ist?«, fragte Dad.

Ohne zu antworten, steuerte Zak auf einen langen Labortisch an der gegenüberliegenden Wand zu. »Sieh dir das an.«

Drei Insekten, etwa so groß wie sein kleiner Finger, lagen auf einem weißen Sezierbrett, eines richtig herum, die zwei anderen auf dem Rücken. Das erste hatte einen runden Kopf, einen kegelförmigen Panzer, der in kleine Abschnitte unterteilt war wie eine Ritterrüstung, und hinten eine Art kleine Zange. Es sah aus wie eine Kreuzung aus Skorpion und Ohrenkneifer, fand Zak. Der Panzer war schwarz, aber wenn man den Kopf neigte, schimmerte er in verschiedenen Farben, wie eine Ölpfütze.

»Die Dinger sehen genauso aus wie die zerbröselten Teile, die überall herumliegen«, flüsterte er.

Auf dem Panzerabschnitt unmittelbar hinter dem Kopf befanden sich zwei blasse gelbe Kreise. Die Flügel – zwei auf jeder Seite – waren ausgebreitet.

Das zweite Vieh sah identisch aus, nur dass es auf dem Rücken lag und in der Mitte aufgeschnitten war – offenbar um das Innenleben herauszunehmen.

Das dritte Insekt war grau und fleischig und ähnelte eher einer Raupe – nur dass es keine Raupe war, denn es hatte zwölf kurze Beine.

»Was ist das?«, fragte Zak. »Sind das Insekten?«

Dad blies die Backen auf und atmete geräuschvoll aus. »Ich bin kein Experte, aber ich bin mir ziemlich sicher, dass Insekten nur sechs Beine haben.« Er griff nach dem Tablet, das neben dem Sezierbrett lag, und schaltete es ein. Das Display leuchtete sofort auf und zeigte ein Dokument mit der Überschrift »Bohrkern #31«. Es enthielt verschiedene Tabellen, Schaubilder und endlose Zahlenkolonnen.

Zak beobachtete, wie sein Vater mit zunehmendem Stirnrunzeln durch das Dokument scrollte.

»Was steht da?«

Dad tippte auf den Bildschirm. »Ich bin mir nicht sicher. Sieht aus wie eine Zusammenstellung genetischer Informationen. Details über Genome und Stammzellen von …« Sein Blick wanderte vom Tablet zum Sezierbrett und zurück zum Tablet. »… von verschiedenen Tierklassen.«

»Tierklassen?«

»Hm. Säugetiere, Reptilien, Vögel, Fische … Insekten … eigentlich alles, was es so gibt. Was merkwürdig ist, denn dem Dokument zufolge stammen die Informationen alle aus dem Eisbohrkern Nr. 31.«

»Und warum ist das merkwürdig?«

»Erstens, weil niemand hier Eisproben genommen hat, zumindest nicht, soweit ich weiß. Und zweitens, weil es unmöglich ist, all diese DNA-Informationen in einer einzigen Probe zu finden. Dazu müsste man normalerweise den gesamten Planeten durchforsten. Sprich: Man müsste DNA-Proben von jedem einzelnen Tier nehmen, das einem über den Weg läuft, und zwar weltweit. Aber so – das ist völlig unplausibel.«

Zak musterte die Insekten, oder was auch immer es für Viecher waren. »Die sind gruselig.«

»Lebendig sind sie noch viel gruseliger.«

»*Was?*«

»Diese hier leben. Sieh sie dir an.« Dad ging zu einem großen Glasbehälter am Ende des Labortisches.

Zak war sich nicht sicher, ob er die Viecher wirklich sehen

wollte. Aber okay, sie waren hinter einer Scheibe. Was konnte schon passieren?

Der Glasbehälter sah aus wie ein riesiges Aquarium, ungefähr zwei Meter hoch und einen Meter lang und breit. Von dort, wo er stand, konnte Zak ein paar Käfer erkennen. Sie hockten reglos am Boden, doch als er zögernd näher trat, begannen sie sich zu bewegen. Einige krabbelten zur Frontscheibe und stießen mit dem Kopf dagegen, andere breiteten ihre Flügel aus und schwirrten umher. Immer wieder hörte man kleine Panzer gegen das Glas knallen. Ein unregelmäßiges, immer schnelleres *Ting-Ting-Ting* erfüllte den Raum, denn die Käfer wurden immer aktiver. Nach einer Weile war nur noch eine schwarze Wolke mit schillernden Farbreflexen zu erkennen, in deren Mitte sich zwei leuchtend gelbe Streifen abzeichneten. Sie erinnerten Zak an Fotos, die er mal gesehen hatte: von Leuten, die mit Leuchtstäben Wörter in die Dunkelheit schrieben. Zwei phosphoreszierende Spiralen wirbelten in dem Glaskasten umeinander, stiegen höher und fielen dann wieder in sich zusammen.

»Was machen die da?« Dad beugte sich vor. »Formen die ein Muster?«

Zak trat jetzt ebenfalls an den Kasten – und sofort hörte die Bewegung auf. Wie auf Kommando klatschten die Käfer gegen die Scheibe und klebten dort als kompakter Klumpen fest. Er erhaschte einen Blick auf die graue, fleischige Masse, die sich unter den Flügeln befand, und im selben Moment durchfuhr ihn ein stechender Schmerz.

Das Labor, Dad, die Insekten ... alles verschwand. Wie schon einmal hing Zak in der Luft und blickte auf ein tiefschwarzes Meer hinab. Nur dass er plötzlich wusste, dass es kein Meer war, sondern ein riesiger Käferschwarm. Ein Schwarm, der sich in alle Richtungen endlos ausdehnte. Und er wusste auch, dass sie überall auf seinem Körper herumkrabbeln würden, wenn er hineinfiel. Er würde in der schwarzen Masse ersticken. Sie würden ihn erdrücken und bei lebendigem Leib auffressen. In der brodelnden Schwärze sah er die Enden einer leuchtend gelben Spirale, die sich drehte und drehte und immer weiter zu ihm emporstieg. Wie ein Korkenzieher rotierte sie und schien nach ihm greifen zu wollen. Er ruderte mit den Armen, versuchte seinerseits aufzusteigen, außer Reichweite zu gelangen. Er hatte Panik vor dem, was die Spirale mit ihm vorhatte.

»Zak? Zak?« Dads Stimme drang durch die Dunkelheit zu ihm. »Zak?«

Erleichtert wandte er sich der vertrauten Stimme zu und *wusch!* stand er wieder im Labor, ein paar Schritte von dem Glasbehälter entfernt. Dad starrte ihn besorgt an. »Alles in Ordnung mit dir?«

Zak warf einen Blick in den Glaskasten. Die Insekten hatten sich auf dem Boden niedergelassen.

»Ja.«

»Du warst eine Minute oder so richtig abwesend. Genau wie vorhin. Bist du sicher, dass alles okay ist?«

»Die Käfer haben mir Angst gemacht«, antwortete Zak.

»Hm. Mir auch. Komm, wir gehen rüber in den Kontrollraum. Vielleicht sind Mum und May ja schon da.«

»Gute Idee.« Zak warf einen letzten Blick durch die Scheibe.

»Lass uns vorher noch kurz nach Dima sehen, okay?«, schlug Dad am Ende des Tunnels vor.

Doch als sie den Gemeinschaftsraum betraten, stellten sie entgeistert fest, dass dort niemand mehr war, nach dem sie hätten sehen können.

Der Pilot war verschwunden.

STATION ZERO, ANTARKTIS
JETZT

»Dima?«

Dort, wo der Pilot gesessen hatte, war noch eine Mulde im Kissen. Seine Brille lag auf dem Boden, inmitten einer kleinen Wasserpfütze. Nicht weit entfernt waren die Überreste von gepanzerten Insekten verstreut – Insekten, wie sie sie im Labor gesehen hatten.

»Ich glaube, die lagen hier vorher noch nicht«, bemerkte Zak. »Ich meine ... das wär uns doch aufgefallen, oder?«

»Keine Ahnung.« Dad legte ihm einen Arm um die Schulter. »Vielleicht haben wir sie einfach übersehen.«

»Und warum sind es immer nur die Hüllen? Die Panzer?«

»Wie meinst du das?«

»Na ja, müsste in diesen Panzern nicht etwas drinstecken? Diese ekligen grauen Dinger, die wir im Labor gesehen haben?«

Eine Weile standen sie da und starrten die Käferüberreste an. Die Situation wurde immer abstruser. Sie nahm langsam Züge eines Jackson-Jones-Abenteuers an – nur dass Jackson-Jones-Abenteuer im echten Leben deutlich gruseliger waren als zwischen zwei Buchdeckeln.

»Na komm, mein junger Padawan«, sagte Dad schließlich. »Dima wird sich schon nicht in einen Käfer verwandelt haben. Er ist bestimmt bei Mum und May.«

»Ja, wahrscheinlich.« Zak ließ seinen Blick noch einmal durch den Raum schweifen.

An der halbkreisförmigen Wand des Kontrollraums waren zwei Reihen von Monitoren angebracht, insgesamt zehn Stück. Darauf flimmerten Bilder von Überwachungskameras, die überall in der Station angebracht waren. Auf einem langen Schreibtisch vor den Monitoren reihten sich fein säuberlich Tastaturen und unbekannte elektronische Gerätschaften aneinander. Mum und May saßen auf Drehstühlen hinter dem Schreibtisch.

»Habt ihr etwas herausgefunden?«, fragte May, als Zak und Dad hereinkamen.

»Wo ist Dima?« Zak blickte sich um. »Im Gemeinschaftsraum ist er nicht. Wo ist er hin?«

»Keine Ahnung. Wir haben ihn nicht gesehen.« Mum klang verwirrt. »Nicht seitdem wir uns aufgeteilt haben.«

»Vielleicht hat ihn eine Kamera erfasst?« Zak deutete auf die Monitore. Aber ihm wurde schnell klar, dass keine der vier Kameras im Gemeinschaftsraum auf die Stelle gerichtet war, wo Dima gesessen hatte.

»Nichts funktioniert«, berichtete Mum. »Die Kameras sind zwar eingeschaltet und von Zeit zu Zeit bewegen sie sich sogar, aber die Bedienelemente funktionieren nicht.« Wie zum Beweis tippte sie auf einer der Tastaturen herum.

»Seht ihr? Nichts passiert. Und das ist nicht alles: Man kann auch nicht nach draußen kommunizieren. Außer per E-Mail, aber ...«

»Dann schicken wir eben eine E-Mail an die Schweizer Zentrale«, sagte Dad.

»Haben wir schon versucht«, antwortete May.

»Und?«

Mum stützte ihre Ellbogen auf die Schreibtischplatte und rieb sich das Gesicht. »Hm, wo soll ich anfangen? Okay, also E-Mails scheinen rauszugehen, deshalb habe ich eine ans Büro geschickt und unsere Lage erklärt. Ein paar Minuten später haben sie auch geantwortet.« Sie zog die Tastatur zu sich heran und holte sich die Nachricht auf den Schirm.

An: Stationzero@exodus.com
Von: hoffice@exodus.com
Betreff: Aktuelle Lage auf Station Zero

Dr. Reeves,
vielen Dank für Ihren Lagebericht. Wir entschuldigen uns vielmals für die Unannehmlichkeiten, die Sie in Ihrem Urlaub erleiden müssen. Wir alle hier sind erleichtert, dass Sie sicher auf Station Zero angekommen sind und die Systeme wieder laufen. Bitte informieren Sie uns, sobald Sie neue Erkenntnisse zu dem Drohnenproblem haben.
Eine positive Nachricht zum Schluss: Der Projektleiter hat zugesichert Ihnen sämtliche Unkosten zu erstatten, die Ihnen in Ihrem Urlaub entstehen.

Mit freundlichen Grüßen und besten Wünschen
Dr. Ernest Hardy

Dad runzelte die Stirn. »Das verstehe ich nicht. Was hast du ihm denn geschrieben? Wieso glauben sie, dass hier alles wieder läuft? Hier läuft nichts, gar nichts.«

»Das ist ja das Merkwürdige.« Mums Finger huschten über die Tastatur. »Hier ist die E-Mail, die an sie rausgegangen ist.«

An: hoffice@exodus.com
Von: Stationzero@exodus.com
Betreff: Aktuelle Lage auf Station Zero

Hiermit informieren wir Sie, dass einige Systeme aufgrund der extremen Wetterbedingungen ausgefallen sind. Die Lage ist aber unter Kontrolle. Sobald die Systeme wieder vollständig funktionieren, werden wir auch über die anderen Kanäle kommunizieren können.

Dr. Evelyn Reeves

»Komischerweise ist das nicht der Text, den ich geschrieben habe. Nicht annähernd. Ich habe ihnen die Situation hier geschildert, aber zwischen Verfassen und Abschicken der Mail muss sich der Text irgendwie verändert haben.«

»Wie meinst du das? *Muss sich verändert haben?*« Dad starrte auf den Bildschirm. »Wie soll das denn passiert sein? Und wer sollte das gemacht haben?«

»Keine Ahnung.«

»Und warum sollten sie schreiben, dass alles okay ist, wo doch *nichts* okay ist, *buchstäblich* gar nichts?«, fragte May.

»Damit sie keine Hilfe herschicken müssen«, vermutete Zak. »Ich meine, wenn alles okay ist, muss man sich nicht kümmern, oder?«

May starrte ihn an. Sie hatte offenbar Probleme zu begreifen, worauf er hinauswollte: dass jemand sie bewusst hier draußen hängen ließ.

»Und das Ganze ist deshalb so merkwürdig«, fuhr Mum fort, »weil man nur von der Schweizer Zentrale und von diesem Kontrollraum in das System reinkommt.«

»Willst du damit sagen, dass sich jemand in die Rechner der Zentrale reingehackt hat?«, fragte May.

»Tja, aber warum?«, erwiderte Mum. »Das macht doch überhaupt keinen Sinn.«

»Das macht genauso wenig Sinn wie alles andere hier«, bemerkte Zak. »Im Labor haben wir drei auf ein Brett gepinnte, aufgeschnittene Insekten entdeckt. Und in einem Glasbehälter daneben massenhaft lebende Exemplare. Erinnert ihr euch an die schwarzen Brösel auf dem Fußboden? Ich glaube, die stammen von denen.«

»Insekten?«, fragte Mum.

»Ja, sieh sie dir an.« Dad reichte Mum das Tablet aus dem Labor und wartete, bis sie durch das Dokument gescrollt hatte. May stand dahinter und blickte ihr über die Schulter.

»Sie haben Eisbohrkerne untersucht?«, fragte Mum.

»Sieht so aus.«

»Aber warum? Und von wo?«

Dad nahm seine Brille ab und kniff sich in den Nasenrücken. »Nun ja, wir befinden uns ganz in der Nähe des Antarktischen Abgrunds. Vielleicht haben sie die Proben dort entnommen?«

»Aber für solche Untersuchungen ist die Station doch gar nicht ausgestattet«, erwiderte Mum. »Dazu braucht man Spezialequipment und vor allem Experten. Die Leute hier lassen sich für ein Leben auf dem Mars ausbilden, nicht für die Analyse von Eisbohrkernen. Und überhaupt: Diese Art von ... Lebensspuren ... findet man nicht hier im Eis. Völlig unmöglich.«

»Das ist es ja, was ich meine«, stimmte Dad zu. »Wir interpretieren es sicher falsch. Wir sind keine Biologen, wir können diese Daten nicht lesen. Es ist jedenfalls ausgeschlossen, dass sie aus den Tiefen des Polareises stammen.« Er tippte auf das Display. »Dazu müsste das Eis viel älter sein.«

»Wie alt?«, fragte Mum.

Dad zog die Augenbrauen hoch. »Ich bin kein Experte, aber soweit ich weiß, ist das Eis in Bohrkernen gewöhnlich mehrere Tausend Jahre alt. Aber das hier?« Er deutete auf das Dokument. »Das sieht nach mehreren Millionen Jahren aus.«

Mum legte das Tablet auf den Schreibtisch. »Die Dinger muss ich mir ansehen!«

»Sollen wir nicht erst mal rausfinden, was mit Dima passiert ist?«, fragte May. »Und mit den anderen Leuten? Wenn wir die finden, klärt sich der Rest vielleicht von allein.«

»Du hast recht.« Dad seufzte. »Gut möglich, dass Dima bei den anderen ist.« Er steckte die Hände in die Jackentaschen und trommelte mit den Fingern. »Moment mal.« Er hörte mit dem Trommeln auf. »Die Exodus-Teilnehmer haben doch alle implantierte Mikrochips, oder? Damit die Projektleiter sämtliche Vitaldaten via Monitor kontrollieren können: Puls, Blutzucker und so weiter. Also müsste man sie doch lokalisieren können. Irgendwo muss es hier einen Tracker geben, einen Peilsender, mit dem ...«

»Auf die Idee sind wir auch schon gekommen, Sherlock Holmes.« May verschränkte die Arme. »Aber leider haben wir's nicht gefunden.«

»Habt ihr schon in der Krankenstation und im Forschungstrakt 2 nachgesehen?«

»Ja.«

»Hm, okay ...« Dad hob resigniert die Hände. »Dann bleibt ihr zwei jetzt hier und schaut, ob ihr irgendetwas zum Laufen bekommt. Zak und ich gehen zur Drohnenstation. Das ist der einzige Ort im Hauptgebäude, wo wir noch nicht waren. Wenn sie nicht dort sind, können sie nur irgendwo draußen sein ...«

»In Ordnung«, stimmte Mum zu. »Aber nehmt ein Walkie-Talkie mit.« Sie deutete auf ein Regal zu ihrer Linken, in dem mehrere Funkgeräte lagen. »Die müssten funktionieren. Sie hängen nicht an diesem komplizierten Kommunikationssystem.«

»Klingt plausibel.« Dad schnappte sich zwei Walkie-Talkies und überprüfte, ob sie auf demselben Kanal sendeten. Dann reichte er eins Mum und klickte das andere an seinem Gürtel fest. »Wir sprechen uns«, sagte er und machte sich mit Zak auf den Weg.

STATION ZERO, ANTARKTIS
JETZT

Als er den Nordtunnel betrat, blieb Zak wie vom Donner gerührt stehen. Sein Atem stockte. Er war unfähig sich zu bewegen, er stand einfach nur da und starrte.

Die Gestalt war wieder da. Derselbe Typ wie vorher. Und diesmal gab es keinen Schatten, in dem er sich hätte verbergen können. Er stand am Ende des Tunnels, direkt unter dem letzten Deckenspot. Voll beleuchtet. Kein Zweifel möglich.

Obwohl, so eindeutig war es vielleicht doch nicht. Denn als Zak sich vom ersten Schrecken erholt hatte und die Gestalt genauer betrachtete, fiel ihm auf, dass sie ziemlich unscharf und irgendwie ein bisschen grau wirkte. Wie ein Schattenwesen. Ein Geist ...

Schmerz.

Ein stechender Schmerz schoss Zak in den Kopf. Durchbohrte ihn wie eine heiße Nadel.

Es dauerte nur den Bruchteil einer Sekunde, dann war alles wieder gut. Doch die Gestalt blieb, wo sie war. Der Mann – Zak war sicher, dass es sich um einen Mann handelte – trug dieselben Sachen wie beim letzten Mal: eine altmodische

Outdoorjacke, dicke Fäustlinge, eine riesige Kapuze und diese merkwürdige Schneebrille, die an Insektenaugen erinnerte.

»Siehst du ... irgendetwas?«, flüsterte Dad.

Zak wollte antworten, aber seine Zunge war zu trocken und seine Lippen fühlten sich an wie betäubt. »Etwas ... sehen?«, krächzte er schließlich. »Was denn ... zum Beispiel?« Falls Dad die Gestalt auch wahrnahm, würde das bedeuten, dass er sie sich nicht einbildete. Dass er keine Trugbilder sah, wie die Ärzte es ihm prophezeit hatten.

»Ich bin mir nicht sicher.« Dad flüsterte immer noch. »Eine Art ... Schatten. Am Ende des Tunnels.«

»Du siehst es also auch?«

»Ich ... weiß nicht. Nein. Ich dachte, da wäre etwas, aber ...« Dad verstummte. Er schien zu überlegen, ob er seinen Augen trauen konnte oder nicht.

Zak dagegen sah die Gestalt immer noch.

Direkt vor ihnen. Keine zehn Meter entfernt. Doch je intensiver Zak sie anstarrte, desto unschärfer wurde sie. Die Jacke ähnelte denen, die Polarforscher auf alten Fotos trugen, aber außer ein paar Knitterfalten konnte Zak keine Details erkennen. Die Kapuze war weiß, die kniehohen Stiefel waren dunkelgrau, die runden Brillengläser tiefschwarz und die riesigen Fäustlinge schwarz-weiß-grau. Es gab nicht einen einzigen Farbtupfer an dem Outfit. Der ganze Typ sah aus wie aus einer Uraltfotografie ausgeschnitten.

Jetzt hob er die Hand, krümmte die Finger und winkte Zak zu sich.

Gibt er mir wirklich ein Zeichen? Will er, dass ich zu ihm komme?

Mit ausgestreckten Armen stakste die Gestalt auf Zak zu. Der hatte das Gefühl, auf das wackelnde, grobkörnige Videobild einer Überwachungskamera zu starren. Jetzt bewegte sich etwas unter der Sturmhaube – als würde der Typ sprechen. Doch es war nichts zu hören. Auch seine Bewegungen waren vollkommen lautlos. Aber da – ein Farbschimmer! Als sich das Deckenlicht kurz auf den Brillengläsern spiegelte! Eine Mischung aus Blau, Rot und Grün.

Wie auf den Käferflügeln.

Da ist niemand, beschwor sich Zak. *Ich sehe niemanden. Es gibt keine Geister. Das spielt sich alles in meinem Kopf ab.*

»Muss ich mir eingebildet haben«, murmelte Dad in diesem Moment. »Ich seh schon Gespenster.«

Aber der Typ war immer noch da. Mit abgehackten Bewegungen kam er auf Zak zu. Und die ganze Zeit flimmerte er, als wäre er noch nicht vollständig in der Realität materialisiert.

»Du siehst nichts?« Jetzt flüsterte auch Zak.

»Nein. Und nun komm.«

»Dad ...« Zak wollte seinen Vater aufhalten, aber der ging unbeirrt weiter – direkt auf den geisterhaften Polarforscher zu.

Und plötzlich war der Typ weg. Einfach so. Als wäre er niemals da gewesen. Der Gang war so menschenleer wie der Rest des Gebäudes.

»Dad?« Zak starrte auf das Tunnelende. »Bitte beschreibe, was du beim Betreten des Tunnels gesehen hast.«

»Nichts.«

»Komm schon, sag's mir«, beharrte Zak. »Versuch es zu beschreiben. Was hast du gesehen?«

Dad blieb stehen und sah seinen Sohn an. Dann presste er die Lippen zusammen und senkte den Blick. Als er Zak wieder in die Augen schaute, schüttelte er den Kopf. »Nichts.«

»Dad!«

»Na schön. Also, ich möchte dich nicht ängstigen, aber ... es war eine Art Schatten. Es fühlte sich an, als sei da jemand, aber ...« Dad drehte sich zur Tür. »Aber jetzt ist da niemand mehr. Und weil ich nicht an Geister glaube ...«

»Geister? Wie kommst du denn darauf?«

»Mein Verstand hat mir einen Streich gespielt, Zak.«

»Aber ich hab auch was gesehen.«

»Wirklich?«

»Ja. Einen Schatten. Etwas ... das nicht da war.«

Dad blickte Zak an, als würde der sich über ihn lustig machen.

»Im Ernst«, bekräftigte Zak. »Ich habe wirklich was gesehen.«

Dad lächelte. Es war ein trauriges, mitfühlendes Lächeln und Zak wusste, was es bedeutete.

Er glaubt, dass ich fantasiere. Dass ich verrückt werde.

»Das lag am Licht. Wird eine optische Täuschung gewesen sein«, meinte Dad. »Wahrscheinlich waren es unsere eigenen Schatten, die in den Tunnel gefallen sind. Es wirkt alles etwas geisterhaft hier, aber es wird logische Erklärungen dafür geben. Auf jeden Fall hat es nichts mit Geistern zu tun, das verspreche ich dir.«

Wenn es keine Geister sind, dachte Zak, *muss es etwas anderes sein. Etwas noch Fieseres. Schrecklicheres.*

Dad drückte auf den Knopf an der Wand und die Tür zu einem großen, dunklen Raum glitt auf: die Drohnenstation.

Er trat, ohne zu zögern ein, aber Zak blieb auf der Schwelle stehen. Es war, als würde eine unsichtbare Wand ihn aufhalten. Und das hatte nichts mit seinen Kopfschmerzen zu tun, die waren weg. Nein, es lag an dem Raum. Der vermittelte ihm das untrügliche Gefühl, dass irgendetwas nicht stimmte. Was auch immer in der Station passiert war, es hatte mit diesem Raum zu tun, das spürte Zak. Er ließ seinen Blick schweifen, suchte nach der Gestalt aus dem Tunnel, aber die Drohnenstation war geisterfrei. Noch.

Weiße Wände, weißer Boden, weiße Decke: Der Raum glich eher einem OP-Saal als einer Werkstatt, trotz des schwachen Geruchs nach Öl und heißem Metall, der in der Luft hing.

In der Mitte befand sich eine runde Plattform von etwa vier Metern Durchmesser – eine Art Hebebühne, um die Drohnen auf die darunterliegende Eisschicht abzusenken. In der späteren Mars-Station One würde dieses komplette Modul als Luftschleuse dienen, durch die die Spinnen auf die Marsoberfläche hinausgelangen würden.

In Glasschränken rings um die Plattform wurden Ersatzteile aufbewahrt. Auf weißen Tischen lag Werkzeug wie OP-Besteck aufgereiht. Überall standen Apparate mit langen Kabeln bereit, die man zum Aufladen oder zur Fehlerdiagnose mit den Drohnen verbinden konnte.

Im hinteren Teil des Raumes befanden sich drei große Kabinen, über denen in großen schwarzen Buchstaben »HAL«,

»ROY« und »ED« stand – die Namen von Robotern aus Mums und Dads Lieblings-Science-Fiction-Filmen. Die Kabinen von Hal und Roy waren leer, aber in der Ed-Kabine stand so ziemlich das verrückteste und angsteinflößendste Gerät, das Zak je gesehen hatte.

Die Drohne war etwas größer als ein Smart. Ihr Kernstück war ein flaches ovales Gehäuse von etwa anderthalb Metern Durchmesser, in dem sich ihr »Gehirn« befand. Das Gehäuse war nach oben hin gewölbt und geriffelt – was der Drohne das Aussehen einer Zecke verlieh, die sich gerade mit Blut vollgesaugt hatte. Mindestens ebenso viel Ähnlichkeit hatte sie allerdings mit einer Spinne – wegen ihrer vier Beine mit den jeweils sechs Gelenken. An der Vorderseite befanden sich vier schlanke Arme, auf die unterschiedliche Werkzeuge montiert werden konnten. Aktuell waren es Zangen.

Ed befand sich offenbar in Ruhestellung: Der Körper lag flach auf dem Boden auf, die Gelenkbeine waren V-förmig zusammengeklappt, die Arme eingezogen.

Seit Zaks Eltern einen Tiefseeroboter für den pazifischen Marianengraben konstruiert hatten, gab es wohl keinen Roboterexperten auf der Welt, der den Namen Reeves nicht kannte. Doch die Roboter, die sie sich für das Exodus-Projekt ausgedacht hatten, waren noch viel ausgeklügelter. Sie waren das Raffinierteste, was die Roboterwelt zu bieten hatte.

Zak stand da, starrte die Spinne an und versuchte sich vorzustellen, wie drei identische Drohnen auf dem Mars herumwuselten und Station One vorbereiteten. Zak sah sie vor sich, wie sie alienmäßig durch den roten Staub flitzten, mit

3-D-Druckern unermüdlich neue Bauteile zauberten und zu Wohnmodulen zusammensetzten.

»Wir haben ein neues Problem.«

»Hm?« Zak war so vertieft in den Anblick des Metallmonsters, dass er – ohne es zu merken – den Raum halb durchquert hatte und Auge in Auge mit der Spinne dastand. Verwirrt blinzelte er.

Hinter ihm hielt Dad das Walkie-Talkie vor den Mund, den Daumen auf die Sprechtaste gepresst. Er drückte so stark, dass der Daumen schon ganz weiß war.

»Was ist los?« Mums Stimme klang verzerrt. »Habt ihr Dima gefunden?«

»Nein, haben wir nicht. Und es gibt ein weiteres Problem: Hal und Roy sind weg.«

»Wie bitte? Sagtest du, Hal und Roy sind weg?«

»Genau das sagte ich. Ed ist hier, aber die anderen zwei sind verschwunden.«

»Und keine Reaktion aus dem System?«

»Keine Antwort. Nichts.« Dad tippte auf das Tablet in seiner Hand. »Komplette Funkstille.«

Eine Weile herrschte Schweigen, dann sagte Mum: »Wir kommen.«

»Ist das schlimm?« Zak konnte seinen Blick nicht von der Spinne abwenden. »Die Drohnen sollten eigentlich alle in ihren Kabinen sein?«

»Sieht so aus, als würde hier nach und nach alles verschwinden.«

»Vielleicht erklärt das ja, warum hier niemand ist. Vielleicht sind die Leute alle draußen und üben mit den Drohnen?« Zak fand, dass Ed in seiner Kabine hockte wie ein Monster in seiner Höhle. Fies und lauernd.

In dem Moment zischte die Tür und Mum und May kamen herein. »Irgendein Signal?«

»Nichts«, antwortete Dad. »Ed lädt gerade, aber die Steuerung funktioniert nicht.«

»Das heißt, er lädt sich ganz alleine auf?«

»Er muss von irgendwo anders aus gesteuert werden.« Dad tippte auf verschiedene Icons auf dem Touchscreen. »Und ich habe keine Ahnung, wo die anderen beiden sind. Alle Kameras sind offline und das Display ist tot. Keine Reaktion.«

Mum musterte die Spinne. »Na sag schon, wo sind deine Brüder?«

Du? Deine Brüder? Zak lief ein Schauder über den Rücken. *Igitt! Als wäre das Ding nicht schon eklig genug, mussten Mum und Dad es auch noch behandeln wie ein Lebewesen!*

Ed hockte ungerührt in seiner Kabine, während Mum und Dad in ihrer Techniksprache zu fachsimpeln begannen. Wörter wie »normalisieren«, »autonom« und »kinematisch« schwirrten durch den Raum.

»Gruselig, oder?«, flüsterte May Zak ins Ohr.

»Man weiß gar nicht, was gruseliger ist: die Drohne, die Sache mit den Lichtern, dem Mars-Rover, dem Flugzeug, den verschwundenen Projektteilnehmern, den Käfern im Labor ...«

»Ich sag's ja: Wir hätten in St. Lucia bleiben sollen.«

»Ja, wär vielleicht besser gewesen.« Zaks Blick klebte schon wieder an der Spinne.

Irgendetwas glänzte und schimmerte zwischen den komplizierten Gelenken und filigranen Gliedern. Zak runzelte die Stirn, legte die Hände auf die Knie und ging in die Hocke, um sich die Unterseite der Drohne anzusehen. Dicke graue Kabel verbanden die beweglichen Teile, fast wie Sehnen die menschlichen Knochen und Gelenke. Und jedes Kabel verschwand in dem ovalen Gehäuse, das Mum und Dad als »Gehirn« bezeichneten. Aber als Zak genauer hinsah, erkannte er, dass die Kabel gar keine Kabel waren. Es war nichts Mechanisches, sondern eher etwas Biologisches. Organisches. Als würde Fleisch aus dem Gehirn der Spinne herauswachsen.

Gehörte das so? Zak hatte nicht den Eindruck. Es sah eher aus, als ob ...

Und dann erwachte die Spinne plötzlich zum Leben, und zwar mit einem solchen Tempo, wie Zak es sich in seinen kühnsten Träumen nicht hätte vorstellen können. Die Glieder sirrten leise, die Beine streckten sich, der Körper hob sich vom Boden und die Arme fuhren aus, wie für einen Angriff. Und schon bewegte sich das Teil vorwärts.

Tick-tack-tick-tack-tick-tack. Das Geräusch der metallenen Füße auf dem Boden. *Tick-tack-tick-tack-tick-tack.* Direkt auf ihn zu.

Völlig überrumpelt wich er zurück, aber er stolperte und fiel rückwärts auf die runde Plattform. Die Spinne kam unaufhaltsam näher, riesig und Furcht einflößend. Erst als sie genau über ihm stand, blieb sie stehen. Sie neigte sich nach vorne, bis die dunklen Linsen der Kameraaugen direkt auf sein Gesicht gerichtet waren. Die Metallarme streckten sich nach ihm aus, die Zangen näherten sich seinem Gesicht. Glitzernde, fleischige Sehnen wanden sich um die Stangen und Kabel in den Gelenken, spannten und lösten sich bei jeder Bewegung.

Irgendwo im Hintergrund kreischte May.

»Stopp ihn!«, brüllte Mum. »Schalt ihn aus!«

Schützend hob Zak die Arme vors Gesicht. Als die kalten Zangen seine Hände berührten, wusste er, dass sie niemanden in der Polarstation antreffen würden. Keine Menschenseele. Er wusste auch, was mit Dima passiert war. Die Spinne hatte sie alle getötet. Sie hatte sie zerrissen.

Und jetzt war er an der Reihe.

NOVEMBER-ISLAND, INDISCHER OZEAN

VOR 10 STUNDEN

Der Sikorsky MH-60S Seahawk-Helikopter wummerte tief über die schaumgekrönten Wellen. Als er die Küstenlinie von November-Island erreichte, donnerte er eine Weile über den schmalen weißen Sandstreifen, dann überflog er den Dschungel in Richtung Binnenland.

November-Island entdeckte man, wenn überhaupt, nur durch Zufall, denn außer auf absolut detaillierten Karten war die Insel nirgends verzeichnet. Und wenn man doch auf sie stieß, kam sie einem total unscheinbar vor. Selbst die eifrigsten Google-Earth-Weltenbummler verweilten nicht länger als zwei Sekunden auf der Insel, bevor sie woandershin zoomten. Auch für Investoren war November-Island uninteressant: dafür war die Auswahl an Trauminseln im warmen Wasser des Indischen Ozeans zu groß.

Der anspruchslose, tränenförmige Fleck Erde war gerade mal einen Kilometer breit und an seiner größten Ausdehnung anderthalb Kilometer lang. Ein Durchschnittsspaziergänger hätte die Insel in einer Stunde gemütlich umrundet. Nur dass »durchschnittliche« Leute November-Island eben nicht besuchten, und wenn sie es zufällig doch taten, dann waren sie meist schneller tot, als ein Inselspaziergang gedauert hätte.

Man konnte November-Island nur mit dem Schiff oder per Hubschrauber erreichen, aber beide Verkehrsmittel standen nur äußerst eingeschränkt zur Verfügung. Außerdem wurde jeder Quadratzentimeter des smaragdgrünen Dschungels und des idyllischen Strandes überwacht. Jedes sich nähernde Boot – vielleicht mit abenteuerlustigen Touristen an Bord, die scharf darauf waren, eine einsame Insel zu erkunden – stieß irgendwann unweigerlich auf eine Sicherheitspatrouille und wurde höflich zur Umkehr bewegt. Diejenigen, die sich den höflichen Worten widersetzten, verschwanden entweder sofort spurlos oder wurden auf dem offenen Meer Opfer eines bedauerlichen Bootsunfalls.

In dem Seahawk-Helikopter saß Larisa Lazarovich mit ihrem handverlesenen Agententeam. Sie scrollte auf ihrem Tablet durch Text- und Bilddateien und checkte noch einmal alle Details, die Phönix ihr vor ein paar Stunden geschickt hatte.

Lazarovich war eine top qualifizierte Soldatin, ihre Erfolgsquote lag bei sagenhaften einhundert Prozent. Insgesamt achtundzwanzigmal war sie für den Broker im Einsatz gewesen, nur ein einziger Mit-Agent hatte mehr Missionen vorzuweisen: ein Mann namens Thorn. Dies hier war Lazarovichs neunundzwanzigster Auftrag und sie hatte nicht vor den Broker zu enttäuschen. Der schätzte Niederlagen nämlich nicht. Ebenso wenig wie sie selbst.

Bei ihrer ersten Mission für den Broker – sie war damals einundzwanzig gewesen – hatte Lazarovich ein Team in den Amazonas-Dschungel geführt, um wertvolle Dokumente aus einem Flugzeugwrack zu bergen. Als einer der Teamkollegen sich darüber beschwerte, von einer jungen Frau angeführt zu werden, hatte Lazarovich ihn zu einem Messerkampf herausgefordert, ihn tödlich verletzt und im Urwald liegen lassen. Inzwischen waren seine sauber abgenagten Knochen wahrscheinlich über den ganzen Dschungel verstreut.

Lazarovichs Führungsqualitäten waren seitdem nie mehr angezweifelt worden.

Sobald sie merkte, dass der Helikopter sein Tempo drosselte, packte sie ihren Computer ein, löste den Sicherheitsgurt und stand auf. Die Teamkollegen folgten ihrem Beispiel, zwei von ihnen öffneten bereits die Seitentüren.

Der Pilot sagte nur ein einziges Wort: »Bereit.«

Sofort rollten die Agenten zwei Taue aus den beiden Türen und seilten sich auf die darunterliegende Grasfläche ab. Kaum berührten ihre Stiefelsohlen den Boden, rannten sie über die Lichtung und verschwanden in einem großen Hangar aus Beton, der von Dschungel umschlossen und nach oben hin durch einen grünen Netzüberwurf getarnt war. Selbst aus der Luft war der Hangar nicht zu sehen.

Lazarovich verließ den Helikopter als Letzte. Sobald sie im Gras gelandet war, wurden die Seile hochgezogen und die Türen geschlossen und der Seahawk drehte mit Höchstgeschwindigkeit ab.

Im Inneren des Hangars eilten die Agenten zu den zwei

Ospreys, die samt Piloten bereits startklar waren. Zwischen den Sitzen im Passagierraum waren diverse Ausrüstungsgegenstände ausgebreitet: Thermowäsche, Schneestiefel, Polartarnanzüge, Gefechtshelme, Kampfgeschirr und hochmoderne HK-416-A5-Heckler&Koch-Sturmgewehre. Wie gewünscht, enthielt Lazarovichs Ausrüstungspaket zusätzlich einen XM25-Granatwerfer – »für den Notfall«.

Als alle Kollegen an Bord waren, sprach Lazarovich ein »Bereit« ins Headset.

Augenblicklich schleppten Land Rover die zwei Flugzeuge auf die Lichtung und die Triebwerke wurden angeworfen. Mit ohrenbetäubendem Lärm hoben die Ospreys fast senkrecht ab, blieben ein paar Meter über dem Blätterdach in der Schwebe und richteten sich nach Süden aus. Dann schossen sie über das Meer davon.

Seit Ankunft des Seahawk waren nicht einmal fünf Minuten vergangen. Ein kurzer Tumult – und schon war November-Island wieder das, was es immer war: ein unbewohntes Fleckchen Erde.

Nichts erinnerte daran, dass Lazarovich und ihr Team den Inselboden jemals betreten hatten.

STATION ZERO, ANTARKTIS

JETZT

Im letzten Halbjahr war eines der Kinder an Zaks Schule gestorben. Es war an einem Samstag passiert und am Montag hatten sie sich alle in der Aula versammelt. Mrs Thompson, die Rektorin, hatte erklärt, was geschehen war, und ihnen eingeschärft vorsichtig zu sein, wenn sie an den Strand fuhren. Das Meer sei unberechenbar, hatte sie gesagt, und wenn es obendrein kalt sei, könne man einen Schock bekommen und ertrinken.

Das war natürlich nichts Neues für Zak. Auch alle anderen Kinder wussten das. Aber Jason Crowley aus der Sechsten musste sich irgendwie für unverwunbar gehalten haben, denn an jenem Samstag im Oktober hatte er auf der Hafenmauer herumgetobt und die verrückte Idee gehabt, ins Wasser zu springen. Die Kälte versetzte ihm einen solchen Schock, dass er instinktiv den Mund aufsperrte, nach Luft schnappte und einen Schwall eisigen Salzwassers in die Lunge bekam. Er ging sofort unter und kam nicht mehr an die Oberfläche. Die Rettungscrew fand ihn erst am Abend, als es längst zu spät war.

Nach der Versammlung in der Aula, auf dem Weg zu Mathe bei Mrs Coulson, hatte Krishna Gopal Zak erklärt, dass im Moment des Sterbens das komplette Leben an einem vorbeizöge. Jede einzelne Sekunde. Und dass es total echt aussehe. So sei es bei jedem plötzlichen Tod, hatte Kris behauptet. Das eigene Leben würde wie ein Film in Zeitlupe abgespult.

Zak hatte Kris' Behauptung bisher nicht angezweifelt, aber als die Spinne jetzt über ihm aufragte und seine Handflächen mit ihren Zangen berührte, spulte nicht die kleinste Lebensepisode vor seinem inneren Auge ab. Nichts. Gar nichts. Im Moment des Todes gab es offenbar keinen glücklichen Film für Zak Reeves. Stattdessen fing er an zu ertrinken. Aber nicht in kaltem Meerwasser, sondern in seinen Emotionen. In starken, erdrückenden Gefühlen, die wie eine riesige Welle über ihn hinwegschwappten.

Schrecken, Scham, Traurigkeit, Freude, Eifersucht – jedes Gefühl, das er je verspürt hatte.

Doch so plötzlich, wie sie über ihn hereingebrochen war, hörte die Gefühlsflut auf. Und sofort verfiel Zak in den altbekannten Schwebezustand, bei dem ihm immer wieder übel und schwindelig wurde. Er hing über tiefster Schwärze und wagte nicht hinunterzublicken, weil er wusste, was dort lauerte: ein brodelnder Ozean aus Millionen und Abermillionen Insekten. Diesmal fühlte es sich obendrein so an, als hätte sich jemand in seine Gedanken und Gefühle reingehackt. Als würde irgendwer durch sein Hirn kriechen. Hinter seinem rechten Auge pulsierte der Schmerz. Ein pochender Schmerz wie von einer frischen Beule auf der Stirn. Zak hatte das beklemmende Gefühl, als würde irgendwer oder irgendetwas beobachten, was da wuchs. Der Schmerz wurde intensiver und nahm dann ab – in dem Maße, in dem der Eindringling sich in seinem Gehirn vergrub. Zak versuchte sich zu bewegen, aber sein Körper gehorchte ihm nicht. Seine Arme und Beine waren wie eingefroren, ein merkwürdiges Rauschen erfüllte seinen Kopf ...

Es will mit mir kommunizieren! Die Erkenntnis traf ihn wie ein Schlag. *Es greift mich überhaupt nicht an. Es versucht mir etwas Wichtiges mitzuteilen.*

Nein, nichts Wichtiges – etwas Lebenswichtiges. Etwas alles Entscheidendes. Etwas, das die Welt verändern würde.

Aber es wusste nicht, wie es sich ihm mitteilen sollte. Es hatte keine Worte. Nur Weiß und Schwarz und ...

Eis.

Irgendetwas war tief im Eis vergraben. Etwas sehr Altes. Verlorenes. Nein, etwas, das sich verbarg. Das Zak rief, ohne seinen Namen zu nennen, jedenfalls nicht mit Worten. Aber das ihn trotzdem rief.

»... weg da!« Mums Stimme schrillte durch das Rauschen in seinem Kopf. Und plötzlich kam die Welt mit einem Zischen und einem Knall zurück. Zak öffnete die Augen und sah die Spinne an der gleichen Stelle, wo sie vorher gestanden hatte: über ihm, die Beine angespannt, die Arme vorgestreckt, den Körper heruntergebeugt.

Seine Familie schien kurz vor dem Durchdrehen. Irgendwo hinter ihm brüllte Mum und hämmerte auf der Steuerung herum. May schrie so laut, dass sich ihre Stimme überschlug, und Dad zerrte Zak an den Schultern von der Plattform.

»Ich hab dich! Alles wird gut. Alles wird gut«, murmelte er in Dauerschleife.

»Lebt das Ding?«, fragte Zak und musste ein paarmal durchschnaufen. »Was hat es gemacht?« Das unerreichbare Bild von etwas, das im Eis verborgen lag, verblasste bereits in seinem Kopf.

»Nein, es lebt nicht«, sagte Dad. »Unmöglich.«

»*Theoretisch* dürfte es nicht leben. Aber was, wenn doch?« May stürzte herbei und kniete sich neben ihren Bruder. »Und wo sind die anderen Drohnen? Vielleicht haben sie etwas gemacht?«

In der Mitte des Raumes erwachte die Spinne erneut zum Leben. Sie fuhr ihren Körper hoch und schwenkte in ihre Richtung.

»Was macht sie?« Zak sprang auf.

Mum tippte wie verrückt auf der Steuerung herum. »Sie reagiert einfach nicht!«

»Dann nichts wie weg hier!« May packte Zak am Arm und zog ihn zur Tür. »Ich bleib jedenfalls nicht hier.«

»Okay«, stimmte Dad zu. »Ihr zwei geht zurück in den Gemeinschaftsraum. Wir versuchen herauszufinden, was hier los ist.«

»Nicht dein Ernst, oder?« May drückte auf den Türknopf. »Ihr wollt bei diesem Monster bleiben? Und wir sollen alleine zurückgehen? Schon vergessen, dass irgendwo noch zwei weitere von diesen Horrormaschinen herumgeistern? Was, wenn sie der Besatzung etwas angetan haben? Oder Dima? Habt ihr den überhaupt noch auf dem Schirm?«

»Natürlich, aber wir müssen ...«

»Moment!«, rief Mum. »Ed macht etwas.«

Von der Türschwelle aus sah Zak, wie die Spinne ihren Körper wieder herunterfuhr und die filigranen Beine ihr Gewicht verlagerten.

»Er dreht sich im Kreis«, staunte Mum. »Wie ist das möglich? Er muss von irgendwoher Befehle erhalten.«

Sie hatte noch nicht zu Ende gesprochen, da verfiel die Drohne in extrem schnelle Zuckungen, begleitet von einem schrillen Ton. Merkwürdigerweise blieben die Beine reglos stehen und hielten die Spinne stabil am Boden, während sich der restliche Körper so unfassbar schnell bewegte, dass es unmöglich war, irgendeine Richtungsänderung festzustellen. Trotzdem wusste Zak, was die Drohne tat. Er hatte zu Hause am Küchentisch gesessen und sich Videos von genau diesem Vorgang angeschaut – mit Mum und Dad neben sich, die sich aufführten wie stolze Eltern.

Die Spinne druckte irgendetwas.

»Was spinnt sie?«, fragte Mum.

Spinnen? Ja, so kann man's auch nennen. Eine Spinne, die ein Netz spinnt, um Fliegen zu fangen. Nur leider sind wir die Fliegen.

»Keine Ahnung.« Dad drehte sich zu Mum, ohne den Blick von der Drohne abzuwenden. Die beiden waren schon wieder ganz im Bann ihrer Arbeit – wie so oft in den letzten Jahren.

»Komm, lass uns abhauen.« May stieß ihrem Bruder in die Rippen.

Auf der Unterseite des Spinnenkörpers bewegte sich der stachelähnliche Druckerkopf so schnell, dass man ihm beim besten Willen nicht folgen konnte. Es sah aus, als würde die Drohne Gegenstände aus der Luft zaubern. Unter der Spinne, dort wo Zak bis vor wenigen Minuten gelegen hatte, befanden sich jetzt zwei kleine Scheiben, nicht größer als Zehn-Cent-Stücke, und daneben eine Reihe von elektronischen Bauteilen, die aus einem Smartphone oder einer Spielkonsole hätten stammen können. Und während der Drucker ständig neue Komponenten ausspuckte, fuhren die Arme der Drohne zwei zierliche Werkzeuge aus, mit denen sie die Bauteile zusammensteckte. Alle paar Sekunden stiegen feine Rauchsäulen auf und es roch leicht verschmort.

May zupfte ihren Bruder an der Jacke. »Zak, lass uns gehen«, bat sie, und mit etwas schrillerer Stimme: »Bitte, Mum, Dad, ich habe Angst.«

Mum näherte sich der Spinne. »Sekunde, Schätzchen, wir müssen nur noch ...« Sie verstummte. »Adam, wonach sieht das deiner Meinung nach aus?«

Dad ging neben ihr in die Hocke, um besser erkennen zu können, was die Drohne da anfertigte. »Das sieht nach ... Ich bin mir nicht sicher. Baut er etwa ...? Nein, kann nicht sein. Wir haben ja nicht mal Entwürfe für so etwas Kompliziertes.«

Während die Drohne weitere Teile zusammensteckte, verstummte der schrille Ton nach einer Weile und der nadelartige Druckerkopf zog sich in das Gehäuse zurück. Eine fast gespenstische Stille legte sich über den Raum. Nur das leise *Tick-Tick-Tick* vom Zusammensetzen der winzigen Bauteile war noch zu hören.

»Das Ding baut sich selbst«, stellte Zak fest. »Es stellt eine kleine Kopie seiner selbst her.«

»Unmöglich!«, sagte Mum. »Absolut unmöglich!«

Unmöglich? Irgendwie hatte Zak dieses Wort seit ihrer Ankunft ein bisschen zu oft gehört. Dabei kam es ihm langsam vor, als sei hier nichts unmöglich.

Die Arme der Spinne vibrierten jetzt nur so vor Geschwindigkeit – und dann, nach einer knappen Minute, war der Spuk vorbei. Das Viech hielt inne. Es bewegte sich nicht rückwärts, es fuhr auch nicht seinen Körper herunter, es stoppte einfach. Mitten in der Bewegung.

Wie vom Donner gerührt standen sie da und schwiegen.

Erst nach einer ganzen Weile fragte May: »Können wir jetzt bitte gehen?«

Aber Mum und Dad hörten nicht zu. Sie waren Wissenschaftler – Roboteringenieure – und hatten gerade einem Ereignis beigewohnt, das sie nie für möglich gehalten hätten. Der von ihnen konstruierte Roboter hatte eine Miniaturversion seiner selbst produziert. Damit war ihm ihre ungeteilte Aufmerksamkeit sicher.

»Hey!«, brüllte May. »Uns gibt's auch noch! Kuckuck! Zak und mich. Eure Kinder. Vergesst euren blöden Roboter und kümmert euch um uns!«

Die Minispinne tippte mit ihren Beinen auf die glatte Oberfläche der Plattform. *Tick-tack.*

»Warte, habt ihr das gesehen?«, rief Mum.

»Hab ich«, antwortete Dad.

»Mum!«, brüllte May. »Jetzt reicht's. Hier sind wir!«

Wieder tippten die Beinchen, eins nach dem anderen, und das kleine Monster begann zu laufen. Erst langsam, dann immer schneller, geradewegs auf Dad zu, der wie gelähmt dastand und glotzte. Als das Ding seine Füße erreichte, erklomm es die Stiefelspitze und begann zu klettern.

Das schien Dad aus seiner Trance zu reißen. Er wich zurück, hob sein Bein, hüpfte auf und ab und versuchte alles, um den Krabbler abzuschütteln, aber vergeblich. Der krallte sich an dem rauen Stiefelmaterial fest und setzte seinen Aufstieg fort. Erst als Dad richtig aufstampfte, verlor der unheimliche kleine Roboter seinen Halt, flog herunter und schlitterte ein paar Meter über den Boden. Doch noch im Rutschen richtete er sich wieder auf, sortierte blitzschnell seine Füßchen und steuerte zielstrebig auf Dad zu.

Tick-tack-tick-tack-tick-tack.

Ein albtraumhaftes Geräusch.

Tick-tack-tick-tack-tick-tack.

Die Bewegungsabläufe der Minidrohne wirkten total echt. Absolut lebendig. Wie bei einer Spinne, die sich über einen Teppich in eine dunkle Ecke rettet. Mit dem Unterschied, dass diese Spinne hier nicht auf der Flucht war. Sie war im Angriffsmodus. Sie attackierte Dad. Und sie wirkte nicht so, als würde sie so schnell damit aufhören.

May verließ den Raum fast in Lichtgeschwindigkeit. Zak, Mum und Dad folgten ihr auf den Fersen, doch die Minispinne holte auf. Hinter ihr, in der Mitte des Raums, drehte sich Ed gerade zum zweiten Mal im Kreis, und Zak hatte das dumpfe Gefühl, dass sie bald zwei kleine Monster am Hals hätten.

Panisch scheuchte er May durch den Tunnel. Ein Blick über die Schulter zeigte ihm, dass seine Eltern es ebenfalls aus der Drohnenstation geschafft hatten. Mum blieb stehen und wartete, dass Dad auf den Türknopf schlug. Zischend glitt die Tür zu. Doch zu spät.

Im letzten Moment schlüpfte das Krabbelding durch den Türspalt ... und setzte zum Sprung an. Ungefähr einen Meter flog es durch die Luft, bevor es auf Dads Oberschenkel landete. Von dort wuselte es sofort weiter die Hose hinauf und verschwand unter dem Jackensaum.

»HAU AB!«

Zak hatte seinen Vater noch nie so panisch erlebt.

»Lass mich los!« Er schlug sich auf die Hüfte und fegte das Ding herunter. Mit einem leisen *Ting* landete es auf dem Boden und machte augenblicklich kehrt. Doch seine Beinchen rutschten weg und Mum war zur Stelle, bevor es wieder loslaufen konnte. Triumphierend zerknirschte sie es unter ihrem Stiefel.

»Erledigt!« Sie hob den Fuß und inspizierte den Elektroschrott auf dem blassblauen Boden.

»Ist es ... tot?«, fragte Zak, der sich nicht ganz sicher war, ob er das Teil jemals für lebendig gehalten hatte.

»Wen interessiert das jetzt noch? Lass es da liegen.« May riss die Tür zum Gemeinschaftsraum auf. »Wir müssen hier weg!«

Doch womit hätten sie den Außenposten verlassen sollen? Und wohin fliehen? Sie saßen in der Falle. Mitten im Nichts. Auf sich allein gestellt.

Und während ihnen das langsam dämmerte, drang aus der Drohnenstation ein schriller Pfeifton: Die Spinne drehte ihren dritten Kreis …

STATION ZERO, ANTARKTIS
JETZT

Zu viert standen sie im Gemeinschaftsraum und starrten auf die geschlossene Tür zum Nordtunnel.

»Das Biest wollte Zak töten! Wir müssen hier weg!« May trat auf ihren Bruder zu und tat etwas Überraschendes: Sie umarmte ihn und hielt ihn so fest, dass er kaum Luft bekam. Aber er stieß sie nicht weg, denn er spürte, wie sie zitterte. Vielleicht brauchte sie die Umarmung sogar mehr als er. Jedenfalls war sie leichenblass, als sie sich schließlich von ihm löste, und ihr schwarzer Eyeliner war verschmiert.

»Du hast recht«, sagte Dad. »Aber wie …? Moment …« Er schien zu überlegen. »Verdammt, warum haben wir nicht eher daran gedacht? Auf Station Zero gelten bestimmte Regeln zum Schutz des Datenverkehrs. Sie betreffen E-Mails, Dokumente, Überwachungsvideos … alles, was auf den Server hochgeladen und in die Schweizer Zentrale geschickt wird …«

»Schon klar«, unterbrach ihn Mum. »Aber wir können auf keines der Systeme zugreifen und offensichtlich auch nicht mit dem Schweizer Büro in Kontakt treten. Ist ja nicht so, als hätten wir das nicht alles längst versucht.«

»Ja, aber von den Daten der Station wird täglich eine Sicherungskopie an ein unabhängiges System geschickt«, fuhr Dad fort. »An ein System, das nicht mit dem Hauptsystem verbunden ist: das *ViBac.*«

»ViBac?«, fragte Zak.

»Das steht für: *Virtually Indestructible Back-up System*«, erklärte Mum. »Das Ding ist feuer- und wasserfest, kältebeständig und praktisch unzerstörbar.«

»Und?«, fragte May. »Wie soll uns das helfen?«

»Vielleicht ist dort ja irgendetwas gespeichert, das uns verrät, was hier passiert ist. Da wird alles draufkopiert. Wirklich alles.«

»Das Ding steht hier.« Dad ging zur gegenüberliegenden Wand und zeigte die Stelle auf dem handgemalten Übersichtsplan. »Das ist nur knapp hundert Meter entfernt. Das schaffen wir.«

Zak trat näher und betrachtete den Plan. Von einer Tür auf der Hinterseite des Gemeinschaftsmoduls führte ein erhöhter, offener Laufsteg zwischen dem Nord- und Osttunnel über das Eis. Er endete bei einem Häuschen, das auf der Karte als »Schutzgebäude« verzeichnet war. Kurz vor dem Häuschen zweigten ein paar Stufen vom Laufsteg ab – vielleicht eine Art Notleiter, über die man sich auf die Eisfläche retten konnte.

»Für den Fall, dass auf der Basis irgendetwas passiert, hat man ein paar Gebäude etwas abseits errichtet«, erklärte Dad.

»Wenn *was* passiert?«

»Feuer, zum Beispiel. Das Schutzgebäude ist eine Art letzte

Zufluchtsstätte. Ein eigenständiges, in sich geschlossenes Modul, vollkommen unabhängig von der Basis.«

»Eine letzte Zuflucht?«, bohrte May nach. »Dann finden wir die Besatzung vielleicht dort? Und Dima auch?«

»Vielleicht«, sagte Dad. »Abgesehen vom Lager- und Generatorhaus gibt es jedenfalls keinen anderen Ort, wo sie noch sein könnten.«

»Und du bist sicher, dass es nur hundert Meter sind?«, fragte Zak. »Es ist nämlich arschkalt draußen.«

»Dann sollten wir uns besser warm einpacken«, riet Mum.

Zak streifte sich Handschuhe über, zog den Reißverschluss seiner Kapuze hoch und wickelte sich den Schal vor den Mund. Während er darauf wartete, dass der Rest der Familie sich ebenfalls für die Eiseskälte rüstete, drückte er seine Nase an die kleine Scheibe in der Tür und betrachtete den Laufsteg. »Immer noch ganz schön windig draußen.«

»Dann bringen wir es hinter uns. Jeder Ort der Welt ist besser als der hier.« May warf nervöse Blicke in Richtung der Nordtunneltür.

»Fertig?« Dad setzte seine Schneebrille auf und blickte in die Runde.

»Nein …«, kam es wie aus einem Mund von Zak und Mum.

Dad drückte auf den Knopf und öffnete die Tür. Sofort schwallte eisige Luft herein.

»Haltet euch am Geländer fest«, mahnte Dad. »Ich gehe zuerst, dann Zak und dann May. Evelyn, du bist das Schlusslicht.«

»Bin direkt hinter dir, kleiner Bruder.« May war durch ihren dicken Schal kaum zu verstehen. »Immer hübsch einen Fuß vor den anderen setzen und bloß nicht runterfallen.«

»Danke, hab dich auch lieb.« Zak trat auf den Laufsteg und blickte hinunter aufs Eis. Der Steg war sicher zwei, drei Meter hoch.

»Na los, weiter«, drängte May hinter ihm.

In der klirrenden Kälte klammerte sich Zak ans Geländer und folgte Dad. Der Steg ächzte unter ihren Füßen. Der Wind war immer noch stark, aber nicht mehr ganz so heftig wie zuvor. Im diesigen Schein der Gebäudelampen konnte Zak den gesamten Außenposten und das unmittelbare Umland zum ersten Mal richtig sehen.

Zu ihrer Linken befand sich der Nordtunnel – von außen genauso blau wie von innen – mit der roten Drohnenstation am Ende. Von hier aus wirkte sie deutlich größer und irgendwie unwirklich, wie eine Filmkulisse. Weiter vorne lag das Schutzgebäude, ebenfalls rot. Der Schein der Lampen rund um die Gebäude wurde vom Schnee reflektiert, sodass die Station von einer Art Lichtglocke eingehüllt war. Doch jenseits dieses Kokons herrschte Furcht einflößende Dunkelheit.

Zak hatte die ganze Zeit gewusst, dass sie weitab vom Schuss waren, aber jetzt bekam er zum ersten Mal ein Gefühl dafür, wie isoliert der Außenposten tatsächlich war. Er spürte die Einsamkeit mit jeder Faser seines Körpers. Er empfand sie als tonnenschweres Gewicht, das ihn niederdrückte.

May klopfte ihm auf die Schulter. »Alles klar?«

Mit seinen dicken Handschuhen erwiderte er ihr Daumen-Hoch-Zeichen.

Ein paar Meter vor dem Schutzgebäude zweigte rechts eine Metalltreppe ab, die aufs Eis hinabführte. Und dann standen sie auch schon vor der Tür zu einem der letztmöglichen Orte, wo sich Dima und das Exodus-Team aufhalten konnten.

Dad drückte den Türöffnerknopf, betrat das Gebäude und knipste das Licht an. Dann setzte er seine Kapuze, den Schal und die Schneebrille ab. »Hier entlang.«

Sie gingen durch einen kurzen Korridor, vorbei an einem Vorratsraum voller Dosen und Kartons und einer Kammer mit einem einzelnen Bett an der Wand.

»Wir sind da.« Dad betrat einen Kontrollraum, der deutlich kleiner war als der im Hauptgebäude und vollgestopft mit Computern, Tastaturen und Funktechnik. Alle Bildschirme waren dunkel.

Dad rückte einen Stuhl beiseite und klopfte auf eine leuchtend orange Kiste unter dem Schreibtisch. »Darf ich vorstellen? ViBac.«

ViBac war aus Metall, ungefähr so groß wie ein Aktenrollschrank mit zwei Schubladen und sah extrem schwer aus. Es hatte weder Knöpfe noch Schalter, Lämpchen oder sonst was – nur einen einzigen USB-C-Anschluss.

Mum brauchte keine fünf Sekunden, um die Kiste an den Laptop auf dem Tisch anzuschließen, und nach kurzem Warten erschien ein ViBac-Icon auf dem Bildschirm. Mum klickte es an und sofort öffnete sich der Dateimanager. Ganz unten im Verzeichnis befand sich eine einzelne Videodatei.

»Die ist von gestern.« Zak deutete auf den Monitor. »Öffne die mal.«

Mum klickte die Datei an – und der Bildschirm wurde schwarz. Nach ein paar Sekunden erschien in der oberen linken Ecke das Datum von vor zwei Tagen und schließlich ein Bild: aufgenommen von einer Kamera im Gemeinschaftsraum.

Zak staunte. Das Videomaterial vermittelte einen völlig anderen Eindruck von dem Raum. Zak kannte ihn nur menschenleer und voller Blutflecke. Er hatte ihn eher als Albtraumszenario wahrgenommen, nicht als Ort, wo man sich gerne aufhielt und ausruhte. Aber auf dem Monitor sah er völlig normal aus. Im Hintergrund war Stimmengewirr zu hören und ein gelegentliches Klacken. Als die Kamera einen Schwenk machte, sah Zak, dass das Geräusch vom Billardtisch kam. Ein Mann und eine Frau, beide in blauen Trainingsanzügen mit weißem Streifen auf der rechten Seite, spielten eine Partie. Ihre Namen standen auf den Brusttaschen ihrer Anzüge, aber die Bildqualität war zu schlecht, um sie entziffern zu können. Ein sechzehn- oder siebzehnjähriger Junge mit raspelkurzem Haar lehnte am Billardtisch und trank eine Dose Cola. Er trug den gleichen Trainingsanzug.

»Wow, coole Outfits«, murmelte May.

Als die Kamera den Jungen fokussierte, setzte er die Dose ab und sagte: *»Lass das, Diaz. Seht lieber zu, dass ihr endlich loskommt, ihr hättet schon längst weg sein sollen.«*

»Sie können sich einfach nicht von uns trennen«, hörte man eine junge, weibliche Stimme aus dem Off, vielleicht von dieser Diaz, die die Aufnahme machte, dachte Zak.

Dann schwenkte die Kamera herum, sodass die anderen Bereiche des Gemeinschaftsraums ins Bild kamen.

Zak sah Leute an den Tischen sitzen, essen und sich unterhalten. Ein paar Teenager hockten auf dem Ecksofa und spielten Videospiele.

Die Kamera blieb bei einer Frau hängen, die in der Küche stand und in einem heißen Getränk rührte. *»Ihr müsst los«*, sagte sie. *»Ihr wisst ja: vierundzwanzig Stunden außerhalb der Schüssel. Je eher ihr geht, desto eher kommt ihr zurück. Na los, Elster wartet.«*

»Das ist Commander Miller.« Dad deutete auf die Frau. »Diaz und noch irgendjemand bereiten sich offenbar auf eine Probensammel-Exkursion außerhalb der Station vor. Das ist so vorgesehen. Jeder Projektteilnehmer muss lernen, vierundzwanzig Stunden im Mars-Rover zurechtzukommen. Eine Art Überlebenstraining für den Roten Planeten. Dort werden sie schließlich auch rausfahren müssen, um Proben zu sammeln. Und ›außerhalb der Schüssel‹ meint: außerhalb der tiefen, schüsselartigen Senke, in der die Station liegt. Aber es gibt eine Stelle, wo der Rand nicht so steil ist. Dort kann man rausfahren.«

»Und wer ist Elster?«, fragte Zak.

»Nicht *wer. Was*«, antwortete Dad. »Elster ist der Mars-Rover. Ein Insiderwitz. Elstern sind Vögel, die sich überall Zeug zusammenklauben.«

Ah. Wissenschaftlerhumor. Haha.

Die Kamera schwenkte weiter und blieb bei einem blonden, kurzbärtigen Mann mittleren Alters hängen, der in Polarausrüstung neben der Eingangstür stand. Die Kamera zoomte den Namen auf seiner Brusttasche heran.

Peters.

»Sind Sie bereit, Prof?« Diaz' Stimme klang gedämpft, wahrscheinlich von einem Schal oder so. Trotzdem hörte Zak den australischen Akzent heraus.

Peters reckte den Daumen hoch. Dann richtete Diaz die Kamera auf sich selbst. Zak sah, wie sie sich in den getönten Schneebrillengläsern spiegelte.

»Oh, Moment.« Ein paar Sekunden lang filmte die Kamera den Fußboden, dann wurde sie wieder hochgenommen und auf Diaz' Gesicht gerichtet. Ohne Brille. *»Hier bin ich.«*

Zak war überrascht, in Diaz das Mädchen wiederzuerkennen, das er auf dem Foto in der Wohneinheit gesehen hatte. Sie wirkte wie vierzehn und hatte olivfarbene Haut und kurzes Haar. Ihre Augen sprühten nur so vor Energie. Er konnte sich zwar nicht vorstellen, wieso jemand in ihrem Alter Lust hatte, am Exodus-Projekt mitzumachen, aber sie schien definitiv Spaß zu haben: Sie lachte in die Kamera und wackelte mit den Augenbrauen.

»Sofia Diaz meldet sich zum Dienst«, sagte sie. *»Da staunen Sie, Mr Allen, was? Wo ich mir von Ihnen doch immer wieder anhören musste, dass aus mir nichts werden würde. Tja, und jetzt halten Sie sich fest: Ich bin Teil einer Mission. Wollen Sie auch wissen, welcher Mission, Sie Loser? Ich fliege zum Mars. Ihr jämmerlichen Erdlinge müsst jetzt ohne mich klarkommen.«*

»Spul mal vor«, sagte Dad und Mum schob den Regler auf dem Bildschirm etwas weiter.

Im Schnelldurchlauf sah Zak den Mars-Rover auf dem Eis stehen und daneben einen Haufen Ausrüstung. Vom Haus her fielen mehrere Lichtkegel über das Eis, ansonsten war es stockdunkel. In Sekundenbruchteilen war das Gepäck im Rover verstaut und Peters an Bord geklettert. Als das Gebäude kurz ins Bild kam, ließ Mum das Video in normaler Geschwindigkeit weiterlaufen.

»Sieht irgendwie klein aus von hier«, stellte Sofia Diaz fest.

Der Bildschirm war schwarz bis auf ein diffuses Licht unten in der Mitte. Als die Kamera den Lichtschein fokussierte, wurde er schärfer und zerfiel in viele kleine Lichter.

»Das ist Station Zero«, sagte Dad. »Sie filmt die Basis, während sie sich über das Eis entfernen.«

Die Aufnahme ruhte noch eine Weile auf den Lichtern.

»In ein paar Wochen wird nicht mal mehr ein Flugzeug herkommen«, sagte Diaz. *»Stellen Sie sich das mal vor. Dann ist es zu kalt fürs Benzin. Dann sind wir vielleicht monatelang auf uns alleine gestellt.«*

»Stopp.« May tippte auf den Bildschirm und hielt das Video an. »Hat sie gerade gesagt, dass kein Flugzeug mehr herkommt?«

»In ein paar Wochen, hat sie gesagt. Dann sind wir längst fort«, beruhigte Dad sie.

»Aber wieso hast du das nie erwähnt? Du hast nie etwas davon gesagt, dass es schwierig werden könnte, hier wegzukommen.« May legte ihren Kopf in den Nacken. Sie musste sich sichtlich beherrschen. »Wahnsinn, das wird wirklich von Minute zu Minute albtraumhafter.«

»Kein Grund zur Sorge«, sagte Mum. »Es wird noch Wochen dauern, bis die extreme Kälte einsetzt. Panik hilft uns auch nicht weiter. Lasst uns jetzt bitte diese Aufzeichnung weiter ansehen, um zu erfahren, was hier passiert ist, ja?«

»Einen Vorteil hätte es ja, hier festzusitzen«, warf Zak ein. »Keine Schule mehr. Keine Vanessa Morton-Chandler. Na, May, wie wäre das?«

May sah Zak an, als würde sie gleich ausflippen. Doch dann atmete sie ein paarmal tief durch und nickte langsam. »Okay, sehen wir uns das Video weiter an.«

Mum tippte auf den Pauseknopf und die Aufzeichnung lief weiter.

»Fühlt sich an, als wären wir eine Million Kilometer entfernt von ... allem«, sagte Diaz.

Zak fand ihre bedächtige Sprechweise und ihren australischen Akzent irgendwie beruhigend.

»Ja, aber warte erst mal ab, bis wir aus der Schüssel raus sind.« Es war das erste Mal, dass Zak Peters' Stimme hörte. Er klang, als käme er aus Skandinavien.

Die Kamera schwenkte nach oben und zeigte einen sternenübersäten Himmel. So viele Sterne auf einem Haufen hatte Zak noch nie gesehen.

»Glauben Sie, dass dort oben noch jemand ist? Ich meine nicht speziell auf dem Mars. Dort sind momentan nur Spinnen, die eine Basis bauen. Ich meine überhaupt dort oben.«

»Was glaubst du?«, fragte Peters.

»Keine Ahnung. Möglich wär's. Aber ich frage mich langsam, was sich bei uns hier unten abspielt.« Die Kamera schwenkte jetzt zu der Eiswüste ringsum, wobei zwischendurch ein kleiner Zipfel von Peters ins Bild kam. *»Sie wissen schon, seit diese Typen von BioMesa aufgetaucht sind ...«*

»Wir sind doch angewiesen worden, nicht über sie zu sprechen«,

erwiderte Peters. *»Damit könnten wir das ganze Projekt gefährden.«*

»Sie machen irgendetwas draußen beim Abgrund.« Sofia ignorierte Peters' Einwand. *»Ich hab's selbst gesehen.«*

»Du hast es gesehen?«

»Ja. Ich glaube, sie nehmen die Spinnen dorthin mit und lassen sie in den Abgrund schweben. Sie machen irgendetwas Verbotenes.«

»Davon will ich nichts wissen.«

»Wirklich nicht? Sie wollen nicht wissen, dass sie die Spinnen benutzen, um von tief unten aus dem Eis Bohrkerne hochzuholen? Sie wollen nicht wissen, dass sie irgendetwas im Eis entdeckt haben? Und ich meine jetzt nicht irgendwo im Eis, sondern richtig tief unten. Sie sind doch Wissenschaftler, Sie sollten sich doch für so etwas interessieren ...«

»Sie haben etwas entdeckt?« Die Kamera fing Peters' Gesicht ein. *»Und was?«*

»Eine Art Käfer. Doc Blair hat sich den Bohrkern angesehen, den ich ihm gegeben habe – mit dem Ding, das darin eingeschlossen war. Irgendein Insekt. Irgend...«

»Stopp. Keine Kamera.« Peters beugte sich vor. Seine Hand wedelte vor der Linse herum. Man hörte ein Rascheln, das Bild wurde kurz unscharf und schließlich filmte die Kamera das Eis, das an ihnen vorbeisauste. Ein weiterer kurzer Perspektivwechsel und dann bewegten sich zwei Leute von der Kamera weg.

Dad beugte sich vor und stoppte das Video. »BioMesa? Was treiben die denn hier? Und was haben sie mit unseren Drohnen zu schaffen?« Er nahm seine Brille ab, rieb sich den Nasenrücken und setzte sie wieder auf. »Klingt so, als würde das Mädchen über diese Insektendinger reden, die wir im Labor gefunden haben ...«

»Insekten? Tief unten im Eis? Die bislang noch niemand entdeckt hat?« Mum klang skeptisch.

»Lass einfach das Video weiterlaufen«, unterbrach May sie. »Dann werden wir's ja erfahren.«

Dad tippte auf Play und man sah, wie sich Sofia und Peters immer weiter von der Kamera entfernten. Nach einer Weile schlugen sie mit einem kleinen Bohrgerät ein Loch ins Eis, drehten sich winkend zur Kamera und kamen zurück. Für ein paar Sekunden blieb die Linse auf das entfernte Eisloch gerichtet, dann sagte Sofia: *»Volle Deckung.«*

Ein lautes Krachen war zu hören, bevor eine Wolke aus Eisbröckchen emporschoss, genau dort, wo Sofia und Peters zuvor gestanden hatten.

»Jagen die da irgendetwas in die Luft?«, fragte Zak.

»Das sind kleine kontrollierte Sprengungen«, erklärte Dad. »Das gehört zum Probensammeln.«

Mum spulte das Video ein Stück vor. Mit abgehackten Zeitrafferbewegungen sammelten Sofia und Peters weitere Proben und verstauten sie im Mars-Rover. Eine endlose Aneinanderreihung immer gleicher Szenen. Umso überraschter waren sie, als Sofias Gesicht plötzlich den kompletten Bildschirm ausfüllte – gerunzelte Stirn, zusammengekniffene Augen, aufeinandergepresste Lippen. Schnell stoppte Mum den Zeitraffer und tippte auf Play.

»Okay.« Sofia schluckte. *»Mein Name ist Sofia Diaz. Ich kom-*

me aus Australien. Ich bin die Tochter von Professor Rosita Diaz und Professor Eco Diaz. Der Kameramann ist Professor Valter Peters aus Schweden.«

»Aus Norwegen. Ich komme aus Norwegen.«

Kurz zeigte die Kamera Peters' verblüfftes Gesicht. Unwillkürlich rückte Zak ein Stück vom Bildschirm ab – als witterte er ein Unglück.

»Ähm …« Die Kamera war jetzt wieder auf Sofia gerichtet, die noch einmal tief Luft holte. *»Könnte sein, dass wir ein Problem haben. Ich meine … wir sind nicht ganz sicher, vielleicht ist es überhaupt nichts, aber als wir uns wie verabredet vor dem Schlafengehen bei der Station gemeldet haben, sprach Commander Miller von Störungen bei der Energieversorgung. Die Kommunikation nach außen sei nicht mehr möglich, Beleuchtung und Heizung funktionierten nicht. Könnte sein, dass es am Wetter liegt, hat sie gemeint, und dass Mac schon am Reparieren sei. Das Merkwürdige: Als wir uns heute Morgen gemeldet haben, hat niemand geantwortet. Dabei funktionieren die Funkgeräte einwandfrei. Es kam nur einfach keine Antwort. Es ist …«*

Sofia schüttelte den Kopf und die Falten auf ihrer Stirn vertieften sich.

»Seit heute Nacht ist es total stürmisch und wir machen uns langsam Sorgen, deshalb haben wir die Exkursion abgebrochen. Prof Peters … Sorry, Professor Peters und ich sind auf dem Rückweg in die Schüssel. Zur Station. Wir haben noch ein paar Stunden Fahrt vor uns, bei diesem Wetter dauert's wohl eher länger … Jedenfalls denke ich, dass wir so gegen …«, Sofia warf einen Blick auf ihre Uhr, *»… gegen Mittag oder am frühen Nachmittag da sein werden.«* Sie

schaute noch eine Weile direkt in die Kamera, dann nickte sie und wandte sich an Peters. *»Okay?«*

Der Monitor flimmerte kurz, dann war plötzlich der Gemeinschaftsraum zu sehen – stockdunkel bis auf den grellen Lichtstrahl, den die Kamera hineinwarf. Laut der Zeitanzeige links oben auf dem Monitor war das Video vor etwa zweiundzwanzig Stunden aufgenommen worden.

»Hier stimmt etwas nicht«, sagte Peters, während die Kamera durch den Raum schwenkte. *»Absolut nicht.«*

Die letzte Videoaufzeichnung hatte den Gemeinschaftsraum voller Leute gezeigt. Jetzt sah er exakt so aus, wie Zak ihn kennengelernt hatte: menschenleer. Wie das Geisterschiff *Mary Celeste* in seinem Buch. Man hörte den Sturm um das Gebäude heulen.

»Wir haben in jedem Modul nachgeschaut«, sagte Peters in die Kamera. *»Nirgends eine Menschenseele. Nichts. Alle weg. Es gibt keinen Strom mehr, kein Licht, keine Heizung. Ich weiß nicht …«*

»Hey, was ist mit dem Tracker?« Die Kamera schwenkte zu Sofias Gesicht. *»Wir suchen sie mit dem Peilsender!«*

»Stimmt, gute Idee.«

»Ah, das erklärt, warum wir das Gerät nicht gefunden haben«, murmelte Mum.

Erneutes Flimmern auf dem Bildschirm, dann waren Sofia und Peters im Kontrollraum. Sofia stand vor der Monitorwand und hielt etwas Smartphoneähnliches in der Hand. Sie schien Zak durch den Bildschirm direkt anzustarren.

»Peters meint, wir sollten weiter aufnehmen. Keine Ahnung, was zum Teufel hier los ist, aber es kommt mir total irreal vor. Wie in ei-

nem Horrorfilm. Wie heißt noch dieser Film, wo mehrere Typen völlig isoliert in einem …?«

»Sofia, konzentriere dich auf das Wesentliche, bitte. Der Peilsender.«

Sofia seufzte und senkte den Blick.

»Okay, also wir drehen jetzt einfach mal weiter, weil wir nicht wissen, was sonst noch so passiert und was wir herausfinden werden …«

Sie richtete die Kamera auf das Gerät in ihrer Hand und zoomte es langsam heran. Dann schaltete sie es mit dem Daumen ein.

»Der Peilsender«, kommentierte Dad.

Der Sender fuhr hoch und ein Satellitenbild erschien. Es war fast komplett weiß, nur hier und da sah man ein paar graue Flecken. Leuchtende Gitterlinien kreuzten das Bild. Sofia zog den Ausschnitt mit den Fingerspitzen größer, bis inmitten des Eises die Polarstation mit ihren verschiedenen Nebengebäuden sichtbar wurde. Eine Sekunde später leuchteten verschiedene blaue Markierungen auf, alle an einem Ort konzentriert.

»Da sind sie!«, rief Sofia.

»Das ist ja wirklich das komplette Team.« Peters richtete die Kamera auf die Namensliste, die neben den blauen Markierungen eingeblendet war. *»Meine Familie, deine Familie … alle. Was, um Himmels willen, machen die dort draußen?«*

»Keine Ahnung. Irgendwas besprechen?« Sofia blickte in die Kamera. *»Bleibt uns wohl nichts anderes übrig, als nachzusehen.«*

STATION ZERO, ANTARKTIS

VOR 22 STUNDEN

Als Sofia Diaz dreizehn Jahre alt war, hatte sie im *Adventure Magazine* einen Artikel über ein Mars-Besiedelungsprojekt entdeckt. Der Artikel enthielt nicht nur eine detaillierte Beschreibung des Expeditionsablaufs, sondern auch einen Aufruf an alle Interessierten, sich für das Exodus-Projekt zu bewerben. Gesucht wurden Leute, die nicht nur überdurchschnittlich intelligent waren, sondern auch außergewöhnlich abenteuerlustig und ausreichend vermögend.

Sofia war sofort Feuer und Flamme gewesen. Sie musste da mitmachen, das hatte sie noch während der Lektüre gespürt. Sie hatte nicht den geringsten Zweifel: Sie und ihre Familien gehörten exakt zur gesuchten Zielgruppe.

Ihr Vater, Professor Eco Diaz, war ein hochangesehener Astrophysiker. Er war Australier und hatte bereits für das russische, das amerikanische und britische Raumfahrtprogramm gearbeitet. Sofias Mutter, Professor Rosita Diaz, tüftelte als Biochemikerin an bahnbrechenden Methoden, um Pflanzen in lebensfeindlicher Umgebung anzusiedeln. Und Pablo, Sofias Bruder, studierte Mathematik. Sofia selbst war also die Einzige aus der Familie, die noch nicht so richtig durchgestartet war. Als Schülerin war sie allenfalls mittelmäßig – dafür drehte sie nach Schulschluss umso mehr auf. Sie war bei den Pfadfindern, kletterte, surfte, ging auf Höhlentrekkings, fuhr Kajak und sogar Ski – was ein ziemlicher Akt war, wenn man in Australien lebte. Auf dem Crossmotorrad konnte sie es mit jedem Profi aufnehmen und seit zwei Jahren lernte sie auch noch Wing Chun Kung-Fu. Kurz: Sie war geradezu süchtig nach Abenteuern. Ständig stellte sie sich neuen Herausforderungen – aber den ultimativen Kick hatte sie noch nicht gefunden.

Bis zur Lektüre des Mars-Artikels.

Allerdings war es nicht ganz einfach gewesen, ihre Eltern zu überreden – eine halbe Ewigkeit hatte sie dafür gebraucht. Zu dem Zeitpunkt hatten ihre Freunde sie schon längst für verrückt erklärt: Zwei Jahre antarktisches Vorbereitungstraining und ein sechsmonatiger One-Way-Weltraumflug, um mit einer Handvoll anderer Familien auf einem staubigen Planeten zu hausen – das war nicht unbedingt das, was sie sich unter Spaß vorstellten. Aber Sofia war überzeugt davon, dass das Mars-Projekt genau ihr Ding war. Sie wollte etwas machen, das vor ihr noch niemand gemacht hatte. Und sie wusste, dass sie durchaus etwas zu bieten hatte – trotz ihres zarten Alters. Zwar war sie nicht gerade ein Wissenschaftsfreak, aber sie war clever, erfinderisch und top trainiert.

Kurz: Sofia Diaz sah sich selbst als Gewinn für das Exodus-Projekt und jetzt, mit vierzehn Jahren, nach nur zwei Monaten Training, bekam sie die Chance, es auch zu beweisen.

Nachts erwachte der Wind immer wie ein Dämon. Er

ließ nicht eine Minute locker, heulte stundenlang über das Eis und brachte Schnee mit sich, der einem die Sicht nahm. Das Fahren war extrem schwierig, weshalb Peters und sie für die Rücktour zur Station dreimal länger brauchten als erwartet. Sofia bestand darauf, sich ebenfalls hinters Steuer zu klemmen. Sie war sogar die bessere Fahrerin, aber auch sie kroch nur im Schneckentempo dahin, das Gesicht an die Scheibe gepresst, um überhaupt etwas sehen zu können. Ein falscher Schlenker reichte und man verschwand auf Nimmerwiedersehen in einer Eisspalte. Dabei hätte sie so gerne Gas gegeben! Die Menschen, die sie am meisten auf der Welt liebte, warteten im Außenposten auf ihre Hilfe, das spürte sie.

Als sie die Basis endlich erreichten, fühlten sie sich wie in einer Geisterstadt. Es gab keinen Strom, die Temperatur war bereits empfindlich gesunken und im Gemeinschaftsraum hing ein merkwürdiger Geruch nach überreifen Früchten und …

»Finden Sie auch, dass es nach Fisch riecht?«, fragte Sofia.

»Weiß nicht«, antwortete Peters. »Könnte sein.«

Der Geruch fiel Sofia deshalb auf, weil die Antarktis normalerweise völlig geruchlos war. Schnee und Eis riechen nach nichts, und wenn es doch mal etwas gab, das hätte riechen können, dann sorgte die extreme Kälte dafür, dass sich die Duftpartikel nicht ausbreiten konnten. Im beheizten Gemeinschaftsraum roch es normalerweise nach einer Mischung aus Kaffee, aufgewärmtem Essen und Schweiß.

Als Sofia die kleinen Insektenteile auf dem Boden sah,

musste sie sofort an ihren Ausflug zur BioMesa-Höhle denken: an Bohrkern Nr. 31 und Doc Blairs Käfer.

Das war der Moment, wo ihre Schuldgefühle zum ersten Mal erwachten. Vielleicht hatte all das doch mit ihr zu tun? Mit dem, was sie getan hatte?

Im Kontrollraum schaltete Sofia den Peilsender ein und zoomte die Station heran. Merkwürdig: Die blauen Markierungspunkte waren nicht über die ganze Basis verteilt wie sonst, wenn jedes Teammitglied seinen speziellen Aufgaben nachging. Sie ballten sich an einem Ort.

»Da sind sie!« Sofia versuchte, die Angst aus ihrer Stimme herauszuhalten.

»Das ist ja wirklich das komplette Team.« Peters richtete die Kamera auf die Namensliste, die neben den blauen Markierungen eingeblendet war. »Meine Familie, deine Familie ... alle. Was zum Teufel machen die dort draußen?«

»Keine Ahnung. Irgendwas besprechen? Bleibt uns wohl nichts anderes übrig, als nachzusehen. Aber ich bin mir sicher, dass alles in Ordnung ist.«

Sofia brachte ein zuversichtliches Lächeln zustande, obwohl in ihrem Kopf alle Alarmsirenen schrillten. Sie prüfte noch einmal, ob ihre Jacke geschlossen war, und zog die Fellmütze mit den Hundeschlappohren zurecht.

Als sie beide fertig waren, setzte Sofia ihre Schneebrille auf, öffnete die Tür und trat hinaus in die Eiseskälte. Mit gesenktem Kopf stemmte sie sich gegen den Schneesturm, eine Hand ums Geländer geklammert. Kurz hob sie den Kopf und scannte die Umgebung. Nichts zu sehen. Nicht der kleinste

Hinweis auf das, was passiert sein könnte. Aber es schneite auch so stark, dass die Sicht nur wenige Meter betrug. Spuren verschwanden da in Sekundenschnelle.

Irgendwo auf der anderen Seite der Landebahn, verborgen hinter dem weißen Vorhang, stand das Lagerhaus.

Sofia reichte Peters den Peilsender. »Alles okay, Prof?« Sie beugte sich zu seinem Ohr und brüllte durch das Tosen des Windes: »Sind Sie bereit?«

»Ja!«, brüllte er zurück.

Mit einem tiefen Atemzug wappnete sich Sofia für die bevorstehende Aufgabe. Dann stieg sie die Treppe hinunter. Ihre Stiefel knirschten auf dem Eis, als sie sich zum Mars-Rover vorankämpfte. Peters folgte ihr und wartete mit laufender Kamera, bis Sofia in das Fahrzeug geklettert war.

Als sie aus der Fahrerkabine auftauchte, richtete Peters die Kamera auf das, was Sofia in der Hand hielt.

»Glaubst du, wir brauchen die?«, fragte er.

»Besser, man ist vorbereitet.« Sie steckte die neonorange Signalpistole in die eine Jackentasche und Ersatzpatronen in die andere. Dann zog sie eine ungefähr anderthalb Meter lange Metallstange mit einer Art Löffel am Ende aus dem Rover. Eigentlich diente die Stange der Entnahme von Gesteinsproben, aber zur Not würde sie auch einen guten Schlagstock abgeben, dachte Sofia.

»Hier.« Sie reichte Peters die Stange.

Der wich erschrocken zurück, als er begriff, was Sofia durch den Kopf ging.

»Nehmen Sie schon!«, beharrte sie.

Zögernd steckte Peters den Peilsender in die Tasche und griff nach der Stange.

Sofia zog eine zweite Stange und eine Rolle ultraleichtes, starkes Seil aus dem Rover. Das eine Seilende wickelte sie um die linke Vorderachse und sicherte es mit einem Webleinstek-Knoten. Dann steckte sie ihren Arm durch das Seilknäuel.

»Lesen die Kinder in Schweden ›Hänsel und Gretel‹?«

»Keine Ahnung. Ich komme aus Norwegen.«

»Aber Sie kennen das Märchen, oder?«

»Natürlich.«

»Okay, das hier ist unser Brotkrümelweg.« Sofia deutete mit dem Daumen in den Schneesturm. »Ich denke, die Sicht dort hinten wird schlecht sein. Und irgendwie müssen wir ja zurückkommen.«

Skeptisch beäugte Peters die Seilrolle um ihre Schulter.

»Die ist lang genug, keine Sorge«, beruhigte Sofia ihn.

Der Wind zerrte an ihnen, als wollte er sie aus den Stiefeln heben. Er fuhr unter ihre Jacken und rüttelte an ihren Kapuzen, aber sie beugten sich vor und stapften mit gesenkten Köpfen über die Landebahn. Meter für Meter rollte sich das Seil ab.

»Empfangen Sie noch ein Signal?« Sofia drehte sich zu Peters um.

Der zog den Peilsender aus seiner Tasche: »Ja, es ist jetzt sogar stärker.« Er hielt den Sender hoch, damit Sofia die Ansammlung blauer Leuchtpunkte beim Lagerhaus sehen konnte. »Aber nach wie vor keine Bewegung.«

Sofia prüfte, wie straff das Seil war. »Wenn wir dort ankommen, möchte ich, dass Sie hinter mir bleiben.«

»Wieso? Was erwartest du dort? Nein, ich finde, ich sollte zuerst gehen, ich bin schließlich der ...«

Aber Sofia hörte schon nicht mehr zu. Sie war durchtrainiert, sie hatte schnelle Reflexe und sie beherrschte Wing Chun Kung-Fu. Peters war zwar ein kluger Kopf, aber er war klein, ein ziemliches Fliegengewicht und stand altersmäßig auf der falschen Seite der vierzig. Falls drüben am Lagerhaus irgendeine körperliche Herausforderung auf sie wartete, wollte sie als Erste damit konfrontiert werden. Sie wusste, dass sie hart, schnell und ohne zu zögern, zuschlagen konnte. Professor Peters dagegen ... wohl eher nicht.

Sie stapften durch den Schnee, bis sie das Tau erreichten, das das Ende der Landebahn markierte. Ohne zu verschnaufen, duckte sich Sofia darunter hindurch und lief weiter. Nach etwa hundert Metern zeichneten sich endlich die Umrisse des Lagerhauses in dem weißen Gestöber ab.

Als sie die Metalltreppe erreichte, knotete Sofia das Seil am Geländer fest, damit sie sich später zum Haupthaus zurückhangeln konnten. Dann umklammerte sie ihre Stange und stieg so leise wie möglich die Stufen hinauf. Oben angekommen wischte sie sich den Schnee von der Brille und schaltete die Kamera an. »Okay, wir gehen rein.«

»Warte«, sagte Peters. »Ich denke, *ich* sollte ...«

Aber Sofia drückte schon auf den Türöffnerknopf und trat ein. Peters folgte ihr in die Dunkelheit. Hinter ihm schloss sich die Tür mit einem Zischen.

Eine Weile standen sie reglos da und lauschten, aber außer dem gedämpften Heulen des Windes hörten sie nichts.

Als Erstes fiel Sofia auf, wie warm und feucht die Luft war. Deutlich wärmer und feuchter als im Hauptgebäude. Es roch stark nach Schweiß, wie in einer Umkleidekabine. Und noch ein Geruch mischte sich darunter, eklig süß, wie von überreifen Früchten.

Als sich ihre Augen an die Dunkelheit gewöhnt hatten, ließ sie ihren Blick schweifen. Sie erkannte die Umrisse von Gegenständen, die man in einem Lagerhaus erwartete: Ausrüstungsutensilien in Regalen, Packkisten, Ersatzteile, Werkzeuge ...

Moment! Da war etwas, das sie nicht kannte. Etwas, das hier nicht hergehörte.

Es stand auf der anderen Seite des Raumes, groß und dunkel, halb verborgen im Schatten.

Sofia hob ihre Waffe und legte sie sich wie einen Baseballschläger über die Schulter, bereit auszuholen.

»Puh, ist das heiß«, flüsterte sie. »Aber wenigstens scheint es hier drinnen noch Strom zu geben. Wissen Sie, wo der Lichtschalter ist?«

»Ja, Moment, ich mache Licht.«

»Noch nicht. Richten Sie die Kamera auf die Wand dort drüben und warten Sie: Ich zähle bis drei. Dann schalten Sie's an.«

»Warum?«

»Machen Sie's einfach, bitte.« Ohne eine Antwort abzuwarten, begann Sofia zu zählen. »Eins ...«

»… zwei …«

»… drei. Jetzt!«

Das Licht sprang an und fiel auf den Umriss vor der Wand.

Bloß dass es nicht nur ein Umriss war. Es waren viele Umrisse. Viele Leute.

Viele Zombies.

STATION ZERO, ANTARKTIS
JETZT

»Sind sie das?«, fragte Zak. »Sind das die Leute, die eigentlich *hier* sein sollten?«

Mum drückte auf Pause. Auf dem Bildschirm waren Menschen zu sehen, die in strammer Haltung im hinteren Bereich des Lagerhauses standen – Schulter an Schulter in drei Zehnerreihen und einer Achterreihe, die Rücken gerade, die Arme an die Seiten gepresst, die Hände zu Fäusten geballt.

»Nee, das sind zu viele.« May musste sich räuspern. »Es sollen doch nur zweiunddreißig Leute auf der Basis sein.«

Zak zählte nach. Achtunddreißig. Vierzig mit Sofia und Professor Peters. »Hast recht. Wer sind die anderen?«

Er sah Mum und Dad an.

»BioMesa?«, mutmaßte Dad.

»Lasst uns die Aufnahme weiteransehen.« Mum tippte bereits auf »Play«.

Das Video zeigte, wie Sofia die Metallstange fallen ließ und auf einen Mann in der ersten Reihe zulief. *»Papa!«* Der Mann war groß und hatte olivfarbene Haut. Er trug eine rote Jacke und eine graue Pudelmütze. Seine Augen waren geschlossen, als würde er schlafen. Sein Gesicht glänzte vor Schweiß. Sofia rüttelte ihn am Arm, aber er reagierte nicht.

»Mama!« Sofia drängte sich zu einer Frau in der zweiten Reihe hindurch, aber auch sie zeigte keine Reaktion. Ebenso wenig wie ihr Bruder, der neben der Mutter stand.

»Pablo, wach auf!«, rief Sofia und schüttelte auch ihn.

Peters stellte die Kamera auf den Boden und rannte zu einem jugendlichen Mädchen. »Hilda Peters« stand auf ihrer Brusttasche. Blondes Haar ragte unter ihrer rot-schwarzen Mütze hervor. Neben ihr sah man eine kleine, schmächtige Frau. »Dr. Eva Peters« lautete ihr Name.

»Warum stehen sie da herum?«, fragte May. »Die wirken ja wie ... Zombies. *Buchstäblich* wie Zombies!«

May hatte nicht ganz unrecht: Okay, es waren keine verwesten Leichen wie in den Walking-Dead-Comics, aber zombiehaft sahen sie trotzdem aus. Obwohl ...

»Sie atmen!« Zak rückte näher an den Bildschirm. »Man kann sehen, wie sie atmen.« Er deutete auf einen Mann in der ersten Reihe. Die Brust unter der Jacke hob und senkte sich in regelmäßigen Abständen.

»Was stimmt denn dann nicht mit ihnen?«, flüsterte May.

STATION ZERO, ANTARKTIS
VOR 22 STUNDEN

»Was stimmt nicht mit ihnen?«, rief Peters. »Warum wachen sie nicht auf?«

Sofia hastete zwischen ihrem Vater und ihrer Mutter hin und her, versuchte verzweifelt ihnen irgendeine Reaktion zu entlocken, aber die blieb aus. Ihr Atem war das einzige Lebenszeichen.

»Was fehlt ihnen?« Peters war vor seiner Tochter auf die Knie gefallen. »Was fehlt ihnen nur?«

Aber Sofia antwortete nicht. Es kostete sie schon genug Kraft, mit ihrer eigenen Verzweiflung fertigzuwerden. Und mit dem entsetzlichen Verdacht, dass all dies mit dem Bohrkern zu tun haben könnte, den sie entwendet hatte. Bohrkern Nr. 31.

»Papa. Bitte, wach auf. *Bitte!*« Sie stand ganz dicht vor ihrem Vater, sah ihm ins Gesicht und sprach ihn immer wieder an.

Und plötzlich tat sich etwas.

»Papa?«

Eine ganze Weile kniff Sofias Vater die Augen zu, dann riss er sie weit auf. Sein Blick schweifte hin und her und wirkte total lebendig! Seine Augen traten etwas hervor und füllten sich schließlich mit Tränen. Aber abgesehen davon bewegte er sich nicht. *Konnte* er sich nicht bewegen.

»Was ist los, Papa?«, fragte Sofia. »Was machst du hier? Was ist passiert?«

»Ich glaube, er will dir etwas mitteilen.« Peters trat zu ihr und wedelte mit der Hand vor dem Gesicht ihres Vaters. »Professor Diaz? Was ist los? Was ist hier vorgefallen?«

Zu Sofias Linken öffnete Commander Miller die Augen, ebenso wie der Mann daneben. Und binnen weniger Sekunden wachte die ganze Gruppe auf und starrte vor sich hin.

»Willst du mir etwas erzählen?« Sofia konzentrierte sich nur auf ihren Vater, ignorierte alle anderen.

Peters ging zu seiner Frau und seiner Tochter zurück, schüttelte sie und winkte vor ihren Gesichtern.

Plötzlich öffnete Sofias Vater den Mund. Erst nur einen kleinen Spalt, dann immer weiter. Seine Augen traten hervor, so sehr strengte er sich an. Tränen rannen ihm über die Wangen. Ein Geräusch drang aus seiner Kehle. Es hörte sich an, als würde Luft aus einem schlaffen Ballon entweichen. Seine Lippen zitterten beim Versuch, verständliche Worte zu formen.

»Was ist?« Sofia trat noch näher. »Was willst du mir sagen?«

Da klappte ihr Vater den Mund so ruckartig zu, dass seine Zähne aufeinanderschlugen. Mit schmerzverzerrtem Gesicht schloss er die Augen, um sie kurz darauf wieder zu öffnen und seine Tochter erneut mit diesem gruseligen, angestrengten Blick anzustarren, während er sich gleichzeitig mühte, die Lippen zu bewegen.

Dann sackte plötzlich sein Gesicht nach unten, als seien alle Muskeln gleichzeitig erschlafft. Seine Augenlider fielen zu, seine Mundwinkel gaben nach und sein Kinn klappte herunter.

»Was war das jetzt?« Peters blickte Sofia an.

»Keine Ahnung. Aber es gefällt mir nicht. Es ist …«

Überraschend öffnete Commander Miller den Mund und flüsterte zwei Worte: »Helft uns.« Und nach einer kurzen Pause wiederholte sie ihre Botschaft: »Helft uns.«

Als sie die Worte zum dritten Mal herausgebracht hatte, fiel Sofias Vater mit heiserem Flüstern ein. Auch Doc Blair und Dr. Asan, die rechts von Commander Miller standen, stimmten ein. Und dann löste sich nach und nach auch bei allen anderen die Erstarrung und sie begannen ebenfalls zu sprechen – bis achtunddreißig Menschen in Habachtstellung und mit ausdruckslosen Gesichtern dastanden und im Chor dieselben zwei Worte wiederholten. In Dauerschleife.

»Helft uns. Helft uns. Helft uns.«

»Warum sagen sie das?« Peters wich zurück. »Sind sie hypnotisiert oder so?« Seine Stimme wurde immer schriller. »Was zum Teufel ist hier los?«

Sofia trat noch etwas dichter heran. Sie schaffte es einfach nicht, dem gruseligen Spektakel den Rücken zu kehren. Sie musste wissen, was hier vorging. Sie schnipste vor dem Gesicht ihres Vaters mit den Fingern, aber er zuckte mit keiner Wimper. Stattdessen hörte er auf zu sprechen und schloss den Mund. Sofort taten es ihm die anderen nach und es herrschte wieder Schweigen.

Sofia glaubte, das Blut in ihren Ohren rauschen zu hören. Zögernd beugte sie sich vor und sah ihrem Vater in die Augen. Ihr fiel nichts Ungewöhnliches auf. Also drängte sie sich in die zweite Reihe und inspizierte die Augen ihrer Mutter und ihres Bruders. Sie hatte einen total trockenen Mund und zitterte trotz der Hitze im Raum. Dennoch versuchte sie ruhig zu bleiben, nicht auszuflippen. Obwohl ihr sehr danach zumute war.

»Vielleicht ist es wirklich eine Art Hypnose. Es scheint, als wären sie ... keine Ahnung ... irgendwie in Trance.« Sie wandte sich zu Peters um. »Ich weiß nicht, wa...« Sie verstummte.

»Was ist?«

Entsetzt wich Sofia zurück. »Was bitte ist das?« Sie blickte nach links und nach rechts. »Was ...? O mein Gott! Sie haben alle eins.«

»Ein *was*?«, fragte Peters. »Wovon sprichst du?« Aber als er um die vordere Zombie-Reihe herumging und die Köpfe von hinten betrachtete, blieb auch er mit offenem Mund stehen und starrte.

STATION ZERO, ANTARKTIS

VOR 22 STUNDEN

Sofia war verwirrt und hatte Angst, aber gleichzeitig verspürte sie auch Neugierde. Im Nacken der Leute war ein merkwürdiges kleines Gerät angebracht – genau in der Mitte, entlang der Wirbelsäule. Sie hatten alle eins: ihre Mutter, ihr Vater, ihr Bruder – alle, mit denen sie die letzten zwei Monate wie in einer großen Familie zusammengelebt hatte. Selbst die Typen von BioMesa. Und auch Jennings, dessen Zugangskarte sie benutzt hatte, um in die Forschungshöhle einzudringen.

Sie wischte sich den Schweiß von der Stirn und beugte sich vor, um das Gerät am Nacken ihres Vaters zu inspizieren. Obwohl es eindeutig ein mechanisches Teil war, wirkte es merkwürdig lebendig. Wie eine kleine, fette Spinne mit sechs spindeldürren Beinen. Dort, wo die Beine die Haut durchbohrten, waren winzige Blutstropfen angetrocknet. Das Seltsame: Die Beine waren fast die ganze Zeit in Bewegung, kaum merklich. Etwas Graues, Fleischiges glänzte in den filigranen Gelenken.

Sofias eine Hand umklammerte den Gesteinsprobensammler, die andere tastete nach dem Spinnending. »Meinen Sie, wir bekommen das Teil da raus?«

»Vorsichtig.«

Sie berührte das Ding mit der Handschuhspitze und zog ihren Finger blitzschnell zurück.

Nichts. Das Teil reagierte nicht.

Also streifte sie ihren Handschuh ab und tippte die Spinne mit bloßen Fingern an. Wieder nichts. Da nahm sie das Ding kurz entschlossen zwischen Zeigefinger und Daumen.

»Es ist warm«, stellte sie fest. »Und fühlt sich an wie ... hm, Metall?«

»Nein, das ist kein Metall.« Peters blieb in sicherer Entfernung stehen. »Das muss irgendein Gemisch sein. Ein Verbundwerkstoff aus Kohlenstoff. Wie das Zeug, das die Spinnen zum 3-D-Drucken benutzen.«

»Das graue Zeug? Bäh, das ist eklig ... wie Gehirnmasse.«

»Es sieht irgendwie organisch aus«, bemerkte Peters. »Lebendig. Wie Fleisch.«

»Moment.« Sofia trat noch näher heran. »Wissen Sie noch? Diese Käfer, von denen ich Ihnen erzählt habe?« (*Da war es wieder – dieses Gefühl, dass der Albtraum hier mit ihrem Diebstahl in der Höhle zu tun hatte.*) »Die Käfer, die in dem Eiskern steckten, den ich mitgebracht habe?« Sie versuchte ihr schlechtes Gewissen zu verdrängen. »Doc Blair hat einen davon aufgeschnitten: Sein Inneres bestand aus der gleichen grauen Masse.«

»Wie bitte? Das graue Zeug stammt von einem Insekt?«

»Ich weiß es nicht. Ich versuch mal, ob ich es irgendwie entfernen kann.«

»Und wenn du deinem Vater wehtust?«

»Aber irgendetwas müssen wir doch machen.« Sofia spürte Peters' Angst. Wahrscheinlich hatte er sogar mehr Angst als sie. Ihm stand der Schweiß auf der Stirn, seine Lippen zitterten, sein Atem ging stoßweise.

»Ich probier's jetzt einfach«, sagte Sofia.

Peters nickte.

»Okay.« Sie zupfte leicht an dem merkwürdigen Parasiten.

Die Haut ihres Vaters hob sich, als würde das Insektenteil gleich mit einem schmatzenden Geräusch herausploppen. Aber das passierte nicht: Stattdessen federten die zarten Beine in den Gelenken und die graue Masse bog sich mit – wie elastische Muskeln. Schließlich spannten sich die Beine an und die Füße gruben sich noch tiefer in die Nackenhaut.

Sofort ließ Sofia los und trat ein paar Schritte zurück. »Haben Sie das gesehen?«

»Es hält sich fest.«

»Ja. Und haben Sie diesen komischen Stachel gesehen?«

»Nein ...«

»Irgendetwas ist aus dem Bauch des Teils herausgekommen und hat sich in Papas Hals gebohrt. Wie der Rüssel einer Mücke.« Sofia lief ein Schauder über den Rücken. »Was auch immer es ist ... ich glaube, es hat die Leute ... in diesen Zustand versetzt. Könnte irgendjemand dahinter stecken? Ich meine, könnte jemand diese Dinger hergestellt und eingepflanzt haben?«

»Als eine Art Bewusstseinskontrolle?«

»Keine Ahnung, vielleicht.«

»Kann ich mir nicht vorstellen.« Peters schüttelte den Kopf.

Sofia trat vor ihren Vater und sah ihm direkt ins Gesicht.

»Wir finden heraus, was hier los ist«, versprach sie. »Ich hole das Ding aus deinem Nacken und ...« Da blieb ihr Blick an etwas hängen und sie taumelte entsetzt zurück, eine Hand auf den Mund gepresst.

»Was ist los?«

»Da ... da ist ...« Ihr Gesicht war feuerrot, sie musste sauer aufstoßen. Binnen Sekunden fiel ihre Körpertemperatur vom Siede- auf den Gefrierpunkt, so kam es ihr vor, und sie bekam am ganzen Körper Gänsehaut. Ihre Eingeweide fühlten sich an wie geschrumpft.

»Was ist denn?« Peters kam zu ihr.

Aber Sofia konnte ihren Blick nicht von dem ... Ding ... abwenden, das sich im Nasenloch ihres Vaters kringelte. Es hatte genau die gleiche Konsistenz und Farbe wie die Beinmuskeln der Spinne an seinem Nacken. Grau, glänzend und durchscheinend. Wie Gehirnmasse, dachte Sofia, aber je intensiver sie hinschaute, desto mehr erinnerte sie das Zeug an rohe Garnelen. An die glibberigen Schrimps, die damals auf dem Teller neben dem Grill gelegen hatten, als sie mit ihrem Black-Widow-Minirevolver auf Dosen geschossen hatte, während ihre Eltern Fleisch und Fisch auf den Rost legten.

Genau so sah das Ding in Dads Nase aus. Und auch das Zeug, das Doc Blair aus dem schwarzen gepanzerten Käfer herausgeschält hatte. Wie eine rohe Garnele. Dieselbe Farbe, dieselbe Konsistenz.

Die Assoziation war natürlich völlig verrückt, trotzdem bekam Sofia sie nicht mehr aus dem Kopf. Sie hatte das Gefühl, gleich hysterisch zu werden.

Und plötzlich bewegte sich das glitschige Ding auch noch! Schlängelte sich nach oben, außer Sicht. Eine Welle des Ekels überkam sie. Sie musste würgen.

Da öffnete ihr Vater überraschend die Augen.

Sein Körper entspannte sich, seine Schultern sackten nach unten und er blickte seine Tochter direkt an.

Sofia merkte, wie die Panik sie zu überwältigen drohte. So, wie sie es bei Höhlenkletterern erlebt hatte, die meinten, unter der Erde eingeschlossen zu sein, und die Kontrolle über sich verloren hatten. Also kämpfte sie mit aller Kraft gegen ihre Angst an. Sie hielt dem Blick ihres Vaters stand und zwang sich ruhig und gleichmäßig zu atmen.

Ihr Vater runzelte die Stirn. »Werdet wie wir.«

»O mein Gott!« Vor Schreck tat Peters einen Satz nach hinten, wobei er fast die Kamera fallen ließ.

Jetzt öffneten auch die übrigen Projektteilnehmer ihre Augen und wandten sich Sofia und Peters zu. Völlig entspannt standen sie da und taten etwas, was Sofia erschaudern ließ: Sie lächelten.

Und dann sprachen sie wieder.

»Werdet wie wir.«

»Papa?«

»Werdet wie wir.«

Jetzt begannen sie auch noch sich zu bewegen. Alle achtunddreißig. Sie schlurften einen Schritt vorwärts, schwerfällig und ruckartig, als hätten sie das Laufen verlernt. Beim zweiten Schritt waren sie schon sicherer, ihre Bewegungen flüssiger.

»Werdet wie wir.«

Sofia taumelte rückwärts – und die Menge tat einen dritten Schritt. Langsam hob ihr Vater die Arme. Als sie in der Waagerechten waren, kroch etwas aus seinem Ärmel. Ein schwarzes Krabbelvieh. Eine Mischung aus Käfer, Skorpion und Ohrenkneifer, ungefähr daumengroß. Es wuselte in Richtung Ellbogen und verschwand auf der Unterseite des Armes. Dann tauchte ein zweiter Käfer auf. Und noch einer. Und immer mehr.

»Werdet wie wir«, forderte er seine Tochter auf. »Werdet wie wir.«

Sofia wich weiter zurück, aber die Gruppe rückte nach. Die Leute schienen immer entschlossener – und ihre Muskeln immer stabiler. Finger griffen nach Sofias Jacke.

Jetzt krabbelten Insekten aus dem Jackenkragen von Sofias Vater, verteilten sich auf seinen Schultern, breiteten die Flügel aus und schwirrten durch die Luft.

»Los, laufen Sie«, rief Sofia Peters zu. »Raus hier.«

Sie drehten sich um und rannten zum Ausgang, verfolgt von der Menge.

Sofia hämmerte auf den Türöffnerknopf und Sekunden später schnitt ihnen eisige Luft ins Gesicht. Schneeflocken schwallten in den Lagerraum. Wie auf Kommando beugten sich die Zombies vor, wahrscheinlich, um sich gegen die brutale Gewalt des Eissturms zu stemmen. Sie zeigten nicht das geringste Zeichen von Unbehagen, schlurften einfach nur weiter, unbeeindruckt, die Arme vorgestreckt, um Sofia oder Peters zu fassen zu bekommen, die zögernd an der Türschwelle stehen geblieben waren.

»Los, weiter! Weg hier!«, brüllte Sofia und schob Peters mit beiden Händen hinaus in die Eishölle. Dann schlug sie hektisch auf den Türknopf und trat selbst nach draußen. Als sich die Tür zischend hinter ihr schloss, hörte sie das Sirren von Insekten.

Sie stolperte die Treppe hinunter, ohne zu wissen, ob die Zombies ihnen folgten. »Weiter, weiter!«, drängte sie. »Suchen Sie das Seil!«

Sie wagten beide nicht, sich umzudrehen, aus Angst, die Tür könnte aufgleiten und die Zombiearmee herausschlurfen.

Aber die Tür blieb geschlossen, niemand folgte ihnen.

Dafür wartete im Eissturm etwas viel Schlimmeres auf sie.

STATION ZERO, ANTARKTIS
VOR 22 STUNDEN

Am Fuß der Treppe griffen Sofia und Peters nach dem Seil und hangelten sich in Richtung Landebahn daran entlang. Die Sicht betrug kaum mehr als eine Armeslänge. Höchst unwahrscheinlich, dass sie das Hauptgebäude ohne ihre Rettungsleine wiedergefunden hätten. Sie wären orientierungslos im wirbelnden Weiß herumgeirrt und in kürzester Zeit erfroren. Vielleicht nur wenige Meter vom Hauptgebäude entfernt.

Nachdem die Umrisse des Lagerhauses hinter ihnen verschwunden waren, blieb Sofia stehen und beugte sich zu Peters' Ohr. »Geben Sie mir den Peilsender.«

»Was war da drinnen los? Was um Himmels willen ist passiert?«

»Machen Sie schon, geben Sie mir den Sender. Schnell!« Sofia hatte ihre Panik überwunden, anders als Peters. Der reagierte einfach nicht. Ungeduldig streckte sie ihre Hand nach seiner Tasche aus, aber er schob sie weg und wühlte selbst nach dem Sender.

Als er das Teil endlich zutage förderte, riss sie es ihm aus der Hand, wischte die Eiskristalle vom Display und betrachtete die blauen Markierungen auf dem Satellitenbild.

»Sie sind an ihren Platz zurückgekehrt«, rief sie und stopfte den Sender in ihre Tasche. »Kommen Sie, wir müssen raus aus der Kälte. Und verlieren Sie bloß nicht die Kamera.«

Während sie sich durch das Schneetreiben kämpften, behielt Sofia Peters im Auge und überdachte ihre Optionen. Oberste Priorität hatte jetzt das ViBac. Sie mussten unbedingt ihr Video hochladen, damit das Ungeheuerliche dokumentiert war, falls ihnen etwas passierte. Danach mussten sie versuchen einen Hilferuf abzusetzen, am besten vom Schutzgebäude aus. Und wenn sie dort waren, konnten sie ...

»Da vorne ist etwas!«, rief Peters.

Sofia fuhr herum. Adrenalin jagte durch ihre Adern. Peters war stehen geblieben, die Kamera auf die Landebahn rechts von ihnen gerichtet.

Sie wischte über ihre Brillengläser, aber alles, was sie sah, waren wirbelnde Schneeflocken.

»Da bewegt sich was.« Peters hielt die Kamera immer noch auf dieselbe Stelle gerichtet. »Etwas Großes.«

»Ich sehe nichts ...« Sie hatte noch nicht zu Ende gesprochen, da huschte ein Schatten von links nach rechts durch das Whiteout. Ein großer, grauer Fleck. Und durch das Heulen des Sturms hörte sie ein seltsames *Tick-tack-tick-tack-tick-tack.*

Als würde etwas Metallenes übers Eis trippeln.

»Siehst du es?«, rief Peters. »Und hörst du es?«

»Ich ...« Erneut wischte sich Sofia über die Brille. Hatte ihre Einbildung ihr einen Streich gespielt? Oder erzeugte der Schneesturm optische Täuschungen? Nein, der Schatten bewegte sich immer noch. Er wurde größer und dunkler. Als würde er sich nähern.

»Wir müssen weiter!« Sie bemühte sich krampfhaft, die Angst aus ihrer Stimme herauszuhalten. »Los, gehen Sie weiter.« Sie wollte stark sein – nicht nur für sich, auch für Peters. Es war jetzt ihr Job, stark zu sein.

Da brach der Schatten plötzlich aus dem weißen Chaos hervor – wie ein Hai aus dem aufgewühltem Meer. Sofia hatte die Spinnen-Drohnen noch nie gemocht: ihre unberechenbaren Bewegungen, ihre zuckenden Glieder, das ruckartige Wechseln der Werkzeugaufsätze. Aber als die Spinne jetzt auf sie zukam, bewegte sie sich völlig anders: weich und fließend. Überhaupt nicht mehr robotermäßig. Sie sah vollkommen lebendig aus. Und war so schnell wie ein Monstertruck. Eine unaufhaltsame Masse aus rotierenden Beinen und wirbelnden Armen.

Sofia war wie vom Donner gerührt. Sie war sich absolut sicher, dass das Monstrum sie niedertrampeln würde. Doch plötzlich stoppte es. Binnen Sekundenbruchteilen kam es zum Stehen, nur wenige Zentimeter von Peters entfernt.

Der war so geschockt, dass er reglos dastand und die Spinne anstarrte, die sich jetzt vorbeugte, um ihn zu inspizieren.

Sofia war klar, dass sie handeln musste. Kurz entschlossen holte sie mit dem Gesteinsprobensammler aus und donnerte ihn auf die Spinne. Es krachte. Metall auf Metall. Der Ruck fuhr ihr in die Schulter, sie biss sich auf die Zunge. Für einen Moment schien die Spinne überrumpelt, dann schlug sie zurück. Mit übernatürlicher Geschwindigkeit schoss einer ihrer Arme vor und entriss Sofia die Metallstange, als sie gerade zum zweiten Mal ausholen wollte. Sofia landete mit dem Gesicht auf dem Eis.

Ein zweiter Spinnenarm schnellte vor und packte Peters am Bizeps. Der schrie auf und ließ die Kamera fallen. Und ehe er sich versah, hatte die Spinne den Rückwärtsgang eingelegt und verschwand mit ihm im Schneesturm.

STATION ZERO, ANTARKTIS

VOR 21 STUNDEN

Sofia lag auf dem Eis und sah, wie die Spinne immer kleiner und blasser wurde und sich schließlich im Weiß verlor. Um sie herum war nur noch wirbelnde, peitschende Leere.

Viele andere Menschen hätten in dieser Situation vermutlich aufgegeben. Sie hätten keinen Ausweg gewusst und resigniert gewartet, bis die Spinne wiederkäme, um sie zu holen.

Dieser Gedanke durchzuckte auch Sofia kurz – aber nur kurz. Denn Sofia Diaz war keine, die einfach so aufgab. Die sich willenlos ihrem Schicksal fügte. Sie hatte schon viele scheinbar ausweglose Situationen erlebt. Und sie liebte das Abenteuer, die Gefahr. Sie liebte den Thrill und sie liebte es, wenn sie das Chaos in den Griff bekam. Die Kontrolle wiedergewann.

Als Pfadfinderin hatte sie gelernt, wie wichtig es war, »allzeit bereit« zu sein. Sie hatte sich den Spruch ausgedruckt und an die Wand gehängt, um ihn nie zu vergessen. Und direkt darunter hing noch ein anderes Motto, das ihr beim Klettern oder bei Survival-Trips ins Outback immer geholfen hatte. Denn allzeit bereit zu sein war schön und gut, aber manchmal ging trotzdem etwas schief. Und wenn das passierte, erinnerte sie sich an den zweiten Spruch – das inoffizielle Motto des United States Marine Corps: »Improvisieren, anpassen, meistern.«

Und genau das musste sie jetzt tun. Sich zusammenreißen, sich sammeln und aufstehen. Es gab keine Entschuldigung dafür, hier rumzuliegen und nichts zu tun. Die gab es nie. Sie hatte zwar keine Ahnung, was hier vor sich ging, aber sie würde alles daransetzen, es herauszufinden und jeden zu warnen, der den Außenposten ansteuerte. Sie würde improvisieren, sich der neuen Situation anpassen und sie schließlich meistern.

Sie öffnete den Mund und brüllte in den Sturm. Sie schrie so laut und schrill, als wollte sie Glas zum Splittern bringen. Es war eine Kampfansage. Ihr Schwur, dass sie nicht aufgeben würde.

Dann rappelte sie sich auf und zog den Peilsender aus der Tasche. Ein blauer Leuchtpunkt – das war alles, was von Peters übrig war. In unglaublicher Geschwindigkeit entfernte er sich von ihr, raste auf das Lagerhaus zu. Aber Sofia konnte es sich nicht leisten, länger über ihn nachzudenken. Sie musste sich ins Hauptgebäude retten – denn irgendwo trieben sich noch zwei weitere Spinnen herum. Sie steckte den Sender in die Tasche, hob die Kamera auf, umklammerte das straff gespannte Seil und überquerte die Landebahn. Das Seil in der Hand zu spüren, war beruhi...

In dem Moment erschlaffte es und fiel hinter ihr in den Schnee. Irgendjemand dort draußen im Sturm musste es durchtrennt haben.

Die Spinnen. Sie sind hinter mir her.

Sofia kämpfte ihre Panik nieder, klammerte sich an das lose Seilende und stapfte weiter. Da bemerkte sie, dass sich an verschiedenen Stellen Schatten zusammenballten. Im Schneegestöber schlichen sie umher und lauerten auf den richtigen Moment, um zuzuschlagen.

»Haut ab!«, schrie Sofia. »Lasst mich in Ruhe!« Verdammt, sie musste Zeit gewinnen, zur Station zurück ...

Da fiel ihr die Signalpistole ein, die sie eingesteckt hatte!

Kein großer Trumpf, aber besser als nichts. Vielleicht ja der entscheidende Unterschied zwischen Leben und Tod. Mit den Zähnen zog sie den rechten Handschuh ab und ließ ihn fallen. Ohne Handschuh hatte sie mehr Gefühl in den Händen. Aber sie musste sich beeilen. Bei diesen Temperaturen erfroren nackte Hautstellen blitzschnell.

Sie zerrte die Signalpistole aus der Tasche, entspannte den Hahn, zielte auf die Stelle, wo sich die meisten Schatten ballten, und drückte ab.

Ein scharfer *Knall* durchschnitt das Heulen des Windes. Eine grellrote Kugel schoss aus dem Pistolenlauf. Sie flog nicht weit, nur ein paar Meter, dann traf sie auf etwas Hartes. *Ting*! Sie prallte ab, fiel in den Schnee und zerplatzte in einem Tanz aus gleißenden Funken, der die Umgebung ausleuchtete wie Autobremslichter eine neblige Straße. In dem roten Schein sah Sofia die Silhouetten von zwei Spinnen. Aber anders als die, die Peters verschleppt hatte, waren sie nicht im Angriffsmodus. Im Gegenteil: Sie zuckten vor dem gleißenden Licht zurück, als würde es sie schmerzen.

Das liegt an ihren »Augen«.

Die Spinnen-Drohnen waren mit Kameras bestückt, die ihnen umfassendes Sehen ermöglichten. Deshalb hatten sie Peters und sie trotz des Schneesturms auch so schnell gesichtet. Sie besaßen Wärmebild-, Nachtsicht-, Infrarot- und Mikroskop-Kameras, die jetzt allesamt von der Helligkeit und Hitze der Leuchtkugel beeinträchtigt wurden. Wenn sie es schaffte, die Kameras weiter zu blenden und vielleicht sogar zu beschädigen, hatte sie eine Chance.

Hastig versuchte sie die Pistole neu zu laden. Doch ihre linke Hand steckte noch in dem klobigen Handschuh und ihre rechte war fast abgefroren. Fluchend gelang es ihr schließlich, die Leuchtpatrone in die Trommel zu legen, sie zuschnappen zu lassen und einen weiteren Schuss abzufeuern. Diesmal zielte sie auf den Boden vor den Spinnen. Die Kugel sprühte Funken und zerstob mit einem lauten Knall zu einem grellroten Blitz. Rauch stieg auf und verquirlte zu einer Wolke, hinter der Sofia nicht zu sehen war.

Sie feuerte noch eine Kugel ab, dann lud sie die Waffe, steckte sie wieder in die Tasche und tastete nach dem Seil. Die Spinnen rannten wild umher, um sie zu lokalisieren, aber sie hatte ein paar wertvolle Sekunden gewonnen. Eigentlich konnte es nicht mehr weit sein. Sie nahm das Seil in die linke Hand und folgte ihm, bis es langsam straffer wurde: Okay, sie näherte sich dem Rover, an dem es befestigt war.

Tatsächlich, schon zeichneten sich die Umrisse des Fahrzeugs im Schneegestöber ab. Sie hatte es fast geschafft.

Doch die Spinnen kamen näher. Es war eine Frage von Sekunden.

Verzweifelt mobilisierte Sofia ihre letzten Kräfte, trieb sich an, holte alles aus sich heraus. Als sie die Treppe erreichte, klammerte sie sich ans Geländer und zog sich hoch. Oben angekommen, riss sie die Klappe über dem Nothebel auf und legte ihn um. Die Tür knackte, zischte und glitt auf. Sofia stürzte hinein, als die erste Spinne die Treppe erreichte. Schon klapperten ihre Beine auf den Metallstufen. Sofia wirbelte herum und hämmerte mit der Faust auf den Türschließer. Die Spinne war bereits halb oben.

»Und tschüs!«, rief Sofia, als sie den Riegel vorschob.

Sie massierte ihre halb erfrorene Hand und tastete sich in der Dunkelheit zum Hinterausgang. Durch das kleine Türfenster vergewisserte sie sich, dass der Laufsteg frei war. Hastig schlüpfte sie hinaus, rannte über den Steg zum Schutzgebäude und stürzte in den kleinen Kontrollraum. Dort ließ sie sich auf den Schreibtischstuhl fallen – denselben Stuhl, den knapp vierundzwanzig Stunden später Roboteringenieur Dr. Adam Reeves vom Schreibtisch abrücken würde, um an die Vi-Bac-Kiste zu gelangen.

Völlig außer Atem und mit rot gefrorenen Wangen richtete Sofia die Kamera auf ihr Gesicht und begann mit der Aufnahme. Sie setzte die Kapuze ab, schob ihre Brille in die Haare und starrte in die Linse.

»Irgendjemand wird auf diese Nachricht stoßen«, sagte sie. »Ich weiß nicht, wer, aber irgendjemand wird sie sich ansehen. Und ich hoffe, dass sie dann hilfreich ist. Alles, was ich weiß, erzähle ich jetzt. Irgendwie sind die Spinnen-Drohnen ... zum Leben erwacht. Jetzt, wo ich es laut ausspreche, merke ich selbst, wie verrückt es klingt, aber es ist tatsächlich so: Sie wirken absolut lebendig. Es gibt da diese kleinen Dinger am Nacken der Leute ... und dann noch das Teil in Papas Nase. Etwas Graues, das genauso aussieht wie das Ding, das Doc Blair in dem Eisbohrkern entdeckt hat. Ich schätze, die anderen Mitbewohner haben diese graue Masse auch irgendwo, aber wir hatten keine Zeit, das zu überprüfen, wir mussten zusehen, dass wir da rauskamen, Prof Peters und ich ...«

Sofia wandte den Blick ab und rieb sich die Nase.

»Tja, Prof Peters ist jetzt wohl auch einer von ihnen.«

Sie schloss die Augen und schlug sich ein paarmal mit der Faust gegen die Stirn, bevor sie sich wieder der Kamera zuwandte.

»Es muss mit den BioMesa-Leuten zu tun haben. Sie haben irgendetwas aus dem Abgrund hochgeholt. Ich bin sicher, dass sie mit der Sache zu tun haben. Es kann gar nicht anders sein ...« Sofia schüttelte den Kopf. »Und ausgerechnet ich habe dieses Etwas hergebracht. Es ist alles meine Schuld. Ich habe das verbockt. Es tut mir so leid, ich ...«

Sie musste eine Pause machen, bevor sie weitersprechen konnte.

»Aber ich werde es wiedergutmachen! Ich werde ... Ich weiß zwar nicht, wie ... Ich werde versuchen, das Kommunikationssystem wieder in Gang zu bringen, eine Nachricht rauszuschicken und herauszufinden, was hier vor sich geht. Der Strom ist ausgefallen, es wird kälter. Ich kann hier nicht länger tatenlos herumsitzen. ›Improvisieren, anpassen, meistern.‹ Das ist der Weg, der hier herausführt. Und deshalb werde ich zu der Stelle zurückkehren, wo sie die Bohrkerne aus der Tiefe holen. Dort wird sich die Antwort finden. Vielleicht ...« Ihr schien etwas einzufallen und sie blickte zu Boden. »Okay, ich werde dieses Video jetzt ins ViBac hochladen, dann kümmere ich mich um das Kommunikationssystem und dann versuche ich herauszufinden, was hier los ist. Wünscht mir viel Glück!«

STATION ZERO, ANTARKTIS
JETZT

Als das Video zu Ende war, starrten Zak, May, Mum und Dad eine halbe Ewigkeit auf das eingefrorene Bild von Sofia Diaz. Zak schwirrten tausend Fragen durch den Kopf, aber immer wieder kehrten seine Gedanken zu diesem starken, einfallsreichen, zuversichtlichen Mädchen zurück. Sie war genau so, wie er immer hatte sein wollen. Und obwohl er sie gar nicht kannte, spürte er, dass er sie mochte. Das Problem war nur, dass es nicht das kleinste Lebenszeichen von ihr gab.

Weil die Drohnen sie in die Fänge bekommen haben, dachte Zak.

Da Sofia nicht im Schutzgebäude war, mussten diese Spinnendinger sie geschnappt und ins Lagerhaus gebracht haben. Und da stand sie jetzt vermutlich wie ein Zombie neben allen anderen. Mit diesen ekelhaften grauen Dingern in sich.

»Diese grauen Viecher sehen genauso aus wie die, die wir im Labor entdeckt haben«, sagte er.

»Was für Viecher?«, fragte May.

»Die Dinger, die aus ihren Klamotten gekrochen sind. Und aus der Nase des Vaters. Genau solche waren auch im Labor. Und vorhin, als mich die Spinne angegriffen hat, habe ich gesehen, dass an ihrem Unterleib etwas ... wuchs. Etwas Graues, das auch so aussah.

»Da ›wuchs‹ etwas?« May verzog das Gesicht. »Auf der Spinne?«

»Ja.« Je mehr Zak darüber nachdachte, desto überzeugter war er, dass die grau glänzenden Sehnen nicht *innerhalb* des Körpers gewachsen, sondern *aus* dem Körper herausgewuchert waren.

»Wie kann da etwas drauf wachsen?«, fragte Mum. »Und vor allem: was?«

»Diese Insektenteile, die sie aus dem Eis herausgebohrt haben«, sagte Zak.

»Zak ...« Mum sah ihn mitfühlend an, aber es lag noch etwas anderes in ihrem Blick, das erkannte Zak an ihren zusammengepressten Lippen und daran, dass die gezackte Narbe unter ihrer Nase weiß war. Mum hatte Angst. »Es wird eine rationale Erklärung für all das geben.« Sie legte ihm eine Hand auf die Schulter. »Etwas anderes ist gar nicht denkbar.«

»Es *liegt* an diesen Insektendingern«, beharrte er. »Das glaubst du doch auch, das weiß ich. Du musst nicht so tun, als hättest du keine Angst. Du hast doch selbst gesehen, wie sie aus den Klamotten herausgekrabbelt sind. Und bei Sofias Dad sogar aus der Nase. Wir alle vier haben es gesehen. Die Exodus-Leute werden irgendwie ferngesteuert und es hat etwas mit diesen Insekten zu tun. Und wenn die Dinger Menschen kontrollieren können, warum dann nicht auch alles andere? Die komplette Polarstation? Das Kommunikationssystem ...?«

»Insekten, die Menschen fernsteuern?« Dad nahm seine Brille ab. »Das ist … nein, tut mir leid, das ist absurd.«

Während er sprach, hörten sie ein Geräusch vom Laufsteg.

Tick-tack-tick-tack-tick-tack.

Sie erstarrten.

Tick-tack-tick-tack-tick-tack.

Als das Geräusch verstummte, war nur noch das Heulen des nachlassenden Windes zu hören.

»Ich glaube, sie sind hinter uns her«, sagte Zak.

»Quatsch.« May drückte sich von der Schreibtischkante weg. »Das wird das Mädchen aus dem Video sein. Oder die anderen, die aufgewacht sind und jetzt zurückkommen.«

»Pst.« Dad drängte sich vor sie. Er presste sein Gesicht an das Bullaugenfenster in der Tür und schloss sicherheitshalber ab.

»Siehst du was?«, fragte Zak.

»Pst.« Dad legte seinen Finger auf die Lippen.

»Ich will nicht zum Zombie mutieren wie die Leute im Video!«, flüsterte May. »Ich will diese Viecher nicht in meinem Körper haben.«

»Das wirst du auch nicht«, beruhigte sie Mum. »Das lassen Dad und ich niemals zu.« Sie stand auf und stellte sich vor ihre Tochter.

Durch ihre schwarzen Haarsträhnen schielte May zu Zak. »Ich werde kein Zombie!« Sie klang wie besessen.

In Zaks Kopf herrschte heilloses Durcheinander. Er fühlte sich, als würde er gar nicht mehr in seinem Körper stecken, sondern von weit oben auf sich und seine Familie herunterblicken.

»Und genauso wenig lasse ich zu, dass sie sich *euch* schnappen. Das schwör ich!« May biss die Zähne zusammen. In ihrem Blick lag eine Entschlossenheit, wie Zak sie noch nie gesehen hatte. Und so verrückt es war, irgendwie gab ihm das ein Gefühl der Sicherheit.

»Alles gut«, flüsterte Dad. »Die Tür ist verschlossen. Das Biest kommt hier nicht rein.«

»Das Biest?«, fragte Mum. »Welches Biest?«

Auf Zehenspitzen schlichen Mum, Zak und May zur Tür und spähten hinaus. Was Zak dort sah, ließ ihm das Blut gefrieren.

Eine kleinere, weniger ausgefeilte Spinnenversion stand auf dem Laufsteg. Sie hatte die Größe eines bulligen Hundes. Ihr Körper hing ziemlich tief herunter, bis wenige Zentimeter über dem Boden. Am Kopf trug sie eine Art Überwachungskamera, die auf den Kontrollraum gerichtet war. Sie kam nicht in den Flur, sondern wartete draußen, wobei ihre Beine abwechselnd auf das Metall des Laufsteges tippten.

Tick-tack-tick-tack-tick-tack.

Eines nach dem anderen.

Tick-tack-tick-tack-tick-tack.

»Was zum Teufel ist das?«, flüsterte Zak.

»Sieht aus wie eine vereinfachte Version unserer Drohne.« Mum warf Dad einen Blick zu.

»Konstruiert mit Teilen des Mars-Rovers?«, wisperte er. »Und des Flugzeugs?«

»Sieht so aus. Teile aus Verbundwerkstoff sind auch dabei«, murmelte Mum. »Unfassbar!«

»Und du glaubst, unsere Drohnen haben das gemacht?«

Dad klang ungläubig. »Du meinst, sie haben Teile aus dem Flugzeug herausgerissen, um dieses ... Ding zu bauen?« Er schüttelte den Kopf. »Nein, unmöglich.«

Unmöglich. Kann nicht sein. Das ergibt keinen Sinn. Es wird eine rationale Erklärung geben. Unmöglich. Unmöglich. Unmöglich. Das war alles, was Zak von seinen Eltern zu hören bekam.

Und obendrein wirkten sie immer noch total fasziniert von dem, was sie hier sahen. Okay, keine Frage, das Roboterding war verblüffend – aber vor allem war es gefährlich. Es war überzogen von einer eklig grauen Masse, die merkwürdig organisch und lebendig aussah. Und es schien Grauenhaftes mit ihnen vorzuhaben: Es wollte ihre Gedanken beherrschen, sie in Zombies verwandeln und ... und ... Ja, was noch? Das war das Allerschlimmste: Sie hatten keine Ahnung, was es noch alles plante.

Draußen lehnte sich die zusammengeschusterte Drohne ein Stück zurück, dann nahm ihre Augenkamera Zak direkt ins Visier.

Sofort verspürte er eine intensive Wärme hinter dem rechten Auge. Sie verteilte sich wie Tinte in einem Wasserglas, breitete sich schmerzhaft und pulsierend aus und explodierte schließlich in einer Art Schockwelle. Gleißendes Licht erfüllte ihn, seine Muskeln kribbelten, sein Blut kochte und seine Gedanken wurden durch eine Art weißes Rauschen beiseitegefegt. Es war, als wäre sein Körper in ein Gewitter geraten, als hätte der Blitz in ihn eingeschlagen. Er war wie gelähmt. Und wieder hatte er das merkwürdige Gefühl, als wäre etwas in seinen Kopf eingedrungen und würde zwischen seinen Gedanken herumkriechen.

Bilder überfluteten ihn:

! Zak im Sprechzimmer von Doktor Anderson. Der lässt sich von seinen Patienten lieber *Mister* Anderson nennen – vermutlich weil irgendein Beratungsinstitut ihm weisgemacht hatte, das käme besser an. Jedenfalls saß Zak dort und lauschte dem Arzt, der ihm erklärte, warum er in letzter Zeit so oft Kopfschmerzen und während der Französischstunde sogar einen Krampfanfall gehabt hatte. In seinem Gehirn würde etwas wachsen, sagte Mr Anderson, und deshalb würde er Zak einen Schlummertrunk geben, und während er schlief, würde er ein kleines Loch in seinen Schädel bohren und eine Probe dessen entnehmen, was sich da ausbreitete ...

! Zak in einem hellblauen Krankenhauskittel auf dem OP-Tisch. *Warum waren die Dinger eigentlich immer hellblau?* Und gleichzeitig beobachtete er aus einer Ecke des Raumes, wie der Arzt den Bohrer an seinem Schädel ansetzte und ihn anschaltete ...

! Zak wieder im Sprechzimmer. Mit ernsten Mienen folgten Mum und Dad Mr Andersons Ausführungen über die nachfolgenden Behandlungen ...

! Zak in der Antarktis. Er starrte den altmodischen Polarforscher an, der neben dem gewaltigen Abgrund im Schnee stand und Zak mit beiden Händen zu sich heranwinkte ...

! Zak über einem schwarz schillernden Meer aus Insekten, die wild durcheinanderkrabbelten, nach einer Weile die Flügel ausbreiteten und in zwei endlosen, gelb fluoreszierenden Spiralen aufstiegen.

Plötzlich brach der Bilderstrom ab. Ein weißer Blitz durchzuckte ihn, und das, was sich in seinen Kopf eingeschlichen hatte, verschwand – leise und gleitend, wie wenn ein edles Tischtuch von einem Tisch abgezogen wird und die Holzplatte wieder zum Vorschein kommt.

Zak blinzelte. May stand immer noch neben ihm. Und das Drohnen-Ding hockte nach wie vor auf dem Laufsteg.

Was auch immer gerade mit Zak passiert war, seine Familie hatte offenbar nichts davon mitbekommen. Es war entweder zu schnell gegangen oder sie waren zu sehr damit beschäftigt gewesen, nach draußen zu spähen. Erst als Zak sich bei May abstützte, weil seine Knie weich wurden, blickte sie ihn an.

»Ich …«, begann er. War es nicht höchste Zeit, mit ihnen zu reden? Ihnen von dem Eisbären zu erzählen? Dem Polarforscher? Dem Gefühl, dass irgendetwas in seinen Kopf eindringen wollte? Es war wichtig, das spürte er. Es hatte mit dem zu tun, was hier passierte. Aber er hatte keinen Schimmer, wo er anfangen sollte.

»Da! Es bewegt sich!« Mum presste die Lippen aufeinander. Ihre Zickzackwunde wurde wieder weiß.

Zak sah aus dem Fenster. Das mechanische Monster fuhr den Körper leicht hoch und tat ein paar Schritte zurück.

»Was soll das? Will es uns den Weg freigeben?«, fragte Mum.

Bevor jemand antworten konnte, tauchte eine Horde kleiner Spinnen auf – und stürmte in den Korridor wie ein Soldatenheer. Es waren mindestens zwanzig Minispinnen, die da auf dem blassblauen Boden ausschwärmten. Sie hatten in etwa die gleiche Größe und Form wie die Exemplare, die sich in der Drohnenstation auf Dad gestürzt hatten und im Lagerraum am Nacken der Zombies klebten. Und trotzdem waren sie anders: Sie wirkten irgendwie weiter entwickelt.

Zielstrebig stürmten sie voran ... und dann war plötzlich ein leises Klicken zu hören und die Tür zum Kontrollraum glitt auf.

JANUARY-ISLAND, SÜDCHINESISCHES MEER

VOR 2 STUNDEN

»Komm doch auch rein, Dad!«

Der Broker blickte von seinem Smartphone auf zu seinem ältesten Sohn, der gerade aus dem Pool kletterte und die teuren italienischen Fliesen volltropfte. Die Sonne war kaum aufgegangen und schon tobten seine Kinder im Wasser herum.

»Na los, oder traust du dich nicht?«

Der Broker legte sein Telefon auf den Glastisch und schüttelte den Kopf.

»Du kennst mich doch, David. Ich behalt lieber trockene Füße. Außerdem habe ich gerade erst gefrühstückt.« Er deutete auf die üppige Auswahl an frischen Früchten und Brötchen vor sich. Chef deckte den Tisch immer so reichlich, dass es fast nach Mästen aussah. »Und du weißt ja: Nach dem Essen soll man nicht sofort schwimmen.«

»Das ist Aberglaube.« David grinste und spritzte seinem Vater Wasser ins Gesicht. »Warmduscher.«

»Vorsicht, Freundchen. Ich trage das Seidenhemd, das deine Mutter mir zum Hochzeitstag geschenkt hat.« Der Broker bedachte seinen Sohn mit gespielt strengem Blick.

»Und das solltest du besser nicht ruinieren. Das hat ein Vermögen gekostet«, bemerkte Natalia, ohne von ihrem *Stadt&Land*-Magazin aufzublicken.

Doch David spritzte ungerührt weiter. Schon sprenkelten dunkle Punkte die weinrote Seide.

»Hör auf, Junge. Sie bringt mich noch um.« Der Broker warf seiner Frau einen schelmischen Blick zu und gab sich zerknirscht, aber als David näher kam, prustete er los. Eine Reihe perfekt weißer Zähne kam zum Vorschein.

»Frechdachs! Na warte.« Er sprang vom Stuhl auf und jagte seinem Sohn hinterher, der bereits die Flucht ergriffen hatte.

Haken schlagend raste der Junge über die Fliesen auf die akkurat gestutzte Rasenfläche. Aber der Broker war schnell, trotz seiner Größe. Als der Junge zum dritten Mal vortäuschte, nach links rennen zu wollen, schnappte ihn sein Vater beim Handgelenk und zog ihn an sich.

»Und jetzt deine Strafe.« Der Broker bückte sich, packte mit seiner freien Hand den Fuß seines Sohnes und hievte ihn sich über die Schulter. Dann ging er mit ihm zum Pool und warf ihn im hohen Bogen hinein.

Als der Junge ins Wasser klatschte, schwappten ringsum Wellen über die Poolkante.

»Merk dir: Ich bin unbesiegbar!« Der Broker riss die Arme hoch und boxte triumphierend in die Luft.

»Das glaubst aber auch nur du.« Jennifer, seine Tochter, hatte sich von hinten angeschlichen und machte Anstalten, ihren

Vater ins Wasser zu schubsen. Aber der Broker hatte extrem feine Antennen. Bevor sie ihn berührte, schnellte er herum, packte sie und warf sie zu ihrem Bruder in den Pool.

»Es braucht schon ein bisschen mehr, um mich zu überrumpeln, junge Dame.«

»Wie machst du das?«, lachte seine Tochter. »Woher wusstest du das?«

»Ich bin einfach wachsam.« Er spreizte Mittel- und Zeigefinger, führte sie zu seinen Augen und deutete dann damit auf sie. »Ich sehe alles. Merk dir das.«

»Nächstes Mal kriege ich dich«, rief sie und spritzte ihn nass.

Mit ein paar Rückwärtsschritten brachte sich der Broker in Sicherheit. Eine Weile stand er da und bewunderte die Tauchkünste seiner Kinder. Er hatte wirklich allen Grund, dankbar zu sein: für seine Familie, seine Gesundheit und den Luxus, in dem er lebte.

Ein leises *Ping* riss ihn aus seinen Gedanken. Sein Blick wanderte zurück zum Frühstückstisch. Seine Frau spähte über den Rand ihrer Zeitschrift und schob ihre Sonnenbrille herunter.

»Keine Ruhe für die Gottlosen, mein Schatz.«

»In der Tat«, seufzte er, kehrte an den Tisch zurück und warf einen Blick auf sein Smartphone. Auf dem übergroßen Display leuchtete der Name »Phönix«.

Der Broker schenkte sich noch ein Glas Ananassaft ein und griff nach dem Handy.

»Ich habe ein Update für Sie, Sir.«

»Vorsicht, Phönix, ich habe gerade gute Laune. Verderben Sie sie nicht.« Der Broker lächelte seine Frau an. Die streckte ihren Arm aus und rieb ihm über den Handrücken.

»Lazarovich ist fast vor Ort, Sir. Alles läuft genau nach Plan.«

»Perfekt.«

»Aber da gibt es noch eine Sache.«

Das Lächeln des Brokers verschwand, seine Augen verengten sich zu schmalen Schlitzen. »Ja?«

»Vielleicht möchten Sie kurz einen Blick auf das Foto werfen, das ich Ihnen geschickt habe?«

»Einen Moment.« Der Broker nahm das Handy vom Ohr und tippte auf das entsprechende Icon. Eine Satellitenaufnahme des Außenpostens füllte das Display. Sie ähnelte den Aufnahmen, die er schon kannte, bis auf ein Detail: ein kleines Flugzeug auf der Landebahn. Er zoomte es größer und betrachtete es eine Weile. Dann nahm er das Handy wieder ans Ohr. »Erklären Sie.«

»Das ist eine Twin Otter, Sir, die von den Südlichen Shetlandinseln gekommen ist. Geflogen hat die Maschine ein gewisser Dimitri Alexejewitsch Milanow – ein gescheiterter Militärpilot, wie uns unsere Unterlagen verraten haben. Aber um ihn geht es nicht, er ist unwichtig für uns. Anders als die vier Passagiere, die mit ihm an Bord waren: Dr. Evelyn und Dr. Adam Reeves und ihre Kinder Zak und May.«

»Verdammt.«

»Wie sollen wir weiter vorgehen, Sir?«

Der Broker wechselte einen kurzen Blick mit seiner Frau, dann sah er zum Pool, wo seine beiden Kinder immer noch tobten. Er dachte an das Flugzeug auf der Landebahn und die insgesamt fünf Menschen an Bord. Das Ehepaar Reeves könnte eine große Bereicherung für seine Organisation sein. Vorausgesetzt, er fand eine Möglichkeit, sie für sich arbeiten zu lassen, ohne dass sie es merkten. Denn er hatte keine Lust, sie dazu zu zwingen. Vielleicht könnte er ihr Wissen auch weiterverkaufen. Aber das war natürlich nicht das Ziel dieser Mission. Das Ziel bestand darin herauszufinden, was BioMesa im ewigen Eis entdeckt hatte, und sich diese Entdeckung zunutze zu machen. Je mehr er darüber nachdachte, desto überzeugter war er, dass ihr Fund von großer Bedeutung war. Von immenser Bedeutung.

Jennifer tauchte am Beckenrand auf und rieb sich das Wasser aus den Augen, bevor sie den Arm hob und ihm zuwinkte. Er winkte zurück und ihm wurde ganz warm ums Herz. Dann betrachtete er erneut das Foto auf seinem Smartphone. Das Flugzeug auf der Landebahn.

Nein, die Reeves-Familie war eine unnötige Ablenkung.

Er entfernte sich ein paar Schritte vom Tisch. »Beseitigen Sie sie«, sagte er. »Niemand darf Wind von der Sache bekommen.«

»Alle vier, Sir?«

»Ja, alle vier.« Der Broker beendete das Gespräch mit einer schnellen Daumenbewegung, dann kehrte er zu seiner Frau zurück, beugte sich vor und küsste sie auf die Wange.

»Ärger bei der Arbeit?« Natalia ließ ihre Zeitschrift sinken und sah ihren Mann an.

»In gewisser Weise.«

»Aber sicher nichts, mit dem du nicht fertig wirst, oder? Lass dir bloß nicht deine gute Laune verderben.«

Der Broker lächelte: »Das werde ich nicht, Natalia, versprochen. Alles wird gut.« Er gab ihr noch einen Kuss, dann setzte er sich und schloss die Augen.

Die Sonne schien ihm warm ins Gesicht.

Es würde ein wundervoller Tag werden.

STATION ZERO, ANTARKTIS
JETZT

Tick-tack-tick-tack-tick-tack. Zaks Ohren waren erfüllt von dem entsetzlichen Getrippel der unzähligen kleinen Füße auf dem harten Boden. Jede Sekunde konnten die Viecher in den Raum stürmen.

Dad eilte zum Türknopf und bearbeitete ihn mit den Fäusten. »Zu!«, schrie er. »Geh zu, du verdammtes Ding!«

Doch die Tür blieb offen.

Tick-tack-tick-tack-tick-tack.

»Der Nothebel!« Mum rannte zu Dad, aber er brüllte sie an zurückzugehen.

»Bleib bei den Kindern!«

Mum wich zurück, stellte sich vor Zak und May und breitete schützend die Arme aus – als würde das irgendetwas nützen. Dad fummelte an der Klappe herum, hinter der sich der manuelle Nothebel befand, bekam sie in seiner Panik aber nicht auf.

»Sie kommen!«, rief May.

Da gab Dad seinen Versuch auf, die Tür zu schließen, und trat zurück, um den Eindringlingen entgegenzublicken.

Die Minispinnen hatten Teile von glänzend schwarzer Panzerung auf ihrem Rücken und graue, fleischige Sehnen und stahlharte Zähnchen an den Beinen. Sie besaßen ein mechanisches Skelett und einen organischen – *lebendigen* – Belag. Und insgesamt sahen sie aus, als seien sie noch nicht ganz fertig, noch nicht vollständig ausgewachsen.

Sie waren irre schnell. Wie ein Wilder stampfte Dad auf der ersten Spinne herum, die die Türschwelle passierte. Volltreffer. Es knirschte und schmatzte unter seinem Stiefel.

Das Geräusch machte Zak Hoffnung, aber als Dad seinen Fuß erneut hob, um eine Spinne zu zertreten, sprang diese im letzten Moment zur Seite und Dad stampfte auf den blassblauen Boden. Dabei geriet er aus dem Gleichgewicht, was die Spinne sofort ausnutzte. Sie sprang auf seine Stiefelspitze und schoss nach oben. Mithilfe ihrer gezähnten Beine fand sie Halt an dem glatten Hosenstoff. Dad wirbelte herum, trampelte mit den Füßen und ruderte mit den Armen, um das Viech loszuwerden. Er war so beschäftigt, dass er nicht merkte, wie sich eine zweite Spinne über seinen Stiefel den Weg nach oben bahnte.

Keuchend stürzte Mum zu ihm und schlug mit den Händen auf ihn ein, als wollte sie ein Feuer ausklopfen. »Lasst ihn los! Runter mit euch!«

Um sie herum war jetzt ein einziges Gewusel. Ein paar Krabbler erledigte Mum zufällig, als sie malmend auf sie drauftrat. Aber es waren zu viele. Sie waren überall: Sie sprangen auf Stiefel, kletterten Hosenbeine hinauf oder rannten weiter in den Raum hinein, direkt auf Zak und May zu.

»Nein!« May wurde jetzt auch aktiv. »Nicht mit mir!« Sie sprintete zur gegenüberliegenden Wand, riss den Feuerlöscher aus der Halterung, entsicherte ihn und richtete die Spritzdüse auf den Boden. Dann drückte sie den Hebel. *Wusch!* Ein Riesenschwall Kohlendioxid schoss aus der Düse und hüllte die Spinnen in eine weiße Wolke. Nein, er fegte sie regelrecht zurück in den Korridor. Ein paar Sekunden waren sie desorientiert. May nutzte die Zeit, um zu Mum und Dad zu rennen, die immer noch versuchten die Krabbeldinger von ihren Klamotten abzuschütteln. Ein erneutes *Wusch!*, eine weitere weiße Wolke – und dann hörte man, wie die Krabbler auf den Boden fielen.

May bereitete sich auf ihren nächsten Einsatz vor. Diesmal hob sie den Feuerlöscher hoch über ihren Kopf und donnerte ihn auf eine Spinne zu ihren Füßen.

Vor der Tür kamen die anderen langsam wieder zu sich und formierten sich neu. Sie rannten schon wieder hin und her, wirkten allerdings noch etwas verwirrt.

Zak, der nicht länger tatenlos herumstehen wollte, suchte den Raum nach einer Waffe ab.

Was würde Jackson Jones jetzt tun?, überlegte er. Und plötzlich hatte er eine Idee.

»Achtung, May! Sie kommen zurück!« Er nahm das DLG von der Wand, richtete es wie ein Gewehr auf die Miniroboter und drückte ab.

Nichts passierte. Er versuchte es noch einmal, drückte den Abzug vier- oder fünfmal hintereinander. Wieder nichts.

»Der rote Knopf!«, rief Dad. »Am Griff.«

Zak drückte den Knopf und zielte auf die Eindringlinge.

»Jetzt noch den Schlitten ziehen!«, brüllte Dad. »Das Teil in deiner linken Hand.«

Zak wusste genau, was sein Vater meinte. Dieses DLG war genauso wie sein Nerf-Gewehr zu Hause. Er zog den Schlitten, zielte und feuerte. Diesmal ploppte es laut und eine Sekunde später explodierte eine graue Pulverwolke in Bodennähe, kurz vor der Tür. Blitzschnell verteilte sich das Pulver in alle Richtungen, als hätte jemand ein Päckchen Mehl fallen lassen. Dichter Nebel quirlte im Türrahmen, verhüllte ihn komplett. Doch schon nach wenigen Sekunden dünnte sich die Wolke aus und löste sich schließlich auf. Egal: Die Spinnen waren trotzdem außer Gefecht gesetzt.

»Schnell! Ehe sie wieder zu sich kommen!«, rief Zak und stampfte im Türbereich herum. May und seine Eltern taten es ihm nach. Sie trampelten und stampften und sahen aus, als würden sie irgendeine verrückte Polonaise tanzen. Das Knirschen unter ihren Stiefelsohlen war so befriedigend, dass sich Zak für kurze Zeit ziemlich stark fühlte. Endlich unternahmen sie etwas!

»Und tschüs, du Scheißding!«, schrie er, als er auf eine weitere Spinne trat. Sie zerplatzte wie eine dicke Blaubeere.

Gasschwaden waberten durch die Luft – wie Kanonenrauch auf einem Schlachtfeld. Die kleinen mechanischen Teile und die Schalen der Insektenpanzer lagen herum wie kaputtes Kriegsgerät. Klebrige Pfützen mit eklig grauem Matsch bedeckten den Boden. Trotzdem stampfte Zak wie ein Besessener weiter. Er wollte die Dinger ausrotten. Ein für alle Mal.

»Reicht jetzt, Zak.« May fasste ihn am Arm. »Kannst aufhören.«

Zak scannte den Raum. »Haben wir alle erwischt? Sind alle tot?« Er war noch immer in Rage. Adrenalin jagte durch seine Adern. Er war völlig außer Atem und schwitzte am ganzen Körper.

»Ja, glaub schon.« May trat ein paar Schritte zurück, den Feuerlöscher immer noch wie eine Waffe im Arm.

»Gut reagiert, ihr beiden«, lobte Mum. »Alles in Ordnung mit euch?«

»Ja.« May knuffte Zak in die Seite. »Wie war das? Und tschüs, du Scheißding.«

Zak grinste.

»Was war mit den Viechern los?« Mum starrte auf die Sauerei am Boden. »Die waren *lebendig*!«

»Hab ich doch gesagt«, meinte Zak. »Und es hat etwas mit diesen Insekten zu tun. Mit der grauen Masse. Sowohl die Insekten als auch die Spinnen haben dieses graue Zeug am Körper. Es scheint ihnen irgendwie besondere Fähigkeiten zu verleihen. Sie wachsen zu lassen. Es macht sie lebendig und ...«

»Leute, es ist noch nicht vorbei«, mahnte Dad. »Die große Spinne lauert noch am Eingang. Die müssen wir irgendwie kaltstellen.«

»Aber wie?«, fragte Mum.

»Vielleicht damit.« Zak riss May den Feuerlöscher aus der Hand und gab ihr im Gegenzug das DLG.

Dann verließ er den Raum und trat in den Flur.

»Zak? Zak!«, rief Mum hinter ihm her, aber er antwortete

nicht. Er ging einfach weiter, direkt auf die seltsame, aus Rover- und Flugzeugteilen zusammengeschusterte Roboterspinne zu.

Als er näher kam, sah er das graue Zeug in den Gelenken. In dünnen Fäden schlängelte es sich an den Gliedmaßen entlang bis zum Rumpf, wo offenbar das Gehirn saß. Aber Zak ließ sich nicht einschüchtern – ebenso wenig wie sich die Spinne von ihm einschüchtern ließ. Sie saß einfach nur da, ruhig, abwartend.

Als Zak vor ihr stand, drückte er auf den Hebel des Feuerlöschers.

Wusch!

Eine Wolke Kohlendioxid schoss aus der Düse, füllte den kleinen Flur und zerstob in der polaren Luft. Für ein paar Sekunden war die Spinne unsichtbar, aber Zak zögerte nicht. Er ging weiter, jetzt sogar schneller, und drehte den Feuerlöscher dabei so, dass er eine Art Rammbock in der Hand hielt. Unbeirrt trat er auf den Laufsteg und schmetterte den Löscher in die Kameraaugen der Kreatur.

Es hörte sich an wie ein Autounfall: splitterndes Glas und kreischendes Metall. Die lebende Maschine bebte unter der Wucht des Schlages, dann wich sie zurück. Doch zu spät: Zak schlug erneut zu. Dasselbe hässliche Geräusch. Dann taumelte die Spinne zurück, wobei ihre Vorderbeine immer wieder einknickten. Aber das reichte Zak nicht. Er zwang das Monstrum im Rückwärtsgang den Laufsteg entlang. Immer wieder holte er mit dem Feuerlöscher aus, zersplitterte Glas, verbeulte Metall und zertrümmerte den verrückten käferartigen Panzer, um bis zu dem fleischigen Elektronikhirn vorzudringen. Mit jedem Schlag wich die Kreatur weiter zurück und ihre Beine sackten immer mehr in sich zusammen.

Ungefähr in der Mitte des Stegs kippte sie unter dem Ansturm nach vorne, und als sie versuchte sich wieder aufzurichten, rutschten ihre Hinterbeine weg. Zak schwang den Feuerlöscher ein letztes Mal über seinen Kopf und donnerte ihn wie eine Ramme in den Metallkörper.

Metallteile flogen in alle Richtungen, verstreuten sich auf dem Steg und der darunterliegenden Eisfläche. Die Kreatur krachte in sich zusammen, direkt auf die Überreste ihres Kopfes. Die Hinterbeine sackten endgültig zusammen. Der Körper kollabierte zu einem nutzlosen Haufen Schrott.

STATION ZERO, ANTARKTIS

JETZT

»Was zum Teufel hast du dir dabei gedacht?«, schrie Mum, als sie mit Dad und May auf ihn zurannte.

Zak war wie besessen gewesen, so rasend vor Wut, dass er überhaupt nicht gemerkt hatte, wie weit er sich vom Schutzgebäude entfernt hatte. Das kapierte er erst jetzt, als er sich umdrehte und seine Familie auf sich zukommen sah. Der Wind pfiff seine Atemwölkchen weg.

»Was hast du dir nur dabei gedacht?«, wiederholte Mum und schloss ihn in die Arme. »Das Ding hätte dich …« Sie brach den Satz ab, aber Zak wusste auch so, was sie hatte sagen wollen.

»Du bist ja komplett durchgedreht«, stellte May fest. »Ich meine, Respekt! Wirklich, alle Achtung! Aber auch ziemlich bescheuert.«

Zak grinste sie an. Das Adrenalin rauschte noch immer durch seine Adern. Er war total high, fühlte sich unverwüstlich. Weltspitze. Hätte man ihm noch mehr von den Dingern vorgesetzt, eine ganze Armee, er hätte es mit ihnen aufgenommen. Er ganz alleine. Mit seinem Feuerlöscher.

»Bitte nicht noch mal so eine Nummer«, sagte Dad. »Ich hab das Gefühl, du bekommst langsam Spaß an der Sache.«

»Irgendjemand musste ja was machen«, sagte Zak.

»Hm, das hätte wohl eher ich sein sollen, was?«, sagte Dad.

»Keine Sorge, lief ja alles gut, wie ihr seht ...« Zak deutete auf den Haufen Metallschrott zu seinen Füßen: ein zerschmettertes Frankenstein-Monster.

»Tja, ich denke, wir wissen jetzt, was mit dem Flugzeug passiert ist«, bemerkte May.

»Was glaubt ihr, wie viele von den Monstren laufen hier noch herum?«, fragte Mum.

»Keine Ahnung. Kommt, wir müssen uns noch die restlichen Sicherungsdateien ansehen.« Dad machte kehrt und ging zurück zum Schutzgebäude. »Vielleicht verraten sie uns, was mit Sofia passiert ist und was BioMesa mit der Sache zu tun hat. Irgendwie muss dieser Irrsinn doch zu stoppen sein.«

Mum folgte Dad, aber Zak und May blieben auf dem Metallsteg stehen und starrten die zerstörte Kreatur an.

»Na, wie hab ich das Ding zerlegt?«, grinste Zak.

»Hey, jetzt heb mal nicht ab. Der Feuerlöscher war meine Idee.«

»Stimmt«, gab Zak zu. »Du hast die kleinen Dinger fertiggemacht.«

»Ich hab mir einfach vorgestellt, ich hätte Vanessa und ihre Klone vor mir.«

Zak blickte seine Schwester an. »Du musst sie echt hassen.«

»Hassen ist nicht das richtige Wort. Aber ja, du hast recht. Vergiss nicht: Sie hat damals dieses eine Foto von mir gepostet, überall, auf allen Kanälen. Das Foto, wo ich mich als Angelina Ballerina verkleidet hatte. Damals, als ich fünf war oder so.«

»Okay, das ist natürlich ein guter Grund.«

»Apropos gut: Du hast deine Sache gut gemacht, kleiner Bruder.« May knuffte ihn in die Seite. »Und jetzt lass uns reingehen. Es ist arschkalt.«

Doch als sie sich fröstelnd umdrehte, erstarrte sie und packte Zaks Arm.

»Was ist?« Er wandte sich ebenfalls um und sah sofort, was los war.

Im Korridor des Schutzgebäudes liefen zwei Leute auf den Kontrollraum zu – aber es waren nicht Mum und Dad, denn die zwei trugen dieselben roten Jacken wie die Exodus-Teilnehmer in Sofias Video. Von der Statur her schienen es eher Frauen zu sein. Sie mussten vom Eis aus die Nottreppe heraufgeklettert sein. Unbemerkt.

Zak und May tauschten einen Blick. May öffnete den Mund, aber sie sagte nichts. Für einen kurzen Moment starrten sie sich sprachlos an, dann krächzte May schließlich: »Mum und Dad.«

Das brach den Bann.

Zak ließ den Feuerlöscher fallen und sie sprinteten los. Ihre Schritte hallten auf dem Gitter des Stegs.

»Hey!«, brüllte Zak. »Mum! Dad! Hinter euch!«

Als sie auf Höhe der Treppe waren, die rechts auf die Eisfläche hinunterführte, erreichten die Rotjacken den Kontrollraum.

Kurz darauf glitt die Tür auf.

Und als Zak und May beim Eingang des Schutzgebäudes ankamen, betraten die zwei den Kontrollraum und schlossen die Tür hinter sich.

»Mum! Dad!« Zaks Stimme war heiser vom Brüllen. Er stolperte durch den Gang und hämmerte auf den Türöffner. Aber nichts passierte.

»Neeeiiin!« Zak warf sich gegen die Tür, während May gegen die Scheibe trommelte.

»Scheiße!« Zak fummelte an dem manuellen Nothebel herum, aber auch das half nicht.

Hilflos mussten sie durch die Scheibe mit ansehen, welcher Albtraum sich im Inneren abspielte.

Sofias Eltern, ihr Bruder Pablo und ein weiterer Zombie in roter Jacke standen im Kontrollraum. Zwei von ihnen hatten sich Dad geschnappt und hielten ihn umklammert. Als würden sie ihn umarmen – oder zu Tode quetschen. Die zwei anderen machten dasselbe mit Mum. Ihre Eltern wehrten sich, versuchten die Angreifer abzuschütteln, aber die waren zu kräftig.

»Stopp!«, brüllte May. »Bitte!«

Wieder bearbeitete Zak den Türöffnerknopf und rüttelte am Nothebel. Vergeblich. Schließlich gab er auf, stellte sich neben May und trommelte an die Glasscheibe. Doch die Rotjacken zeigten sich unbeeindruckt.

»Lass uns die Scheibe einwerfen«, rief May.

Zak schnappte sich den Feuerlöscher aus dem Eingangsbereich, drehte ihn um und knallte ihn gegen das Fenster.

Wumm!

Das Sicherheitsglas war zu stabil. Der Löscher prallte ab und traf Zak im Gesicht.

»Gib mal her!«, sagte May.

Wumm!

Auch sie schaffte es nicht.

Im Kontrollraum hielten die Rotjacken Mum und Dad immer noch fest. Und zu allem Überfluss krabbelten jetzt auch noch schwarz glänzende Insekten aus ihren Ärmeln.

Zak nahm seiner Schwester den Feuerlöscher ab und versuchte es selbst noch mal.

Auch aus den Kragen und Jackensäumen krochen nun Insekten und schwärmten aus – so viele, dass sich die roten Jacken langsam schwarz färbten.

Wumm!

Die Käfer liefen über Mums und Dads Schultern, bedeckten ihre Gesichter.

Wumm!

Ein nicht enden wollender Strom von Krabbeltieren quoll aus den roten Jacken. Einige von ihnen breiteten die Flügel aus und hoben ab, um in einer glänzenden Spirale umeinanderzuwirbeln – genau wie Zak es im Labor gesehen hatte. Und später in seiner Vision. Nach einer Weile formierte sich ein Teil von ihnen zu einem fluoreszierenden gelben Strang und drehte sich noch schneller. Eine Doppelhelix entstand, die fast etwas Hypnotisches hatte.

Wumm!

»Was zum Teufel machen die da?«, brüllte May.

Die Insekten auf Dads Gesicht begannen ihre Panzer abzuwerfen. Der eklige, leicht durchsichtige Körper kam zum Vorschein: schmal, weich, in verschiedene Abschnitte unterteilt, mit entsetzlich vielen Beinen und einer Ohrenkneiferzange.

Auf Mums Gesicht passierte das Gleiche. Käfer krabbelten ihr über Mund und Nase und lösten sich aus ihren Schalen. Beide, Mum und Dad, schüttelten abwehrend die Köpfe und versuchten sich aus dem Griff der Rotjacken zu winden, aber vergeblich.

Zak wurde fast schlecht vor Ekel, als er sah, wie eines der weichen, fleischigen Dinger in Dads Mund einzudringen versuchte. In seiner Not biss Dad es entzwei, aber als er die glibberigen Überreste ausspuckte, nutzte ein anderes Viech die Gelegenheit und schlüpfte zwischen seinen Lippen hindurch.

Auf Mums Gesicht steckte ein Insekt seine Zange in ihr Nasenloch und bahnte sich mit raupenartigen Bewegungen einen Weg nach oben.

Krach! Endlich gab die Fensterscheibe nach. Tausende Glassplitter flogen in den Kontrollraum, ein Schwall warmer Luft drang nach draußen. Aber es war zu spät.

Die Rotjacken ließen gerade von Mum und Dad ab. Die standen kerzengerade da, die Arme an den Körper gepresst, die Augen weit aufgerissen. Sie atmeten hektisch vor Erschöpfung und Angst, während scharenweise nackte Krabbelviecher in ihren Mündern verschwanden.

Die restlichen Insekten breiteten die Flügel aus und fügten sich in den hypnotischen Spiraltanz ihrer Artgenossen ein.

Dad versuchte etwas zu sagen. Sein Mund öffnete und schloss sich, wie bei einem Fisch auf dem Trockenen. Seine

Augen quollen hervor, sein Körper zitterte und dann ... hörte es auf. Sein Blick wurde stumpf und er starrte unbewegt geradeaus, mit völlig ausdrucksloser Miene. Seine Atmung beruhigte sich, sein Kiefer sackte herab. »Werdet wie wir.«

»Scheiße, nein!« May wich entsetzt zurück. »Bitte nicht!«

Auch Mums Atmung wurde ruhiger, ihr Ausdruck entspannte sich, ihre Augen wurden glasig. »Werdet wie wir.«

Zak war wie gelähmt. In seinem Kopf herrschte pures Chaos, seine Muskeln waren taub.

»Werdet wie wir.«

»Hört auf mit dem Scheiß!«, schrie May.

Die Insektenwolke summte. Verschiedene Farbreflexe flimmerten in dem Schwarz. Sie rotierte durch den Kontrollraum und blieb perfekt in Form, selbst als sie die Richtung wechselte und auf das Fenster zuschwirrte.

Zaks Gedanken verdüsterten sich. Tief in seinem Schädel pulsierte ein Schmerz, genau im Takt mit seinem Herzschlag. Die Welt ringsum löste sich auf, blasse Bilder stürmten auf ihn ein. Er sah eine Insektenformation. Einen altmodischen Polarforscher auf dem Eis, der ihm zuwinkte. Berge und Wälder und Kreaturen, die aus einem aufgewühlten Meer herauskrochen.

Er hatte kein Gefühl mehr in den Beinen, sein Körper wurde schwerelos und ...

May entwand ihm den Feuerlöscher. Offenbar war es diese Bewegung, die den Bann brach, jedenfalls war Zak plötzlich wieder da. Ohne zu zögern, trat er aus dem Weg, als May die Sprühdüse auf das gezackte Loch in der Scheibe richtete. Sie lehnte sich ein Stück zurück und drückte den Hebel.

Als die Insekten in den Korridor strömten, beschoss May sie mit Kohlendioxid. Der Strahl war so hart, dass der Schwarm auseinanderriss und die Insekten in alle Richtungen davonstoben. Wie dicke Regentropfen klatschten sie gegen die Wände und auf den Boden.

May hörte erst auf zu sprühen, als der Feuerlöscher leer war und der Korridor voller Kohlendioxidnebel. Kurz hüllte die weiße Wolke sie vollständig ein, dann verflüchtigte sie sich in die kalte Luft. Die Insekten lagen benommen auf dem blassblauen Boden – viele von ihnen auf dem Rücken. Einige krabbelten orientierungslos umher. Zak zerknirschte zwei unter seinem Stiefel, doch bevor er weitermachen konnte, ließ May den leeren Feuerlöscher fallen und zog Zak am Arm weg.

»Nein, warte.« Er schüttelte sie ab. »Wir müssen sie umbringen.«

»Das macht keinen Sinn, es sind zu viele. Und außerdem: Schau mal.«

Zak blickte auf und sah, wie die Rotjacken auf die Tür zukamen. Mum und Dad trotteten mit ausdruckslosen, Furcht einflößenden Mienen hinterher.

Auf dem Boden erholten sich die Insekten langsam. Sie entfalteten ihre Flügel, brummend wie startende Wespen, und erhoben sich in die Luft.

»Weg hier!«, brüllte May.

STATION ZERO, ANTARKTIS
JETZT

Wie die Besessenen sprinteten sie los.

Es blieb ihnen gar nichts anderes übrig. Sie *mussten* ihre Eltern zurückzulassen, wenn sie überleben wollten. Hals über Kopf stürmten sie auf den Laufsteg, das kranke Sirren der Insekten im Ohr. Es war nicht leicht, mit den schweren Stiefeln und mehreren Klamottenschichten zu rennen, aber die Panik trieb sie voran. Der entsetzliche Gedanke, dass die Insekten sich ihrer Körper bemächtigen könnten.

Ihre Schritte dröhnten auf dem Metallsteg und übertönten das Insektengeräusch, aber Zak wusste, dass die Viecher noch da waren. Sie würden nicht eher Ruhe geben, als bis der letzte Mensch auf dem Außenposten ... tja, was eigentlich? Infiziert war? Unter ihrer Kontrolle stand? Er hatte keine Ahnung, was der Plan der Insekten war, aber er wusste eines: Wenn er so endete wie die Rotjacken – wie Mum und Dad –, dann gäbe es niemanden mehr, der helfen oder Hilfe herbeirufen könnte. Also mobilisierte er seine letzten Kräfte, um mit May Schritt zu halten. Doch als sie sich dem Ende des Stegs näherten, glitt die Tür zum Gemeinschaftsmodul auf und Licht fiel heraus.

May kam rutschend zum Stehen und Zak rannte in sie hinein. Strauchelnd hielten sie sich am Geländer fest und starrten fassungslos auf die mindestens zehn Rotjacken, die im Gemeinschaftsraum auf sie warteten, die Hände nach ihnen ausgestreckt. Aus ihren Ärmeln und Kragen krabbelten Insekten.

»LASST UNS IN RUHE!«, brüllte May, als die Zombies langsam in die Kälte hinaustraten.

Zaks erster Impuls war, kehrtzumachen und zurückzurennen, aber als er sich umdrehte, sah er Mum und Dad und die anderen auf sich zukommen, ebenfalls von Insekten umschwirrt.

»Wir sitzen in der Falle«, murmelte er.

»Ich lass das nicht mit mir machen! Ich werde kein Zombie!«, schrie May.

Zak ließ seinen Blick vor- und zurückschweifen, dann lehnte er sich über das Geländer. Sie standen ungefähr zwei, drei Meter über dem Boden, der an dieser Stelle eher verschneit als vereist aussah.

»Es gibt nur eine Möglichkeit, hier wegzukommen«, sagte er.

»Da runter? Nicht dein Ernst, oder?«, fragte May.

»Hast du eine bessere Idee?«

»Hm, nee.« May schwang bereits ein Bein über das Geländer. Zak machte sich neben ihr bereit.

Eine Weile saßen sie auf der Stange und ließen die Beine hängen.

»Fertig?«, fragte May.

»Nein.« Zak krampfte sich ein Lächeln ab. »Absolut nicht.« Dann stieß er sich ab.

Der Fall war kurz. Ein winziger Moment der Schwerelosigkeit, dann der Aufprall, der lange nicht so weich war, wie Zak erwartet hatte. Zwar hatte der Wind den Schnee rund um die Stützpfeiler zu kleinen Haufen aufgeschichtet, doch waren die lange nicht so tief, wie sie von oben ausgesehen hatten. Zak schaffte es halbwegs, sich abzurollen, aber es sah nicht ansatzweise so elegant aus wie beabsichtigt. Und am Ende landete er mit dem Gesicht im Schnee.

Eine Sekunde später plumpste May auf ihn drauf und quetschte das letzte bisschen Luft aus seiner Lunge.

Keuchend stieß Zak seine Schwester von sich herunter und rappelte sich hoch. Dann streckte er ihr eine Hand hin, um ihr aufzuhelfen. »Alles okay mit dir?«

»Glaub schon.«

Zaks Knie taten weh und sein Knöchel war irgendwie verdreht, aber egal, er hatte jetzt andere Sorgen. Über ihnen auf dem Metallsteg war das Stiefelgetrampel verstummt. Zak trat ein paar Schritte zurück, legte den Kopf in den Nacken und musterte die dunklen Silhouetten durch das Metallgitter.

»Und jetzt?«, fragte May. »Wo sollen wir hin?«

»Ins Gemeinschaftsmodul.« Zak drehte sich zu seiner Schwester um. »Wir gehen unter dem Steg und dem Gebäude lang und dann vorne durch den Haupteingang.«

Nach einem weiteren Blick nach oben stapften Zak und May, so schnell sie konnten, auf den Stelzenbau zu. Aus dem Augenwinkel sahen sie die Drohnenstation wie einen lauernden Schatten. Fast erwartete Zak, dass die Hebebühne ansprang und sich eine Drohne aufs Eis hinabsenkte. Aber nichts passierte.

»Folgen sie uns?« May riskierte einen Schulterblick.

»Glaub nicht.« Zak begann zu laufen, die Panik vor den Zombies trieb ihn an. Sie mussten endlich ein sicheres, warmes Versteck finden, einen Ort, wo sie sich verschanzen und verteidigen konnten.

Als er May am Ärmel packte, um sie mit sich zu ziehen, hörte er ein vertrautes Geräusch.

Tick-tack-tick-tack-tick-tack.

Eine Spinne, die übers Eis lief.

»Hilfe, sie kommt!« Mays Stimme überschlug sich vor Angst.

Hatten sie eben noch gedacht, beim besten Willen nicht schneller laufen zu können, so verlieh ihnen das Spinnengeräusch fast übernatürliche Kräfte.

Den Blick starr nach vorne gerichtet hasteten sie auf das Gemeinschaftsmodul zu. Bei jedem Atemzug schnitt ihnen die Polarluft in die Lunge.

Sie hatten es fast geschafft.

Aber die Spinne holte auf.

Tick-tack-tick-tack-tick-tack.

Sie war schon so nah, dass Zak das Zischen ihrer hydraulischen Gelenke und das Klirren der vielen kleinen Metallteile hören konnte.

Los, weiter.

Vor ihnen ragte eine der massiven Stahlstützen auf, die das

Gemeinschaftsmodul über dem Eis hielten. Dorthin mussten sie. Dort waren sie sicher. Jedenfalls fürs Erste. Die Spinne war zu groß, um ihnen unter das Gebäude folgen zu können.

Normalerweise machte sich Zak immer über Mays eigenwilligen Laufstil lustig – sie warf die Beine so merkwürdig zur Seite – und meistens musste May dann lachen und übertrieb es mit dem Beinewerfen. Aber jetzt, im hohen Schnee, war ihr Laufstil vorteilhaft. Es war Laufen und Schneeschieben in einem – jedenfalls überholte sie Zak und stürzte als Erste in den schützenden Bereich unterhalb der Polarstation. Sofort wirbelte sie herum: »Lauf!«, schrie sie ihrem Bruder zu und fuchtelte wie wild mit den Armen, als könnte sie dadurch irgendetwas beschleunigen.

Zak spürte am Beben des Untergrunds, wie nah die Spinne war. Das Klirren der Metallteile dröhnte ihm in den Ohren. Er meinte sogar, die Wärme ihrer Batterien zu spüren. Und dann schob sich plötzlich etwas Dunkles, Bedrohliches in sein Blickfeld. Mit letzter Kraft setzte er zum Sprung an und hechtete unter das Gebäude.

Rutschend kam er neben seiner Schwester zum Liegen. Die Spinne krachte gegen die untere Gebäudekante und gleichzeitig verschwand der dunkle Schatten, der Zaks Blick eingetrübt hatte. Er setzte sich auf und beobachtete, wie die Spinne benommen hin und her wankte.

Das, was an ihrer Unterseite glänzte, sah tatsächlich aus wie Muskelfleisch und Sehnen.

»Los, weiter. Ehe sie zu sich kommt.« Zak griff nach Mays Hand und sie halfen sich gegenseitig hoch.

Unter dem Gebäude entlang liefen sie in Richtung Landebahn, zur Vorderseite des Gemeinschaftsmoduls. Von außen kam Zak die Station plötzlich viel größer vor als von innen. Sie war riesig. Er fühlte sich wie in einem dieser Albträume, in denen man auf etwas zuläuft, das immer weiter zurückweicht.

Als sie die Hälfte der Strecke zurückgelegt hatten, hörte Zak, wie irgendwo hinter ihnen Metall gegen Metall knallte. Er warf einen Blick über die Schulter und sah, die Spinne – zu groß, um ihnen direkt zu folgen – außen um die Station herumlaufen, und zwar so dicht an der Außenwand entlang, dass sie bei jedem dritten oder vierten Schritt dagegen stieß und kurz aus dem Gleichgewicht geriet. Aber das schien sie nur noch mehr anzustacheln. Jetzt war sie auf Höhe der Labore. Aber sie war nicht schnell genug, das erkannte Zak. May und er würden den Vordereingang rechtzeitig erreichen.

»Und wenn wir nicht reinkommen?«, keuchte Zak.

»Was? Wieso sollten wir nicht …? Wie meinst du das?«

»Sie haben die Türen unter Kontrolle, oder? Sie könnten uns aussperren.«

»Blödsinn.« Kurz verlangsamte May ihren Schritt. »Unmöglich.«

»Oder sie erwarten uns. Wie vorhin.«

»Tun sie nicht, ganz sicher. Wir retten uns nach drinnen und suchen uns ein Versteck. Komm jetzt.« Sie schnappte sich seine Hand und zog ihn die letzten Meter hinter sich her.

Sobald sie unter dem Gebäude hervorkamen, rannte May die Stufen hinauf zur Eingangstür. Zak heftete sich an ihre

Fersen und stand direkt hinter ihr, als sie den Notöffner umlegte und die Tür zur Seite glitt.

Doch die Freude über das Licht und die Wärme, die ihnen entgegenschlugen, dauerte nur kurz. Zumindest bei Zak, der den Raum in Windeseile gescannt hatte. Hastig hielt er May zurück, die schon im Begriff war hineinzustürmen.

Mindestens fünfzehn Rotjacken standen aufgereiht vor der Wendeltreppe, das Gesicht dem Eingang zugewandt, die Augen geschlossen. Jetzt rissen sie die Augen auf und starrten ihnen entgegen.

»Werdet wie wir.«

Der Raum hatte sich verändert. Der hellblaue Fußboden war über und über mit glänzenden schwarzen Insekten bedeckt. Sie hockten auf den Möbeln, auf der Treppe, in der Küche und klebten an den Wänden. Ein modriger, ranziger Geruch hing in der Luft.

Wie auf ein geheimes Zeichen hin erhoben sich die Insekten fast gleichzeitig in die Luft und umschwirrten die Lampen. Was auch immer das für Viecher waren, sie schienen die Basis erobert zu haben.

Zak zerrte May am Ärmel zurück nach draußen. Gemeinsam strauchelten sie die Treppe hinunter und rannten los. Zak fiel nur noch ein einziger möglicher Rückzugsort ein.

»Das Flugzeug!«, keuchte er. »Wir verstecken uns im Flugzeug!«

Sie sprinteten über die Eisfläche, als wäre der Teufel persönlich hinter ihnen her.

Diesmal wagte Zak es nicht, sich umzudrehen. Er konzentrierte sich auf die Flugzeugsilhouette und den gräulichen Streifen der Landebahn. Wenn sie ungesehen dorthin kamen, hatten sie vielleicht eine Chance.

Doch als hätte jemand seine Gedanken gelesen, flammten plötzlich die Scheinwerfer entlang der Landebahn auf und strahlten in den klaren Nachthimmel. Sie blendeten so sehr, dass Zak kaum etwas sehen konnte. Trotzdem rannten sie weiter, wie die Besessenen, und als sie die Lichtmauer durchbrachen, war das Flugzeug auf einmal in Reichweite.

Sie hasteten an der verbogenen Tür vorbei, die neben dem Pilotensessel auf dem Eis lag, bis zum aufgerissenen Cockpit. Hektisch kletterten sie hinein und krabbelten auf dem Metallboden außer Sichtweite.

Bei seinem alten Sitzplatz angekommen hielt Zak inne und riskierte einen Blick durch das Fenster.

Die Verfolgerspinne kam gerade erst auf der Vorderseite der Station an, während gleichzeitig ein schwarzer Insektenschwarm aus der Eingangstür quoll. Er bewegte sich wie ein organisches Wesen. In seinem Inneren drehten sich unzählige neongelbe Leuchtspiralen.

»Sie kommen«, wisperte May. »Sie wissen, dass wir hier sind.«

Entsetzt starrte Zak der schwarzen Wolke entgegen. Die Ereignisse der letzten Stunden rasten in Lichtgeschwindigkeit durch sein Gehirn. Irgendetwas in dem Ganzen musste er übersehen haben. Etwas, das ...

Und dann wusste er es plötzlich. Es war völlig verrückt – und trotzdem absolut logisch.

»Die wissen, was ich denke«, flüsterte er.

»Was?«

Zak verfolgte die Bewegung des Schwarms. »Als wir im Anflug waren und die Landebahnbeleuchtung ausging, saß ich genau hier, auf diesem Platz, und hab mir gewünscht, dass die Lichter wieder angehen. Und zack: Sie gingen wieder an.«

»Das haben wir uns alle gewünscht.«

»Ja, aber später, im Gebäude, als der Strom nicht funktionierte, war es genauso. Und eben, als ich die Idee mit dem Flugzeug hatte, ist die Beleuchtung auch wieder angegangen. Als wüssten sie von meinem Plan.«

Die Spinne stand jetzt neben dem Insektenschwarm, der immer aufgeregter mal in die eine, mal in die andere Richtung schwirrte. Zak kniff die Augen zusammen und sah eine Gruppe von Rotjacken aus der Tür treten, die Treppe hinuntergehen und den Schwarm durchqueren.

»Das ist reiner Zufall«, sagte May.

Aber das glaubte Zak nicht – zumal die Rotjacken jetzt geradewegs auf das Flugzeug zumarschierten. Sie wussten, dass er hier war!

»Außerdem hab ich Dinge gesehen«, fügte er hinzu. »Und das war keine Einbildung. Das war real. Ich hab das Gefühl, als würde irgendetwas versuchen, in meinen Kopf einzudringen. Um mir etwas mitzuteilen ... Und ... ich denke, es sind die Insekten. Jedenfalls werden die Bilder, die ich sehe, intensiver, wenn sie in der Nähe sind.«

»Die Insekten? Die reden mit dir?«

»Nein, natürlich reden sie nicht. Sie ... okay, ich weiß, es hört sich verrückt an, aber … haben manche Insektenarten nicht so eine Art Schwarmintelligenz?«

»Schwarmintelligenz?«

»Ja, eine Art kollektive Intelligenz, die sich aus vielen kleinen Einzelintelligenzen zusammensetzt. Nimm dir die Bienen: Die sind bekannt dafür, dass sie zusammenarbeiten. Sie fliegen alle in dieselbe Richtung, sie wissen offenbar, was ihre Kolleginnen im Sinn haben. Als Schwarm halt.«

»Ich weiß, was Schwarmintelligenz ist, Zak. Aber Bienen arbeiten mit Gerüchen und abgefahrenen kleinen Tänzen. Sie sind nicht wirklich …«

»Okay, aber kann ja sein, dass *diese* Insekten hier es anders machen. Dass sie sich mithilfe von Gedankenübertragung verständigen … Ach, keine Ahnung. Du hast doch selbst gesehen, was sie alles können. Sie sind schlau. Vielleicht sind sie mit ihren Gedanken bereits in meinen Kopf eingedrungen und wissen, was ich denke …?« Er erschauderte. »Vielleicht sitzt eines dieser Viecher längst in meinem Schädel?«

»Wenn das so wäre, dann wärst du wie sie.« May nickte in Richtung der Rotjacken, die über das Eis auf sie zu stapften. »Und ein Insekt bist du auch nicht, Zak. Warum also sollten sie mit dir kommunizieren?«

»Darüber hab ich auch schon nachgedacht.« Er tippte sich an den Kopf. »Vielleicht weil ich anders bin. Weil mein Gehirn anders tickt. Es ist krank.«

»Oh, Zak.« May schüttelte den Kopf.

»Schau mich nicht so an. Ich bilde mir das nicht ein. Es fühlt sich wirklich so an, als ob …« Sein Blick wanderte zurück zu den Rotjacken und dem Schwarm, der sie einhüllte. Und plötzlich wusste er, wie er herausfinden konnte, ob die Insekten mit ihm verbunden waren. Er schloss die Augen und schob seine Angst weg. Dann stellte er sich vor, wie May und er in einem sicheren Raum hockten. Das war nicht sonderlich schwer, sie hatten ja eben erst vor der Tür Schutzgebäudes gestanden. Er versuchte auszublenden, was dort passiert war, und stellte sich stattdessen vor, wie May und er in den Kontrollraum gingen, die Tür hinter sich verriegelten und sich in eine Ecke kauerten, wo man sie durchs Fenster nicht sehen konnte. Wie sie dort verschnauften, müde vom vielen Rennen und zufrieden, dass sie ihre Verfolger ausgetrickst hatten.

»Sie machen kehrt!«, flüsterte May.

Aber Zak ließ sich nicht ablenken, er konzentrierte sich weiter auf das Bild, das er im Kopf hatte. May und er im Kontrollraum. Sicher und warm.

»Sie kehren echt um!« May knuffte ihren Bruder in die Seite. Der öffnete die Augen.

Es war schwierig, das Bild vor Augen zu behalten, wenn man durchs Fenster gleichzeitig etwas anderes sah. Aber verdammt: May hatte recht. Die Insektenwolke schwirrte in die Polarstation zurück, gefolgt von einigen Rotjacken. Die übrigen trotteten außen um die Basis herum. Zak sah auch die Spinne, die sich noch kurz zuvor an der Gebäudewand ausgeknockt hatte. Sie nahm den Weg, den sie gekommen war, inzwischen wieder ziemlich sicher auf den Beinen.

»Wohin wollen die?«, fragte May.

»Zum Schutzraum«, antwortete Zak. »Dort hab ich sie nämlich gerade hingeschickt.«

»Wie bitte?«

»Ich hab mir vorgestellt, wie wir uns dort verschanzen – also laufen sie auch hin. Es funktioniert wirklich! Sie lesen meine Gedanken.«

STATION ZERO, ANTARKTIS
JETZT

Es stellte sich heraus, dass das Flugzeugwrack nicht das idealste Versteck war.

Zwar hatte sich der Schneesturm gelegt, doch noch immer pfiff ein schneidender Wind und erzeugte seltsam heulende Geräusche in dem zerstörten Cockpit. Er fuhr durch sämtliche Ritzen im Metall und riss jedes bisschen Körperwärme mit sich fort. So kam es, dass Zak und May – die Gesichter gegen die Scheiben gepresst, um die Station im Blick zu behalten – trotz der vielen Kleidungsschichten vor Kälte nur so schlotterten.

Momentan war niemand zu sehen. Die Leuchtfeuer an der Landebahn waren wieder ausgegangen, nur aus den Fenstern des Gemeinschaftsmoduls drang Licht.

Was für ein fremder, lebensfeindlicher Ort, dachte Zak. Fast wie auf einem fremden Planeten.

Er rutschte auf seinem Sitz hin und her und rückte näher an seine Schwester heran.

»Geht's dir gut?«, fragte er.

»Nein.«

»Mir auch nicht.« Er kramte in seiner Tasche nach dem Snickers, das er eingesteckt hatte, als sie etwas Essbares für Dima gesucht hatten. Gott, das schien hundert Jahre her zu sein. Er riss die Verpackung auf und bot May den Riegel an. »Hier, wenn man isst, wird einem warm.«

Die Schokolade war steinhart gefroren. May musste beide Hände und ihre hinteren Backenzähne zu Hilfe nehmen, um abzubeißen. Sie sah aus wie ein Hund, der einen Knochen abnagt.

Der Riegel war nicht groß, aber er war ein Stück Normalität und das tat gut. May biss noch einmal ab, dann reichte sie das Snickers ihrem Bruder und ging weiter ins Wrack hinein.

»Was machst du?«

»Dima hat gesagt, er hätte Biwaksachen an Bord, für Notfälle.«

Zak nagte an der Schokolade und hörte, wie May im Halbdunkel herumkramte.

Mit einem dicken Bündel unter jedem Arm kam sie zurück.

»Schlafsäcke.« Sie ließ die Bündel vor Zak auf den Boden fallen. »Riechen etwas muffig, halten aber bestimmt warm.«

Sie kletterte zurück in den Heckbereich und schleppte eine Reisetasche herbei. »Das hier könnten wir auch gebrauchen.«

Sie öffnete die Tasche und zog einen gefährlich aussehenden Zimmermannshammer hervor. Einen Moment wog sie ihn in der Hand, dann legte sie ihn auf den Boden und kramte weiter in der Tasche. Ein Eispickel kam zum Vorschein, eine Schaufel mit kurzem Griff und ein wasserfester Beutel voller roter Röhrchen, die aussahen wie Dynamitstangen in Comics.

»Handfackeln«, sagte May.

Sie stopften sich so viele von den roten Dingern in die Taschen wie möglich.

»Willst du den hier?« May hob den Hammer auf.

Zak schüttelte den Kopf. »Nimm du ihn.« Er schnappte sich den Eispickel und drehte ihn in den Händen. Er war schwer und massiv und fühlte sich tödlich an. Bestimmt eine gute Verteidigungswaffe. Aber würde er es über sich bringen, ihn jemandem ins Fleisch zu rammen? Vielleicht sogar seinen Eltern?

Er legte den Pickel zurück und nahm sich die Schaufel. »Ich nehme lieber die hier.«

Sie setzten sich nebeneinander, rollten die Schlafsäcke aus und legten sie sich über die Beine. Richtig hineinzuklettern trauten sie sich nicht, denn sie mussten damit rechnen, das Flugzeug überstürzt zu verlassen.

Als sie es sich halbwegs bequem gemacht hatten, aßen sie schweigend das Snickers auf und spähten durchs Fenster, um keine Bewegung draußen zu übersehen. Nach einer Weile schaute May ihren Bruder an. Ihr Gesicht war ganz nahe an seinem, und als sie sprach, sah er die Atemwölkchen, die aus ihrem Mund kamen.

»Stimmt das mit dem Gedankenlesen?«

Zak musterte sie. Er war sich nicht ganz sicher, ob sie sich über ihn lustig machte.

»Ich meine es ernst«, beteuerte sie. »Keine Verarschung.«

Zak senkte den Blick. »Ja, ich glaube schon. Eine gruselige Vorstellung, aber es passt ins Bild. Es würde so viel erklären ...«

May sah ihn neugierig an.

»Seit wir hier sind, habe ich das Gefühl, dass sich irgendetwas in meinen Kopf eingeschlichen hat. Oder versucht sich einzuschleichen. Es fing sogar an, bevor wir gelandet sind. Da hatte ich ... so etwas wie Erscheinungen. Von Dingen, die ich kenne oder über die ich gerade nachgedacht hatte.«

»Zum Beispiel?«

»Erinnerst du dich noch, dass wir direkt nach der Landung über Eisbären sprachen?«

»Ja, und?«

»Als wir kurz danach auf die Polarstation zugingen, habe ich einen gesehen.«

»Aber es gibt keine Eisbären in der Antarktis.«

»Ich weiß. Aber wir haben über sie gesprochen und prompt habe ich einen gesehen.« Zak rieb sich über das Gesicht. »Ich weiß, wie verrückt das klingt, aber ich kann nur sagen: Der sah total echt aus. Klar, er war nicht echt. Er war nur in meinem Kopf, aber es fühlte sich so an, als würde er um uns herumlaufen. In 3-D. Und dann hab ich auch noch einen altertümlichen Polarforscher gesehen. Einen Typen wie Robert Scott. Du erinnerst dich, dass Dad von Scott erzählte, als wir aus dem Flugzeug stiegen? Ich hab also an Polarforscher gedacht und ... Es ist, als hätte sich irgendetwas durch meinen Kopf gewühlt und mitbekommen, was ich gerade denke. Und dann hat es genau diesen aktuellen Gedanken aufgegriffen, um mir seine Anwesenheit zu signalisieren. Seine Anwesenheit in meinem Gehirn. Vielleicht kann dieses Etwas nicht mit Worten umgehen und muss deshalb auf Bilder zurückgreifen? Ich hab noch ein Beispiel: die Spinne, die mich in der Drohnenstation angegriffen hat. Du erinnerst dich?«

»Wie könnte ich das vergessen?«

»Sie hat mir letztlich nichts getan, stimmt's? Aber es war trotzdem total irre. Ich hatte eine Vision von einer Art schwarzem Meer. Einem Meer, das aus Insekten bestand. Und währenddessen war die Spinne ganz nahe an mir dran.« Zak zeigte den Abstand mit den Fingern. »Vielleicht hat die Kommunikation deshalb besser funktioniert. Genau wie im Labor, wo ich auch ganz dicht an den lebenden Insekten dran war. Und auch im Schutzgebäude. Vielleicht fühlte sich diese merkwürdige Präsenz in meinem Kopf deshalb stärker an … jedenfalls hatte ich den Eindruck, als wollte sie mir etwas mitteilen. Über etwas, das sich unter dem Eis befindet.«

»Wir wissen doch längst, dass sich etwas unter dem Eis befindet, Zak.«

»Ja, aber ich meine etwas *Ernstes*, etwas wirklich Wichtiges.« Er hielt kurz inne. Vielleicht hatte er zu viel erzählt. May schaute ihn schon wieder an, als würde sie sich ernsthafte Sorgen machen. Sorgen, dass die Krankheit sein Gehirn auffraß und er kurz vorm Durchdrehen war.

»Du glaubst mir nicht«, murmelte er. »Und komm mir jetzt nicht mit diesem ›Das-bildest-du-dir-nur-ein-Scheiß‹ …«

»Tue ich doch gar nicht.«

»Wir haben beide gesehen, was diese Insekten mit Mum und Dad gemacht haben. Und auch, dass sämtliche Bewohner hier rumlaufen wie ferngesteuert. Ebenso die Spinnen. Glaub mir, May, die Leute haben irgendetwas im Eis entdeckt und …«

»Und nun will uns dieses Etwas töten«, beendete May den Satz.

Zak starrte seine Schwester an. »Aber bis jetzt hat es noch niemanden getötet, stimmt's?«

»Jedenfalls nicht, soweit wir wissen. Vielleicht will es uns einfach nur in Zombies verwandeln?«

»Aber warum?«

»Wen interessiert der Grund? Vielleicht um uns dem Ding auszuliefern, das sich unterm Eis verbirgt? Vielleicht ist es eine Art Alien, der hungrig ist, wenn er rauskommt. Also sorgen die Insekten dafür, dass wir nicht abhauen können.«

Zak erschauderte bei dem Gedanken und schob ihn schnell beiseite. »Hm, aber warum waren alle Lichter aus, als wir ankamen? Wenn sie Leute als Frischfleisch anlocken wollten, würden sie es ihnen doch nicht so schwer machen, hier zu landen, oder? Und dann diese E-Mails ... das wirkte doch eher so, als sollten Leute abgehalten werden herzukommen. Und das Allermerkwürdigste: Als wir Wärme brauchten, wurde es warm, und als wir Licht brauchten, wurde es hell. Das ergibt doch keinen Sinn. Warum sollte ...?«

»Gar nichts von alledem ergibt Sinn, Zak.« May klang frustriert und verängstigt. »Insekten, Zombies, Roboter, die zum Leben erwachen ... Das ist alles völlig gaga. Aber im Grunde ist es mir auch egal. Das Einzige, was mich interessiert: Wie kommen wir hier weg? Und wie holen wir Mum und Dad zurück?« May drehte sich um und tippte mit dem Finger gegen die Scheibe. »Und wie verhindern wir, dass wir erfrieren oder selbst in Zombies verwandelt werden?«

Zak schloss die Augen und holte ein paarmal tief Luft. May hatte recht. Sie kühlten langsam aus. In diesem Wrack würden sie nicht lange überleben. O Gott, er durfte nicht an das Flugzeug denken, denn wenn seine Vermutung stimmte, wurden seine Gedanken ausspioniert. Die Rotjacken hatten bestimmt schon herausgefunden, dass May und er nicht im Schutzgebäude waren. Sicher suchten sie weiter nach ihnen. Schnell verbannte er jeden Flugzeuggedanken aus seinem Kopf und stellte sich stattdessen vor, wie sie sich im oberen Gemeinschaftsraum versteckten. Wie sie die Wendeltreppe mit Tischen und Stühlen verbarrikadierten. Puh, es war anstrengend, sich auf dieses Bild zu konzentrieren, während gleichzeitig so viele andere Gedanken an ihm zerrten. Er hatte gar nicht gewusst, wie schwer es war, an zwei Dinge gleichzeitig zu denken.

Zak ließ den Kopf hängen. Was für eine ausweglose Situation! Eigentlich konnten sie doch genauso gut gleich aufgeben, oder? Wenn sie sich Mum und Dad und den anderen anschlössen, müssten sie wenigstens keine Angst mehr haben. Gott, es schien wirklich eine Ewigkeit her, dass er in diesem Flugzeug gesessen, gelesen und auf ein Abenteuer gehofft hatte.

Er öffnete den Reißverschluss seiner linken Tasche und zog das Buch heraus. Mit beiden Händen hielt er es fest und starrte auf das Cover. Es war ziemlich zerknittert, die rechte Ecke war umgeknickt und an einer Stelle war es offenbar in den Reißverschluss geraten. Verdammt, Jackson Jones würde wissen, was jetzt zu tun war. Unerschrocken und mit einem coolen Spruch auf den Lippen würde er sich in diesen Albtraum stürzen. Klar, auch ihm würden ein paar Missgeschicke passieren – aber er würde nicht aufgeben. Jackson Jones gab niemals auf.

Zak fuhr mit den Fingern über das Cover, bevor er das Buch zurücksteckte.

»Egal, auch wenn wir nicht herausfinden, wer sie sind und was sie wollen, ich werde mich ihnen nicht kampflos ergeben. Das würde Jackson Jones auch nicht tun.«

»Der ist nicht echt, Zak.«

»Weiß ich, aber trotzdem müssen wir denken wie er. Und das Erste, was er tun würde, wäre: sich bewaffnen.« Zak hob die Schaufel auf. »Danach würde er eine Möglichkeit suchen, sie anzugreifen. Wir sind bislang immer nur weggelaufen. Höchste Zeit, dass wir kämpfen.«

»Aber wie? Die sind so dermaßen in der Überzahl«, sagte May. »Außerdem: Wie soll man gegen Insekten kämpfen?«

»Wir müssen dorthin, wo sie herkommen.«

»Aber wir wissen doch gar nicht, wo sie herko... Moment, meinst du den Lagerraum, den wir im Video gesehen haben?«

Zak schüttelte den Kopf. »Erinnerst du dich an die Karte, die im Gemeinschaftsraum an der Wand hing?«

»Hm.«

»Auf der rechten Seite gab's einen Pfeil mit dem Hinweis: ›zum Abgrund‹. Ich hab nicht weiter darüber nachgedacht, aber das muss die Stelle sein, wo sie die Eisbohrkerne entnommen haben. Das hat Sofia doch im Video erwähnt. Und wenn die Bohrkerne aus dem Abgrund stammen, dann auch die Insekten. Vielleicht gibt's dort einen ganzen Schwarm.«

»Einen Schwarm?«

»Ziemlich sicher. Jedenfalls müssen wir dorthin. Nur dort können wir sie zerstören. Bitte, du musst mir glauben, nur dieses eine Mal.«

»Aber Zak, dieser Abgrund kann *irgendwo* dort draußen sein. Falls er überhaupt existiert. Und selbst wenn wir ihn finden, was sollen wir machen? Die Viecher mit Hammer und Schneeschaufel totklatschen?«

»Okay, dann lass uns nachschauen, ob's hier drinnen noch andere waffentaugliche Dinge gibt. Ich weiß doch auch nicht, May – ich versuche einfach nur, tapfer zu sein und etwas zu tun.«

»Und ich versuche realistisch zu sein.«

Zak fiel es plötzlich schwer, die Vorstellung von May und sich im Obergeschoss des Gemeinschaftsmoduls lebendig zu halten. Ihm schossen so viele andere Gedanken durch den Kopf. »Ich hab genauso viel Angst wie du, aber hier rumzusitzen und zu erfrieren, ist keine Option. Wir müssen etwas unternehmen: sie irgendwie aufhalten. Und vor allem müssen wir Mum und Dad befreien.«

May war kalkweiß im Gesicht, selbst ihre Lippen waren blass. Sie zitterte so sehr, dass ihre Zähne aufeinanderklapperten.

»Du *versuchst* nicht nur tapfer zu sein, du *bist* tapfer, weißt du das?«

»Wie bitte?«

»Du *bist* tapfer. Du bist der tapferste Mensch, den ich kenne.«

»Aber?« Angestrengt versuchte Zak seine Konzentration aufrechtzuerhalten.

»Nichts aber. Ich meine es ernst«, antwortete sie. »Das, was du da in deinem Kopf hast ...«

»Der Krebs«, sprach Zak das Wort für sie aus.

»Ja. Wenn ich das hätte, ich könnte damit nicht so gut umgehen wie du. Du lebst einfach ganz normal weiter. Völlig unbeeindruckt. Ich würde bei der Diagnose unausstehlich werden.«

»Das bist du auch so.«

May lachte schnaubend.

»Bist trotzdem meine Lieblingsschwester.«

»Wie kommst du nur so gut damit zurecht?«

»Das scheint nur so«, antwortete Zak.

»Nein, glaub ich nicht. Du hast es einfach akzeptiert. Und nimm die jetzige Situation: Du bist schon wieder tapfer. Anstatt dir vor Angst in die Hose zu machen und dich irgendwo zu verkriechen, kämpfst du. Du bist wirklich mutig und extrem tough.« May lächelte ihren Bruder an. »Wie Jackson Jones. Ich wünschte, ich wäre auch so.«

Zak fiel aus allen Wolken. »Du wärst gern so wie ich? Ich glaub's nicht! *Ich* wär gern so wie *du*! Du bist so cool. Wenn ich nur daran denke, wie du all diese Zicken in der Schule abblitzen lässt – Vanessa Morton-Chandler und ihren Hofstaat!«

May seufzte. »Ach, ich tue doch nur so, als würde es mich kaltlassen, wenn sie mir blöde Sprüche hinterherrufen oder irgendeinen Mist posten. Aber in Wirklichkeit macht es mir natürlich etwas aus. Ich werde immer richtig ... wütend? Traurig? Keine Ahnung. Manchmal ist es mir auch einfach nur peinlich.«

»Ja, aber du lässt es dir nicht anmerken. Den Triumph gönnst du ihnen nicht.«

»Hm, kann sein.«

»Na ja, für mich gilt genau das Gleiche. Ich sehe so aus, als hätte ich keine Angst – aber ich *habe* Angst. Ich hab die ganze Zeit Angst. Als ich neulich in Französisch diesen Krampfanfall hatte und auf dem Boden lag, hat mich die ganze Klasse angestarrt und ich hab mir vor Angst fast in die Hose gemacht. Jeder, wirklich jeder hat geglotzt. Sie sind fast ausgerastet ... was mich wiederum fast zum Ausrasten gebracht hat. Und dann dieser Arzt. Und diese Bohr-Aktion. Was, wenn die Behandlung nicht wirkt? Wenn das Ding in meinem Schädel immer weiter wächst? Wenn es irgendwann meinen ganzen Kopf ausfüllt? Was, wenn die Ärzte falschliegen und ich morgen daran sterbe?«

»Oh, Zak ...« Mays Augen wurden feucht.

»Aber ich hasse es, Angst zu haben. Ich hasse es wie die Pest. Und die einzige Möglichkeit, keine Angst mehr zu haben, ist zu kämpfen. Und das ist genau das, was wir jetzt machen müssen. Wir müssen kämpfen und ...«

»Was?« May drehte sich zum Fenster und folgte dem Blick ihres Bruders.

Ein Trupp Rotjacken überquerte die Landebahn. Dahinter näherte sich die Spinne. *Tick-tack-tick-tack-tick-tack.*

»Tut mir leid«, stöhnte Zak. »Ich hab mich nicht genug konzentriert. Sie haben uns geortet!«

STATION ZERO, ANTARKTIS
JETZT

Die Zombies waren im Anmarsch.

Eine Reihe von Rotjacken rückte in Richtung Flugzeug vor. Die Spinne war zum Gemeinschaftsmodul zurückgekehrt und wartete dort. Jetzt gab es keinen Rückzugsort mehr für Zak und May. Und niemanden mehr, der ihnen beistehen konnte. Sie fühlten sich wie die letzten Vertreter ihrer Art.

May fluchte – und ließ dabei kein Schimpfwort aus.

Zak umklammerte die Schaufel mit beiden Händen und ging durchs Flugzeug, wild entschlossen, seine Schwester bis aufs Blut zu verteidigen – nicht nur ihretwegen, sondern auch seinetwegen. Das Letzte, was er sich vorstellen konnte, war, ganz alleine übrig zu bleiben. Er kletterte in das aufgerissene Cockpit und spähte auf die Landebahn. Die Rotjacken waren schon so nahe, dass Zak ihre Stiefel auf dem harten Schnee hören konnte. Es war ein absolut gruseliger Rhythmus.

Zak lehnte die Schaufel gegen die ausgeweidete Instrumententafel und zog eine Handfackel aus der Tasche. Er nahm die Kappe ab und rieb sie an dem roten Röhrchen wie an einem Riesenstreichholz. Es funkte, dann zischte und spritzte es und im Nu war das Cockpit in grellrotes Licht und weißen Qualm gehüllt. Zak schleuderte die Fackel auf die Landebahn, den Zombies direkt vor die Füße. Die blieben sofort stehen. Schnell zündete Zak zwei weitere Leuchtgeschosse und warf sie hinterher. Erneutes Zischen und Spritzen und wieder dieses unheilvolle Licht auf dem Eis. Die Rotjacken verschwanden in einer quirlenden Rauchwolke.

»Sie bleiben stehen!«, rief Zak seiner Schwester zu, während er mit den Füßen festen Halt auf dem unebenen Boden suchte. Dann schulterte er die Schaufel wie einen Baseballschläger, um sie dem Ersten, der ins Cockpit eindrang, über den Schädel zu ziehen.

Sein Blick schweifte über die Zombies, die aufgereiht im roten Qualm standen, und zum ersten Mal fiel ihm auf, dass nicht alle von ihnen rote Jacken trugen. Zwei von ihnen hatten orange, genau wie er, und als er in ihre Gesichter sah, blieb ihm fast das Herz stehen.

Mum und Dad.

Der Gedanke war einfach unerträglich: Sie wurden von ihren eigenen Eltern angegriffen! Von den zwei Menschen, die sie eigentlich beschützen sollten. Wie konnten sie sich gegen sie verteidigen? Würde er es schaffen, die Schaufel gegen seinen eigenen Vater und seine eigene Mutter zu erheben?

Es sind nicht wirklich sie, dachte er. *Mit Mum und Dad haben die beiden nichts mehr zu tun.*

Nur dass es immer noch Mum und Dad waren. Außerdem, vielleicht konnte die Verwandlung ja auch wieder rückgängig gemacht werden? In seinen Visionen hatte er eine Art großen, schwarzen See gesehen, und je mehr er darüber nachdachte, desto überzeugter war er, dass sich dieser See unter der Eisschicht befand. Tief unten im Eis musste es etwas geben, das die Kontrolle über seine Eltern übernommen hatte. Wenn er herausfand, was das war, konnte er es vielleicht stoppen und seine Eltern befreien.

»Werdet wie wir.«

Es kam Zak vor, als trübten sich seine Gedanken von den Rändern her ein. Hinter seinem rechten Augen machte sich das altbekannte Stechen bemerkbar. Sein Sichtfeld begann zu flackern, ihm wurde schwindelig und er musste die Augen für einen Moment zukneifen.

»Nein«, flüsterte er. »Nicht jetzt.«

Der Schmerz ließ leicht nach und Zak spürte, wie irgendetwas an seinen Gedanken zog. Es waren die Viecher! Der Schwarm. Was auch immer sich unter dem Eis befand, es versuchte sein Denken unter Kontrolle zu bekommen.

»Werdet wie wir.«

»Nein!« Er würde nicht werden wie sie. Er weigerte sich. Er umklammerte die Schaufel und konzentrierte sich darauf, das Dunkle aus seinen Gedanken zu verbannen. »Haut ab aus meinem Kopf!«

Aber das Gegenteil passierte. Es war, als würde sich ein schwarzes Tuch über seine Gedanken legen. Der Boden unter seinen Füßen wankte und dann setzte das vertraute, betäubende Schwebegefühl ein.

»Lasst mich in Ruhe!«, brüllte er. »Haut ab!«

Da durchzuckte ihn ein grellweißer Blitz und die Dunkelheit zog sich zurück. Zak spürte, wie weiterhin etwas an seinen Gedanken zerrte, aber er drängte es zurück, versuchte verzweifelt die Kontrolle über seinen Verstand zu behalten.

»Wir kommen nicht gegen sie an«, rief May aus dem hinteren Teil des Flugzeugs. »Es sind zu viele.«

Auf der Landebahn zischten die Fackeln noch einmal kurz, dann erstarben sie. Zak schüttelte sich, um wieder zu Sinnen zu kommen. Die Schaufel unter den Arm geklemmt wühlte er in seiner Tasche nach einer neuen Fackel, zündete sie an und warf sie hinaus.

Jetzt blieben ihm nur noch drei.

»Komm her, schnell!«, rief er May zu, während er gleich noch eine Fackel hinterherschleuderte. »Das grelle Licht hält sie auf. Vielleicht bleibt uns genügend Zeit, um rauszuspringen und wegzurennen. Wir müssen irgendwie zu diesem Abgrund gelangen, du weißt schon, diesem BioMesa-Ort ...«

»Aber wir wissen doch gar nicht, wo der ist.«

»Hast du eine bessere Idee?«

Die Rotjacken starrten Zak an. Die Haut ihrer erschlafften Zombiegesichter glühte im Schein der Fackel, ihre leeren Augen reflektierten das rote Licht.

»Werdet wie wir.« Sie sprachen wie aus einem Mund. Atemwolken waberten um ihre Köpfe und vermischten sich mit dem Rauch.

»Komm du lieber hierher«, rief May von hinten. »Hier ist eine Tür.«

Zak hörte seine Schwester durch das Flugzeug rennen und

blickte über die Schulter ins Wrackinnere. Hinten im Heck kämpfte sie mit der Ausstiegsluke.

Zak beobachtete sie ein paar Sekunden, dann drehte er sich wieder nach den Rotjacken um und zog die vorletzte Fackel aus der Tasche.

»Mum. Dad. Bitte.« Seine Stimme klang dünn. Als ob die eisige Luft die Worte direkt nach dem Aussprechen aufsaugte. »Bitte hört auf damit. Ich bin's doch. Zak. Ihr macht mir Angst. Ihr müsst dagegen ankämpfen. Was auch immer euch verwandelt hat, ihr müsst euch dagegen auflehnen.«

Nichts. Nicht die kleinste Regung in ihren Gesichtern.

»Jetzt komm endlich!«, brüllte May. »Hilf mir mit der Tür!«

Die Fackeln glimmten noch einmal zischend auf, dann erloschen sie und es war wieder dunkel auf der Landebahn. Sofort machten die Zombies einen Schritt nach vorne. Wie zum letzten Gefecht.

»ZAK! Die Tür geht nicht auf!«

Zak stopfte die Fackel zurück in seine Tasche und rannte mit der Schaufel in der Hand zum Heck. Rutschend kam er zum Stehen und warf sich zusammen mit seiner Schwester gegen die Tür. Nach mehreren Versuchen knackte es in den Scharnieren und die Luke schwang auf. Zak und May fielen auf die Landebahn.

Beim Aufprall auf dem Eis verspürte Zak erneut den stechenden Schmerz in seinem Kopf. Als ob ein stumpfer Bohrer seinen Schädel zermalmte und dabei seinen ganzen Körper zum Vibrieren brachte. Er streckte einen Arm aus, um sich von May aufhelfen zu lassen, und versuchte den Schmerz wegzudrücken. Doch als er die Augen öffnete, sah er, dass er die Hand nicht seiner Schwester hinhielt, sondern Dima.

Der blickte ihn mit toten Augen an. »Werdet wie wir.«

Sie haben uns aufgelauert!

Zak schubste Dima so heftig weg, dass dieser in die Gruppe der Rotjacken hinter ihm stolperte. Dann wirbelte er herum und sah, wie May sich gegen einen Jungen und ein Mädchen wehrte, die nicht älter als fünfzehn, sechzehn sein konnten. Aus ihren Kapuzen und Ärmelöffnungen quollen Insekten und krabbelten über ihre Gesichter. Im Nu umschwirrten sie auch May.

»Hilf mir, Zak!«, schrie seine Schwester. Ihr Gesicht war bereits mit Käfern bedeckt, die einen Weg ins Körperinnere suchten.

Zak stieß einen Typen weg, der sich auf ihn stürzen wollte, und klatschte ein paar herumfliegende Insekten tot. Als er sich bückte, um die Schaufel aufzuheben, verdüsterten sich seine Gedanken erneut. Gleichzeitig schwoll das Insektengeräusch an, bis sein Kopf erfüllt war von einem ohrenbetäubenden Gekrabbel und Geraschel.

»Raus aus meinem Kopf!«, brüllte er und schwang die Schaufel wie ein Besessener.

Er traf etwas Hartes. Der Aufprall erschütterte seinen gesamten Körper, aber er ließ sich nicht aus dem Konzept bringen. Er holte erneut aus und diesmal drehte er sich mit der Schaufel im Kreis. Unmengen von Insekten klatschten gegen das Metall.

»Lasst uns in Ruhe!«, brüllte er, wie von Sinnen.

Aber es gab kein »uns« mehr. Zak war allein.

May hatte aufgegeben – was Zak in seinem wilden Kampf gar nicht bemerkt hatte. Erst jetzt sah er, wie die Käfer in ihren Mund und ihre Nase eindrangen und sie binnen Sekunden in ein zombiehaftes Wesen verwandelten. Genau wie Mum und Dad.

Wie ein Wahnsinniger drosch er auf die Krabbelviecher ein. Jetzt war er der Einzige, der noch übrig war. Mit letzter Willenskraft versuchte er die Düsternis aus seinen Gedanken zu verbannen. Die Düsternis, die ihn zu dem unheilvollen Meer aus wimmelnden schwarzen Insekten ziehen wollte. Mit der Schaufel klatschte er reihenweise Viecher tot. Und als er spürte, dass Hände nach ihm griffen, wirbelte er herum und schlug auch dort zu. So hart, wie er konnte.

Es war eine Frau, die er mitten vor die Brust traf. Pfeifend entwich die Luft aus ihrer Lunge, ihre Beine klappten zusammen und sie knallte aufs Eis.

»Zieht ab!«, brüllte er, während er die Schaufel auf Dimas Schulter krachen ließ. Offenbar traf er den Piloten auch am Hals, jedenfalls klappte dessen Kopf zur Seite und er schlug wie ein gefällter Baum lang aufs Eis. Kurz dachte Zak, er hätte ihn getötet, aber Sekunden später stemmte sich Dima schon wieder hoch.

»Werde wie wir!«

Zak wirbelte herum und starrte fassungslos seiner Schwester ins Gesicht.

Deren Blick war vollkommen leer. Insekten bedeckten ihre

Wangen und versuchten unter ihre Kapuze ins Warme zu schlüpfen.

»Werde wie wir!«, wiederholte sie und streckte die Hände nach ihm aus.

Sofort trübten sich seine Gedanken wieder ein. Verdammt, sie hatten ihn in ihren Fängen. Fast. Er war ihnen schon so ähnlich. Er musste hier weg! Wie auch immer.

Wieder ließ er seine Schaufel kreisen – und traf einen Jugendlichen in den Magen. Der krümmte sich und ging zu Boden, wurde jedoch augenblicklich durch ein Mädchen ersetzt. Kurzerhand schaltete Zak auch sie aus und bahnte sich dann schaufelschwingend einen Weg durch die Menge. Als er die letzte Zombiereihe durchbrochen hatte, sprintete er los.

Weg. Einfach nur weg.

STATION ZERO, ANTARKTIS
JETZT

Zak Reeves war allein. Mutterseelenallein.

Blindlings stolperte er über die Landebahn. Seine Stiefel knirschten auf dem vereisten Schnee. *Krump-krump-krump.* Es war das einzige Geräusch um ihn herum. Jedenfalls das einzige Geräusch, das er wahrnahm, denn den leisen Singsang der Rotjacken blendete er aus. Den Singsang, bei dem auch May, Mum und Dad mitmachten. Und Dima. Mit ausdruckslosen Mienen und leeren Augen, die Körper voller Käfer.

Er rannte und rannte und versuchte nicht an ihre gequälten Gesichter zu denken. Seine Beine waren komplett auf Autopilot gestellt, er brauchte all seine Konzentration, um die Düsternis aus seinen Gedanken herauszuhalten. Trotzdem verdunkelte sich sein Blickfeld von den Rändern her, die Welt vor ihm verschwamm. Der Boden unter seinen Füßen schien immer mehr nachzugeben und löste sich schließlich ganz auf – im selben Moment, in dem das Ding, das sich unter dem Eis befand, in seinen Geist eindrang.

»Raus aus meinem Kopf!«, brüllte Zak wie ein Wahnsinniger, ohne es zu merken. »Raus aus meinem Kopf!«

Und plötzlich war es weg. Die bohrenden Finger zogen sich zurück. Seine Beine wurden schwer, bleischwer, aber er rannte trotzdem weiter, einen Fuß vor den anderen, bis es nicht mehr ging. Bis er in die Knie ging und den Kopf hängen ließ. Seine Brust hob und senkte sich. Mit jedem Atemzug drang eisige Luft in seine Lungen, verdrängte nach und nach die Körperwärme. Tränen traten ihm in die Augen und er ließ sie ungehemmt fließen. Sie sammelten sich am unteren Rand seiner Brille und froren auf seinen Wangen fest. Er weinte um Mum, Dad und May. Und um die Aussichtslosigkeit seiner Situation. Jetzt gab es keine Rettung mehr. Keinen Ort, an dem er noch Zuflucht finden würde.

Als er keine Tränen mehr hatte, spürte Zak, wie sich die Polarkälte um ihn herum zusammenzog. Am ganzen Körper zitternd hob er den Kopf und starrte in die erbarmungslose Eiswüste.

Nichts. Vor ihm war nichts.

Buchstäblich nichts. Er blieb an Mays Lieblingswort hängen – fast hörte er ihre Stimme im Ohr. Als würde sie direkt neben ihm stehen.

Endlos dehnte sich die Landschaft vor ihm aus. Flach, eisig und grau. Mit mehr Licht wäre sie wahrscheinlich glitzernd weiß gewesen, aber so, in der Polarnacht, war sie grau, grau und nochmals grau. Als er den Kopf nach rechts drehte, sah es nicht anders aus. Schnee und Eis, so weit das Auge reichte. Und links genauso.

Und doch drang von irgendwo ein Brummen an sein Ohr. Von einem Motor? Einem weiteren biomechanischen Monstrum, das die Spinnen erschaffen hatten? Oder war es Rettung, die sich näherte? Kam da jemand? Das Geräusch wurde tatsächlich lauter – aber leider viel zu weit links. Auf jeden Fall zu weit entfernt, als dass Zak irgendetwas hätte erkennen können.

Er richtete sich auf und lauschte. Zarte Hoffnung keimte in ihm auf, aber nur für ein paar Sekunden, dann war das Geräusch wieder verklungen. Verzweifelt sackte er zusammen und fragte sich, ob das Brummen überhaupt echt gewesen war.

Hinter ihm in der Ferne sah die Polarstation winzig aus. Die ganze Szenerie wirkte fremd und kaum noch irdisch – als wäre er auf einem weit abgelegenen Planeten unterwegs. Die Beleuchtung war wieder aus, die Station war nichts als eine Ansammlung verschiedener Schatten. Der Himmel über den Bergen war klar. Die tief hängende, gestochen scharfe Mondsichel warf ein silbernes Licht über die Landschaft, das den Schnee glitzern ließ.

Der Mond war von unzähligen Sternen umgeben, deren Millionen Jahre altes Licht sich durch das All brannte. Dazu kamen die vielen unglaublichen Farben. Der Himmel war tatsächlich bunt. Gelbe, rosa- und lilafarbene Streifen fingerten wie Suchscheinwerfer durch die Schwärze, waberten von rechts nach links oder legten sich wie Girlanden um die Sterne. Sie verwandelten den Himmel in eine leuchtende Alien-Landschaft.

Das Polarlicht des Südens.

Zak konnte Dad hören, wie er ihm die Ursache dieses Phänomens erklärte. Es hatte irgendetwas mit Elektronen zu tun, die in der Atmosphäre mit Atomen zusammenstießen, aber die Erklärung kam ihm jetzt, wo ihn das Licht wie pure Magie umgab, so banal vor. So langweilig.

Zitternd riss sich Zak von dem Spektakel los. Er trug mehrere Schichten professioneller Polarkleidung, aber selbst die bot keinen dauerhaften Schutz hier draußen. Die Kälte fing bereits an sich zu ihm durchzubeißen. Mit jedem Atemzug kühlte er mehr aus. Er musste raus aus der Kälte. Irgendwo Schutz finden. Sonst würde er binnen kürzester Zeit erfrieren.

Mühsam stand er auf und drehte sich noch einmal in alle Richtungen. Nichts hatte sich geändert. Um ihn herum nur endlose graue Weite. Komplette Leere. Er spähte zurück zur Station. Ob es dort vielleicht doch irgendeinen Unterschlupf gab? Nein, wohl kaum. Sie würden ihm auflauern. Wohin auch immer er sich zurückzog, was auch immer er tat, sie würden sich in seine Gedanken einschleichen – und Bescheid wissen. Die einzige Option, die er jetzt noch hatte, war der Abgrund. Er musste dem Pfeil folgen, den er auf dem Übersichtsplan gesehen hatte. Irgendetwas würde er dort finden, ganz sicher. Vielleicht ja eine Erklärung für das, was hier los war. Vielleicht sogar ein Mittel, den Albtraum zu stoppen.

Anhand der Position des Außenpostens überprüfte er noch einmal die Richtung und machte sich auf den Weg.

Die Kälte wurde immer beißender. Sie brannte richtig in der Lunge. Seine Fingerspitzen waren bereits taub. Er zog die Kapuze enger und rieb seine Hände aneinander, während er mühsam einen Fuß vor den anderen setzte. An seinen Stiefeln schienen Bleigewichte zu hängen, er kam nur langsam und schwerfällig voran. Aber als er nach einer Weile zurückblickte, war die Station schon deutlich kleiner geworden – ein Krümel, den er zwischen Daumen und Zeigefinger hätte zerquetschen können. Jetzt gab es keinen Weg mehr zurück. Er wäre erfroren, bevor er die Station erreicht hätte. Doch leider war auch vor ihm kein Zufluchtsort in Sicht. Nur Eis und Schnee und Wind. Langsam machte sich die furchtbare Erkenntnis in ihm breit, dass er die falsche Entscheidung getroffen hatte. Die Eiswüste war genauso endlos wie das All. Was er vorhatte, war ungefähr genauso aussichtslos, wie den Südpol nach einer bestimmten Schneeflocke abzusuchen.

Seine Gedanken wurden wirr. Seine Sinne begannen ihn zu täuschen. Er merkte, wie sein Körper langsam herunterfuhr, aber er war noch wach genug, um mitzubekommen, was passierte. Er war dabei zu unterkühlen. Der Tod würde langsam kommen. Grinsend würde er die Arme um ihn legen und ihn immer fester an sich drücken.

Hereinspaziert, Zak, raunte er. *Hier drinnen ist's schön warm. Und absolut sicher.*

»Hau ab!«, murmelte Zak.

Der Außenposten war jetzt nicht mehr zu sehen. Zak runzelte die Stirn und drehte sich im Kreis, scannte den Horizont, aber außer grauem Schnee und dem schwarzen Himmel war da nichts. Das Südlicht war verschwunden. Station Zero war verschwunden. Zak hatte keine Ahnung, in welche Richtung er gehen musste.

Panik legte sich wie ein enger Gurt um seinen Brustkorb. Er würde hier draußen sterben. Erfrieren. Genau wie Robert Scott damals.

»Nicht aufgeben, Zak. Du bist fast da.«

Verwirrt fuhr Zak herum und starrte die Gestalt an, die ein paar Meter entfernt stand. Es war der Typ in den altmodischen Outdoorklamotten, mit der Sturmhaube aus Wolle und der riesigen Kapuze über der Schneebrille – wie auf alten Fotos.

»Wer sind Sie?« Zak war zu müde, um noch Angst zu haben. »Und was wollen Sie?«

Statt einer Antwort hob der Typ den rechten Arm und winkte.

»Wollen Sie, dass ich Ihnen folge?«

Wortlos drehte sich die Gestalt um und setzte sich in Bewegung – und Zak stapfte hinterher, zitternd und mit schleppenden Schritten. Er hatte keine Ahnung, wohin er geführt wurde, und war sich auch nicht sicher, ob es ihn überhaupt noch interessierte. Er wusste nur, dass er nicht sterben und nicht alleine sein wollte. Nur leider spielte sein Körper nicht mehr richtig mit. Inzwischen spürte er weder sein Gesicht noch seine Finger und seine Beine konnte er kaum noch bewegen. Es fiel ihm schwer, sich auf irgendetwas zu konzentrieren. Unerbittlich, Zentimeter für Zentimeter, eroberte die Kälte seinen Körper. Zak ertappte sich bei dem Gedanken, dass der Tod vielleicht doch keine so schlechte Lösung wäre. Zumindest würde er ihn von seiner Angst und seinen Schmerzen befreien.

Eigentlich eine ganz verlockende Vorstellung.

Trotzdem blieb er nicht stehen. Er stapfte und stapfte, immer der Gestalt hinterher, die auf die einzige Anhöhe in der pfannkuchenflachen Landschaft zusteuerte. Nach einer Weile erkannte er, dass die Anhöhe eine Art Wall war, und zwar mindestens hundert Meter hoch und so lang, dass sich beide Enden am Horizont verloren. Ein makellos weißer, glatter Wall. Völlig unmöglich, ohne Seil, Spikes und Eispickel dort hinüberzukommen.

Er war in eine Sackgasse gelaufen.

»Warum?« Schlotternd vor Kälte blickte Zak zu dem Typen, der ihn hierhergeführt hatte. Aber statt des altertümlichen Polarforschers mit dem gruselig verhüllten Gesicht sah er seine Schwester vor sich.

May.

Jetzt bin ich endgültig abgedreht ...

May war anders gekleidet als zuletzt. Sie trug ihre Lieblingsklamotten: eine knallenge, an den Knien zerrissene schwarze Jeans, ihr schwarzes *The-Walking-Dead*-Shirt und eine schwarze Bikerjacke mit massenhaft Pins am Kragen. Einer stach Zak besonders ins Auge: ein quietschgelber Smiley mit rotem Blutfleck an der Seite. Mays Füße steckten in Doc Martens und auf ihren wüsten Haarsträhnen saß eine schwarze Mütze mit einer weißen aufgestickten Hand, die eine rote herzförmige Handgranate hielt.

Mit verschränkten Armen starrte sie ihren Bruder an – völlig entgeistert, so als könnte sie nicht begreifen, warum er so fror. »Komm schon, du Loser, worauf wartest du noch?«

Zak hatte keine Ahnung, ob die Stimme, die er hörte, und das Bild, das er sah, echt waren. Aber er hatte in den vergangenen Stunden so viele verrückte Dinge erlebt, dass es ihn nicht gewundert hätte.

»Worauf wartest du noch?«, wiederholte (*oder dachte?*) May

und im selben Moment glitt ein breites Tor in dem weißen Wall zur Seite. Als der Spalt groß genug war, hob sie eine Hand und deutete auf die dahinter liegende Finsternis. »Rein mit dir, du Freak. Du bist der Einzige, dem wir das hier zeigen und erzählen können. Der Einzige, der es wissen darf.«

Zak zögerte. Was, wenn das eine Falle war? Auf der anderen Seite: Was hatte er schon zu verlieren? Wohin sollte er sonst gehen?

Also stolperte er May hinterher ins Unbekannte.

Kurz darauf stand er in einem rechteckig ins Eis gehauenen Raum. LED-Spots, akkurat in die Ecken eingepasst, verströmten ein weißes Licht. Neben der Tür parkte ein Arctic-Cat-Schneemobil. Auf der anderen Seite des Raumes führte ein gewundener Gang tiefer ins Eis. Nirgends gab es eine Wärmequelle.

Schlotternd vor Kälte folgte Zak seiner Schwester in den Eisgang. Ein rauer Luftzug heulte durch den Korridor – wie in einem Spukschloss.

Immer tiefer führte der Weg ins Eis, bis Zak schließlich in einer riesigen Höhle mit glatten Wänden und hoher Decke stand. Die Höhle war mindestens dreimal so groß wie die Aula seiner Schule. Allerdings war sie nicht vollgestellt mit Stapelstühlen und sie roch auch nicht nach Kantinenessen. Nein, sie war vollgestopft mit grauenhaften Krabbelviechern und stank nach Schlachthof.

Es wimmelte nur so von Insekten. Genau den Insekten, die Mum, Dad und May verwandelt hatten. Sie waren einfach überall. Sie krabbelten über die Wände und bildeten eine Art Teppich auf dem Boden, sie knackten und raschelten und flatterten, sie krabbelten über- und untereinander und schwirrten durch die Luft. Auf dem Boden, inmitten des Gewusels, ratterten irgendwelche Roboter, zusammengeschustert aus Teilen des ausgeweideten Flugzeugs und des Rovers und aus grauem, glitzerndem, sehnenartigem Material. Aber all diese Roboter waren winzig im Vergleich zu dem gigantischen Monstrum, das über ihnen aufragte.

Zak vermutete, dass es sich um eine von Mums und Dads Spinnen-Drohnen handelte, obwohl sie kaum wiederzuerkennen war. Die glänzende Metalllegierung war ersetzt worden durch eine Art Panzerung, ähnlich der, die die Insekten umhüllte. Graue, durchscheinende Sehnen waren an den Gelenken verzwirbelt und liefen kreuz und quer über die Unterseite des Körpers: ein vollkommen irrsinniger Mix aus mechanischen und biologischen Elementen. Metallzangen standen vom Gesicht ab, umwuchert von derben Haaren. Es war eine unfassbar eklige Kreuzung aus Spinne und Käfer. Insekten krabbelten auf dem Ding herum, verschwanden unter der Panzerung, krochen über die fleischigen Teile und warfen ihre eigenen Panzer ab: Sie verschmolzen mit dem Biest. Sie lieferten ihm Lebensenergie. Und verströmten bei dieser Aktion einen Geruch nach feuchter Erde und rohem Fleisch.

Auf der anderen Seite der Höhle, gegenüber dem Korridor, stand May neben einer zerklüfteten Kante, die ins Nichts überging. Eine gähnende Kluft lief quer durch die Höhle – ein weit aufgerissenes Maul mit scharfen Zähnen. So gewaltig, dass man die andere Seite nicht sehen konnte.

Der Abgrund.

Zak durchquerte die Höhle, stellte sich neben seine Schwester und spähte in die Tiefe. Ins Erdinnere. Wenn er jetzt stolperte, würde er ewig fallen. Doch je länger er in die bodenlose Schwärze starrte, desto mehr begann er zu sehen.

Irgendetwas bewegte sich dort unten. Fluoreszierende Lichter, die wie Glühwürmchen in der Finsternis umherhuschten.

»Komm, wir zeigen es dir«, sagte May, aber Zak wusste, dass nicht sie es war, die er da vor sich hatte. Und tatsächlich, sie verblasste bereits, wie eine alte Erinnerung. Sie war ein Trugbild, wie auch immer sie in seinen Kopf gekommen war. Aber egal, sie versuchte ihm etwas mitzuteilen. Was immer sich dort unten befand, *es* wollte Zak etwas begreiflich machen.

Erneut blickte er in den Abgrund. Die Lichtpunkte trieben wie winzige Laternen nach oben, ihm entgegen, und je näher der Schwarm kam, desto lauter wurde sein Summen. Als die Viecher seinen Körper umhüllten, wurde Zak warm und die vertraute Dunkelheit früherer Visionen legte sich über ihn. Komischerweise hatte er diesmal keine Angst und er kämpfte auch nicht dagegen an. Er erlaubte seinen Gedanken mitzuziehen.

Er überließ sich der Vision.

STATION ZERO, ANTARKTIS
JETZT

Die Vision umhüllte Zak mit einer so kompletten, so kompakten Finsternis, dass er sich vorkam wie unter feinem, schwarzem Pulverstaub begraben. Nur dass er schwebte. Aber vielleicht war es auch einfach nur so, dass sein Geist seinen Körper verlassen hatte.

Es war jedenfalls das verrückteste, irrste Gefühl, das er je verspürt hatte.

Ob er vielleicht gerade starb?

Nein, das ist nicht der Tod. Das ist etwas anderes. Es ist auf jeden Fall nicht real. Es spielt sich in meinem Kopf ab. Es ist die Vision – das, was sie mir zu zeigen versuchen.

Während er am Rand des Abgrunds stand, über und über mit krabbelnden Insekten bedeckt, verbanden sich Zaks Gedanken mit ihren und er sah alles, was sie ihm zeigen wollten. Ihre Botschaft überrollte ihn als Bilderflut, raste durch seine Gedanken.

Er sah die Lichter in der eisigen Dunkelheit unter sich tanzen, Tausende von hin und her huschenden Insekten. Er sah sie als Fluss durch das Eis strömen, die kleinen Beine ineinander verhakt, so dicht gedrängt, dass kaum Platz war, um die Flügel auszubreiten. Und der Geist eines jeden winzigen Insekts war mit dem Geist aller anderen verbunden. Als wären sie ein einziges Wesen.

Ich hatte recht: Schwarmintelligenz!

Und in gewisser Weise war er jetzt ebenfalls Teil dieses kollektiven Geistes. Sie hatten Zugriff auf seine Gedanken. Viel unmittelbarer als bei allen anderen Bewohnern der Station.

Das liegt daran, dass ich anders bin. Dass mein Kopf anders tickt.

Seine Krankheit schwächte ihn. Sie machte ihn verletzlich und angreifbar.

Die Insekten zeigten ihm den brodelnden, schwarzen Strom, der unter dem Eis entlangfloss und sich in ein glänzendes, schwarzes Meer mit fluoreszierenden Leuchtpunkten ergoss. Ein Meer voller Insekten. Unmöglich, ihre Zahl zu schätzen. Es waren Tausende, Millionen, Milliarden. Und alle waren sie gedanklich miteinander verbunden. Alle versuchten sie sich aus der Eisschicht unterhalb der Polarstation zu befreien.

BioMesa hatte sie entdeckt und jetzt mussten sie sich einen neuen Ort suchen, an dem sie überwintern konnten. Sie mussten fliehen, um ihr Überleben zu sichern.

In seiner Vision sah Zak, wie ihr Licht große Hitze erzeugte und das Eis schmolz, das sie gefangen hielt. Die Insekten waren kurz davor, sich zu befreien – und über ihnen stand der Außenposten auf einer Eisfläche, die dünner und dünner wurde.

Ihr Ausbruch würde die Station zerstören. Das war es, was sie ihm mitteilen wollten. Sie wollten ihn warnen.

Aber wer oder was seid ihr?

Zak war verwirrt. Er wollte verstehen.

Also zeigten die Insekten es ihm.

Grellweißes Licht und eine Hitzekugel zerstoben in seinem Kopf, es war ein Energieschub aus Millionen winziger Explosionen, die eine quirlende Gaswolke erzeugten. Als diese sich verflüchtigte, sah Zak die kalte Finsternis des Alls. Planeten bildeten sich und verschwanden wieder, Sterne leuchteten in unvorstellbarer Ferne.

Das hier ist der Beginn von allem, dachte er. *Die Geburt des Universums. Warum zeigt ihr mir das?*

Neue Bilder blitzten durch seinen Kopf, wie ein Film, der im Zeitraffer hinter seinen Augenlidern ablief. Zak fühlte sich, als würde er zwischen den Planeten, Sternen und Gesteinsbrocken hindurchsausen, immer schneller, bis es ihm nicht mehr möglich war, seinen Blick zu fokussieren, und sich alles in einen Nebel aus Dunkelheit, Licht, Zeit und Energie verwandelte ...

Und dann hörte es plötzlich auf.

Für eine Sekunde war sein Kopf völlig leer – und dann hatte er nur noch einen einzigen im All schwebenden Planeten vor Augen. Die Erde.

Auf dessen Oberfläche tobte und schäumte ein blaues Meer. Darüber kreisten zwei Lichtspiralen umeinander, eine Doppelhelix aus immer höher aufsteigenden leuchtenden Insekten. Am oberen Ende der Spirale angekommen, warfen sie ihre Panzer ab und ließen sich in den Ozean fallen, wurden Teil einer Ursuppe aus Zellen, die sich unentwegt teilten und vermehrten und in Bausteine des Lebens verwandelten.

Jede Kreatur auf Erden stammte von diesen Insekten ab. Das Dokument mit den genetischen Informationen, das Dad im Laborcomputer entdeckt hatte, erklärte alles: Die Insekten waren der Ursprung allen irdischen Lebens und in seiner Vision sah Zak, wie ihre Zellen sich zu Säugetieren, Reptilien, Vögeln, Fischen, Insekten ... zu allem entwickelten.

Als er schließlich die Augen öffnete, hatte er wieder die Eishöhle vor sich. Die Insekten waren in die Tiefe des Abgrunds zurückgekehrt, aber in seinen Gedanken waren sie noch anwesend. Er spürte, wie ihre fleischigen Körper sein Gesicht berührten und ihre lebensspendenden Zellen sich in seine Haut bohrten. Ein warmer Strom floss durch seine Adern bis hinauf in seinen Kopf. Er merkte, wie sich der Druck in seinem Gehirn löste, und als er sich umblickte, sah er die Welt mit neuen Augen: Die Insekten hatten ein größeres Recht hier zu sein als er, das war ihm plötzlich klar.

»Ich glaube, ich verstehe jetzt«, sagte Zak. »Ich denke, ich weiß jetzt, was ihr seid.«

IM ANFLUG AUF STATION ZERO, ANTARKTIS

JETZT

»Noch ungefähr dreißig Minuten«, gab Captain Jackson durch.

Lazarovich beugte sich vor und spähte nach vorne zum Cockpit.

»Der Sturm ist vorbei, das Wetter sieht gut aus«, fuhr der Pilot fort. »Vielleicht erreichen wir die Polarstation sogar früher als geplant. Wir fliegen sie aus südlicher Richtung an.«

»Verstanden.« Lazarovich lehnte sich wieder zurück und ließ den Blick über ihre Agententruppe schweifen, die sich auf den Sitzen rechts und links verteilt hatte.

Sie konnte die Gesichter hinter den Kampfhelmen nicht erkennen, aber ihr eigenes Visier verriet ihr, wen sie gerade anschaute: Es projizierte die jeweiligen Namen in ihr Sichtfeld. Allerdings wäre das überhaupt nicht nötig gewesen, denn Lazarovich hätte ihre Leute auch blind erkannt. Sie kannte ihre Stärken und Schwächen, ihren Körperbau und ihre Eigenarten. Sie hatte mit ihnen trainiert, gearbeitet und gelebt. Hätten ihre Leute in Overalls und mit Säcken über dem Kopf in einem stockdunklen Raum gestanden, Lazarovich hätte jeden Einzelnen namentlich herauspicken können.

Was sie dagegen nicht konnte: abschätzen, welche Gefahren sie nach der Landung am Außenposten Zero erwarteten. Wie immer hatte Phönix ihr so wenig Informationen wie möglich gegeben. Die Anweisungen lauteten lediglich: Basis unter Kontrolle bringen. Sicherstellen, was sich unter dem Eis verbirgt. Zeugen eliminieren. Weitere Anweisungen abwarten.

Das klang relativ simpel, denn wenn Lazarovich und ihr Team eines beherrschten, dann war es die Einnahme feindlicher Orte und das Ausschalten unerwünschter Zeugen. Doch ein Detail machte ihr Sorgen: das Sicherstellen dessen, was sich unter dem Eis verbarg. Irgendetwas an dieser Anweisung fühlte sich ... ungut an.

Ein Alarmsymbol erschien in der rechten oberen Ecke ihres Visiers. Das Wort »PHÖNIX« stand daneben.

»Nachricht öffnen«, sagte Lazarovich und sofort ploppte ein Bild hoch und schwebte auf der gegenüberliegenden Kabinenseite in der Luft. Ein Update der bereits bekannten Satellitenaufnahme.

Lazarovich sah sofort, dass sich die Wärmesignatur unter dem Eis vergrößert hatte. Der rote Strom erstreckte sich jetzt von dem Abgrund im Osten bis in die Mitte der natürlichen Senke, in die Station Zero hineingebaut war. Tatsächlich sah es so aus, als würde die Polarbasis auf einem riesigen Lavasee schwimmen. Was auch immer sich da unter dem Eis bewegte – es war gigantisch. Wie zum Teufel sollte man etwas so Gewaltiges »sicherstellen«, wenn man nicht einmal wusste, worum es sich handelte?

Das Rollfeld war ein hellblauer Strich am Rand des roten Sees. Es war kalt und hart, ideal zum Landen. Aber das Lagerhaus war bereits orange eingefärbt – das würden sie als Erstes überprüfen müssen. Vielleicht der Ort, wo sich die Projektteilnehmer aufhielten, überlegte Lazarovich.

»Datei schließen«, befahl sie und das Bild verschwand. »Mikros und Headsets einschalten.« Sie wartete auf das Klicken, das ihr signalisierte, dass jeder sie verstehen konnten. »Okay, bitte alle zuhören. Wir haben noch dreißig Minuten. Höchste Zeit, wach zu werden und die Gedanken an das gemütliche Bett und die Familie zu Hause auszublenden. Ich brauche eure volle Konzentration.« Sie machte eine Pause. »Ich will, dass ihr nach der Landung ausschwärmt. Wir werden den Landebereich sichern. Team zwei, ihr übernehmt das Gemeinschaftsmodul. Teilt euch auf und nähert euch dem Objekt aus zwei Richtungen. Ihr kennt den Grundriss. Ich will, dass ihr den Ost- und den Westtunnel checkt. Eliminiert alles, was euch über den Weg läuft. Team eins, ihr bleibt mit mir auf dem Eis. Wir behalten die Landezone im Auge und schwärmen rüber zum Lagerhaus. Dort werden wir wahrscheinlich sehen, wozu wir den weiten Weg gemacht haben. Ich will, dass ihr umsichtig und absolut präzise vorgeht. Haltet die Augen offen, seid wachsam. Keine Verluste auf unserer Seite. Ich habe ein ungutes Gefühl.«

»Das sagen Sie immer, Commander.«

»Ich weiß.« Lazarovich blickte den Agenten an, der ihr direkt gegenübersaß. »Aber diesmal meine ich es ernst.«

JANUARY-ISLAND, SÜDCHINESISCHES MEER

JETZT

Die Lampen im »Krisenraum« des Brokers waren gedimmt und die Temperatur entsprach exakt seiner Idealvorstellung. Neben ihm auf dem Tisch stand eine Teetasse mit dem Aufdruck »Weltbester Papa«. Er hob sie hoch, ohne den Blick von den hochauflösenden Monitoren vor ihm an der Wand zu nehmen.

Der linke Bildschirm zeigte ein Satellitenbild von Station Zero, das regelmäßig upgedated wurde. Auf dem rechten Monitor waren Verkleinerungen der letzten zehn Aufnahmen nebeneinandergestellt, sodass der Broker die Entwicklung dessen, was sich unter dem Eis befand, verfolgen konnte. Was auch immer es war, es wuchs in atemberaubendem Tempo.

Die mittleren Bildschirme zeigten Aufnahmen, die aktuell von Lazarovichs Team gemacht wurden. Jeder Agent hatte eine Kamera auf den Kampfhelm montiert, sodass der Broker tatsächlich bei jedem Schritt, der vor Ort zurückgelegt wurde, dabei war. Auch wenn er nicht mit den Einsatzkräften kommunizierte, sich niemals einschaltete, er schaute zu. Er sah alles, was sie sahen.

Ihre Augen waren seine Augen.

Der Broker lehnte sich zurück und räusperte sich. Er führte die Tasse an die Lippen, hielt jedoch in der Bewegung inne und blickte auf seine Hand. Sie zitterte leicht, der Tee schwappte hin und her. Er lächelte und genoss die kribbelige Nervosität, die ihn erfasst hatte. Leben und Tod, Seite an Seite vor ihm auf den Monitoren – gab es etwas Aufregenderes?

STATION ZERO, ANTARKTIS

JETZT

Staunend entfernte sich Zak von dem Abgrund. Er floh nicht, er brach freiwillig auf. Sein Körper stand nicht unter der Kontrolle der Insekten, er war nach wie vor Herr über seinen Verstand. Er brach auf, weil er wusste, dass er nichts mehr von dem Schwarm unter dem Eis zu befürchten hatte. Auch Mum, Dad und May nicht. Ebenso wenig wie die Exodus-Leute – solange sie im Lagerhaus blieben. Er wusste jetzt, was die Insekten wollten.

Er durchquerte die Eishöhle und ging den gewundenen Gang hinauf bis zu dem großen Tor. Noch bevor er es erreichte, glitt es zur Seite und Zak betrachtete die stille Eiswüste, die sich vor ihm ausdehnte. In der Ferne sah er Station Zero und darüber die tanzenden grünen und violetten Girlanden des Polarlichts. Sein Blick fiel auf das Arctic-Cat-Mobil neben ihm.

Er war schon mal mit einem ähnlichen Teil gefahren, also drehte er kurzerhand den Zündschlüssel. Der Motor sprang tatsächlich an. Zak gab Gas und fuhr auf die Eisfläche, wo er zügig beschleunigte. Nach ein paar Minuten hatte er die Polarstation erreicht.

Höchste Zeit, sich zu den anderen zu gesellen und vor dem großen Ausbruch des Schwarms in Sicherheit zu bringen.

Es war warm im Lagerhaus und so hell, dass Zak die Gestalten, die sich ans andere Ende des weitläufigen Raumes zurückgezogen hatten, gleich sah. Er erkannte Dima und ein paar andere Rotjacken, die er draußen auf dem Eis gesehen hatte. Mum, Dad und May standen ganz vorne. Sie hatten die Augen geschlossen, als würden sie friedlich schlafen.

»Es ist bald vorbei«, sagte Zak, als er sich ihnen näherte. »Im Ernst, ich glaube nicht, dass es noch lange dauert.«

Keine Reaktion. Die Augen blieben geschlossen.

»Das hättet ihr sehen sollen.« Zak hatte sich vorgebeugt und flüsterte in Mays Ohr. »Total irre. Natürlich auch eklig, klar, aber vor allem faszinierend.«

Irgendetwas bewegte sich hinter ihm. Er fuhr herum und scannte den Raum.

Überall standen irgendwelche Ausrüstungsgegenstände, Kartons und Kisten herum. Einige von ihnen waren geöffnet, der Inhalt lag rechts und links neben ihnen verstreut, als hätte jemand die Kisten durchwühlt. Halb verborgen hinter einem Kistenstapel verbarg sich aber noch etwas anderes. Zak runzelte die Stirn und beugte sich vor, um besser sehen zu können. Zuerst dachte er, es wäre der altmodische Polarforscher, aber warum sollten die Insekten ihm den noch einmal präsentierten?

»Bleib, wo du bist«, ertönte eine Stimme. »Bleib da stehen.«

Zak erkannte die Stimme an ihrem australischen Akzent.

War das etwa das Mädchen?

»Sofia?« Zak spähte in den Schatten. »Bist du das? Lebst du?«

Schweigen. Und nach einer Weile: »Du kennst mich?«

»O mein Gott, ich glaub's nicht! Du lebst!«, rief Zak. »Wahnsinn, das gibt's doch nicht! Wir haben das Video gesehen, das du aufs ViBac hochgeladen hast.«

»Wieso bist du nicht verwandelt?«

»Ich ...« *Weil ich anders bin. Weil mein Gehirn spinnt.*

»Komm hier rüber«, zischte Sofia, ohne seine Antwort abzuwarten. »Weck sie bloß nicht auf!«

»Alles gut, im Ernst. Ihnen geht's ...«

Sofia schoss hinter dem Kartonstapel hervor wie eine Muräne aus einer Felsspalte. Sie packte Zak am Kragen und zog ihn blitzschnell in ihr Versteck.

»Wehe, du weckst sie auf, ich warne dich. Als Peters und ich sie geweckt haben, dachte ich, sie würden nie mehr Ruhe geben, aber irgendwie habe ich's dann doch geschafft, mich ein paarmal hier raus- und reinzuschleichen, ohne dass sie es gemerkt haben oder dass es sie gestört hat. Also untersteh dich, sie zu erschrecken.«

Zak hätte es unklug gefunden, zu widersprechen. Er sah die Angst in Sofias Augen. Sie schien fast verrückt zu sein vor Angst.

»Wie hast du es geschafft, ihnen zu entkommen?«, fragte sie. »Ich hab gesehen, wie ihr gelandet, aus dem Flugzeug gestiegen und in der Station verschwunden seid. Ich hab versucht Kontakt aufzunehmen, aber ich kam einfach nicht an den Spinnen vorbei. Jetzt, ein paar Stunden später, steht deine Familie mit dem Piloten dort in der Ecke, aber du nicht.«

»Ihnen passiert nichts, keine Angst. Es wird alles gut.«

»Moment!« Wieder packte Sofia Zak am Kragen und drehte ihn panisch um. »Hast du etwa auch so ein Viech am Nacken?«

»Nein.« Zak befreite sich aus ihrem Griff.

»Oder in der Nase?« Sie beugte sich vor und betrachtete seine Nasenlöcher. »Warum seid ihr überhaupt hier?«

Zak schob sie weg. »Hallo? Hörst du mir mal kurz zu?«

»Nein, *du* hörst mir zu. Ich habe dich übers Eis davonlaufen sehen. Ich weiß, dass du in der Höhle warst, wo BioMesa ...« Sie blickte auf ihre Uhr. »Das war vor einer Stunde ...«

»Warte, du hast mich gesehen?« Zak musste an das Brummen denken, dass er draußen auf dem Eis gehört hatte. »Du warst mit einem Schneemobil unterwegs, stimmt's? Und hast mich da draußen mir selbst überlassen? Hast mir nicht geholfen?«

»Jetzt schweif nicht vom Thema ab. Aber abgesehen davon: Natürlich hab ich versucht, dir zu helfen. Ich hab gesehen, wie die anderen überwältigt wurden und wie dir die Flucht gelang. Als die Spinne weg war, bin ich dir hinterhergefahren. Ich hab dich gesucht, aber als ich dich endlich entdeckt habe, bist du gerade in dieser BioMesa-Höhle verschwunden. Und da haben mich nun wirklich keine zehn Pferde mehr reingebracht. Nicht nach dem, was ich letztes Mal dort gesehen habe. Ich war mir hundertprozentig sicher, dass du da nicht mehr lebend rauskommst.«

Sofia zog Zak mit zum Fenster. Jenseits der Landebahn lief eine der Spinnen in Richtung des gigantischen Abgrunds.

»Die anderen zwei sind immer noch dort drinnen. Besser gesagt: dort *unten*«, sagte Sofia. »Und jetzt macht sich die dritte auf den Weg. Seit das Ganze hier angefangen hat, beobachte ich, wie sie hin und her rennen. Keine Ahnung, warum sie immer wieder hierherkommen. Um sich aufzuladen? Um neue Bauteile zu holen? Irgendwas in der Art, schätze ich. Aber vor einer Weile waren alle drei Spinnen hier. Sie haben euer Flugzeug auseinandergerissen. In der Zeit bin ich schnell rübergefahren und habe die ganzen Insekten gesehen ... dieses unglaubliche Gewimmel. Ich weiß nicht, was das für Viecher sind, aber sie verheißen garantiert nichts Gutes. Unter dem Eis scheinen Millionen weitere zu lauern. Vielleicht sogar noch ganz andere Dinge. Irgendetwas Riesiges, Fieses, das herauskommen will. Könnte sein, dass die Spinnen ihm dabei helfen.«

»Es ist nichts Fieses«, sagte Zak. »Die Insekten versuchen nur ...«

»Deshalb hab ich HEX13-Sprengsätze gelegt und alles verkabelt«, unterbrach ihn Sofia. »Es sind zwar nur kleine Sprengstoffmengen, aber das Zeug ist so stark, dass es die Höhle trotzdem in die Luft jagen wird. Die Decke wird einstürzen und alles unter sich begraben. Ich habe extra gewartet, bis die Viecher alle wieder im Abgrund waren. Damit es sie alle auf einmal erwischt und der Horror endlich aufhört. Als ich dich allerdings reingehen sah, hab ich die Sache erst mal gestoppt. Aber jetzt, wo du hier bist und ganz normal aussiehst ...« Sofia hob die linke Hand und zeigte Zak ein smartphone-ähnliches Gerät. Ein kleiner weißer Leuchtpunkt bewegte sich z-förmig über das Display. Darüber stand in großen Buchstaben das Wort »CONFIRM«. Sofia legte ihre Finger auf das Gerät. »Ich muss nur einmal drüberwischen und dann ... Boom!«

»Nein, das kannst du nicht ma...!« Entsetzt griff Zak nach ihrer Hand.

»Ich kann nicht? Und wieso nicht? Die beiden dort drüben, das sind doch deine Eltern, oder?« Sie deutete auf Zaks Vater und Mutter.

»Ja, aber ...«

»Dann wird es höchste Zeit, den Albtraum hier zu beenden.«

»Die Insekten stellen keine Gefahr dar«, sagte Zak schnell. »Sie sind eher so etwas wie ... eine Arche.«

»Bitte?«

»Eine Arche.« Jetzt, wo er es ausgesprochen hatte, fand er das Wort absolut treffend. Es war genau der richtige Begriff für das, was sich dort unter dem Eis befand. »Eine Arche wie in der Bibel, du weißt schon, nur dass es sich nicht um ein Boot voller Tiere handelt, sondern um einen Schwarm. Einen Insektenschwarm voller DNA und Genome und ...« Zak versuchte sich an die Informationen zu erinnern, die er auf dem Tablet im Labor gelesen hatte. »... und Stammzellen und was weiß ich noch alles. So Zeug halt. Alles, was nötig ist, um irdisches Leben zu ermöglichen.«

»Willst du mir gerade weismachen, dass es sich um Aliens oder so was handelt?«

»Nein, absolut nicht. Sie gehören auf die Erde, hundertprozentig. Sie haben schon immer hier gelebt. Sie sind wie wir. Wie alles hier. Sie sind der Ursprung allen Lebens.«

»Was redest du da?« Sofia wich ein paar Schritte zurück und hielt den Zünder außer Reichweite. Ihr Blick folgte der Spinne draußen, bis sie nicht mehr zu sehen war. In ein paar Minuten würde sie in der Höhle verschwinden. Dann hätte Sofia alle drei Exemplare in der Falle.

»Ich hab's mit eigenen Augen gesehen«, erklärte Zak. »Sie haben es mir gezeigt. Als sie ihre Panzer abgeworfen haben, sind sie zu einem grauen Brei aus Zellen, DNA und anderen lebenspendenden Zutaten verschmolzen. Sie wollen nur an einen ruhigeren Ort umziehen. Deshalb haben sie die Leute auch hierher in Sicherheit gebracht. Sie wollen einfach nur überleben. Und sie wollen, das *wir* überleben. Sie haben nichts Böses im Sinn.«

Sofia sah Zak an, als hätte der nicht alle Tassen im Schrank.

»Alles, was sie brauchen, ist ein bisschen mehr Zeit. Dann werden sie weiterziehen. An einen Ort, wo sie sicher sind. Man hätte sie niemals entdecken dürfen. Sie sind noch nicht bereit.«

»Bereit wofür?«

»Um wieder Leben zu erzeugen.«

»Was faselst du da?«

»Verdammt.« Zak stieß einen frustrierten Laut aus. Wie zum Teufel sollte er ihr den Ursprung allen Lebens, den Beginn der Welt erklären? Wie sollte er sie davon überzeugen, dass der Schwarm alles enthielt, was für die Entstehung neuen

Lebens notwendig war? Dass er die Keimzelle allen irdischen Lebens darstellte? Dass der Planet ohne die Insekten trocken und tot wäre? Dass sie der Erde neues Leben einhauchen würden, nachdem die Menschen die Natur unwiederbringlich zerstört hätten und selbst ausgestorben wären. Wie sollte er ihr das alles erklären, wenn sie nicht zuhörte? Verdammt, wenn er ihr doch bloß zeigen könnte, was er gesehen hatte.

Zak schloss die Augen, konzentrierte sich auf die Bilder, die ihm der Schwarm eingegeben hatte, und versuchte sie Sofia zu übermitteln. Und tatsächlich hatte er nach einer Weile das Gefühl, als würden der Druck und die Anspannung in seinem Kopf etwas nachlassen.

»Nee, sorry, Junge.« Kopfschüttelnd bewegte Sofia ihren Daumen wieder in Richtung Zünderdisplay. »Ich muss das jetzt machen. Es ist die einzige Chance, um ...«

»Stopp!« Zak riss die Augen auf und berührte ihre Hand.

Sofia hielt in ihrer Bewegung inne.

»Bitte! Tu's nicht!«

Sofia schaffte es nicht, Zaks Blick auszuweichen. Langsam hob sie ihren Daumen vom Display.

»Gib es mir«, bat Zak und streckte seine Hand aus, um Sofia den Zünder abzunehmen.

In der Ferne war ein Donnern zu hören. Zak wandte sich zum Fenster.

Sofia musste ein paarmal heftig blinzeln. Sie wirkte, als wäre sie aus tiefem Schlaf erwacht und müsste sich erst orientieren. »Was ... was ist ...?« Sie sprach nicht weiter und lauschte, genauso irritiert wie Zak, denn das Geräusch wurde immer lauter. Plötzlich leuchteten ihre Augen und sie presste grinsend ihr Gesicht an die Scheibe. »Rettung! Da kommt jemand. Und zwar ziemlich schnell.«

Es hörte sich an, als würde sich ein Güterzug nähern – ein rhythmisches Pulsieren, das unaufhörlich anschwoll. Der Boden und die Wände des Lagerhauses vibrierten, die Regale wackelten. Kanister kippten um und fielen herunter. Werkzeuge klapperten in den Handwerkskisten.

»Haben die ein ganzes Geschwader geschickt, oder was?«, rief Sofia. »Das klingt nach mindestens hundert Hubschraubern.«

Der Lärm war jetzt direkt über ihren Köpfen und absolut ohrenbetäubend. Zak drückte sein Gesicht ebenfalls an die Scheibe und spähte nach oben – genau in dem Moment, als die Nase eines riesigen Flugzeuges in Sicht kam, gefolgt von einem gewaltigen Flügel mit zwei hubschrauberähnlichen Rotoren.

»Das ist eine Osprey oder so was Ähnliches«, stellte Sofia fest. »Aber so eine große hab ich noch nie gesehen. Komisch, ich kann mir nicht vorstellen, dass die Exodus-Betreiber so eine Maschine besitzen. Vielleicht hat BioMesa sie geschickt?«

Das Flugzeug schien direkt über ihnen zu schweben, aber sie konnten nur die eine Hälfte sehen. In dem Moment donnerte eine zweite Maschine vorbei und ging über der Landebahn in Schwebeposition.

»Na egal, wir werden gerettet, das ist die Hauptsache«, sagte Sofia.

STATION ZERO, ANTARKTIS
JETZT

Dröhnend kreisten die beiden Flugzeuge über der Station. Grelle Scheinwerfer tasteten das Gelände ab. Dann flogen sie zu den entgegengesetzten Enden des Rollfeldes und kamen herunter. Als sie sich dem Boden näherten, wirbelten sie solche Schneemengen auf, dass Zak nicht erkennen konnte, ob sie schon gelandet waren oder nicht. Das wusste er erst, als die Rotorgeräusche verstummten.

Sofia stützte einen Arm auf Zaks Schulter, um besser sehen zu können.

»Wow, dann habt ihr's also tatsächlich geschafft, eine Nachricht rauszuschicken!«, sagte sie, ohne ihren Blick vom Geschehen draußen abzuwenden.

»Nein, haben wir nicht.« Zak schüttelte ihren Arm ab und stellte sich auf Zehenspitzen, um selber sehen zu können. »Das hat nicht geklappt.«

»Bist du sicher?«

»Absolut.«

»Komisch, bei mir hat's nämlich auch nicht funktioniert.« Nachdenklich kaute sie auf ihrer Lippe.

Draußen hatte sich der aufgewirbelte Schnee wieder gelegt. Die Flugzeuge waren jetzt sichtbar.

Sie standen an den beiden Enden der Landebahn, mit dem Heck zum Außenposten. Wie auf ein unsichtbares Zeichen klappten die hinteren Luken exakt gleichzeitig herunter und jeweils sechs Leute kletterten heraus.

»Was sind denn das für Typen? Wie nerdige Exodus-Forscher sehen die nicht aus.«

Zak schüttelte perplex den Kopf. Die Gestalten steckten in ultradicken weiß-grauen Tarnkampfanzügen. Sie trugen Helme mit blau getönten Visieren, Rucksäcke und Sturmgewehre. Nein, nach Wissenschaftlern sahen die wirklich nicht aus. Eher wie die Imperialen Sturmtruppen bei ihrer Landung auf Hoth.

»Das sind Soldaten!« Sofia duckte sich und spähte über die Fensterbank. »Mit allermodernster Ausrüstung.«

Zak tauchte ebenfalls ab. Die Teams schwärmten taktisch höchst professionell aus: Die Männer gaben sich gegenseitig Deckung und hatten gleichzeitig jeden Winkel der Basis im Visier. Einige setzten ein Knie auf den Boden, andere blieben stehen, die Gewehre auf irgendetwas vor sich gerichtet. Immer wieder stoppten sie und scannten das Gelände. Plötzlich tauchte eine dreizehnte Gestalt aus dem Rumpf des rechten Flugzeugs auf und sprang hinunter aufs Eis.

Sie war komplett schwarz gekleidet und trug einen glänzend schwarzen Kampfhelm mit rotem Visier. Gesichtslos. Anonym. Furchterregend.

An der Art ihrer Bewegungen meinte Zak zu erkennen,

dass es sich um eine Frau handelte. Sie war groß, wirkte athletisch und trug außer dem Sturmgewehr in der Hand noch eine ziemlich große Waffe auf dem Rücken. Sie blieb exakt in der Mitte zwischen den beiden Teams stehen und drehte sich einmal im Kreis, um die Basis in Augenschein zu nehmen. Dann hob sie eine Hand. Augenblicklich gruppierte sich das linke Team neu und lief auf das Gemeinschaftsmodul zu. Binnen einer Minute war es in der Station verschwunden.

Das zweite Team blieb draußen.

»Die wissen genau, was sie tun.« Sofia musterte den Zünder in ihrer Hand. »Vielleicht werde ich den jetzt gar nicht mehr brauchen.«

»Nicht auslösen! Auf keinen Fall«, beschwor Zak sie. »Glaub mir, der Schwarm wird uns nichts tun. Aber die da ...?« Er tippte gegen die Scheibe. »Bei denen bin ich mir nicht so sicher. Ich hab eher ein schlechtes Gefühl. Wie freundliche Helfer sehen sie jedenfalls nicht aus.«

»Aber was wollen sie dann hier?« Sofia versuchte aus Zaks Miene schlau zu werden.

»Keine Ahnung, aber ich finde, sie sehen gefährlich aus.«

Sofias Blick wanderte wieder nach draußen. »Ja, das tun sie wirklich.«

»Beim Exodus-Projekt geht's doch nur um das Leben auf dem Mars«, sagte Zak. »Mit Krieg haben die doch nichts am Hut. Wozu sollten sie Leute mit solchen Kampfmonturen schicken?«

Sofia wirkte plötzlich wie ein Ballon, aus dem die Luft entweicht. »Ich wünsche mir so sehr, dass es freundliche Helfer sind, aber leider gibt mein Bauchgefühl deinem Bauchgefühl recht. Irgendwas stimmt nicht mit denen. Aber wenn nicht Exodus sie geschickt hat, wer dann? BioMesa? Und was wollen sie hier?«

Draußen teilte sich das zweite Team gerade in zwei Dreiergruppen, von denen sich die eine mit gezückten Waffen dem Lagerhaus näherte.

»Sie kommen her!« Entsetzt starrte Zak auf die Gewehre. »Was jetzt?«

Sofia spürte Zaks Panik. Sie selbst hatte auch Angst, aber vor allem hatte sie ein schlechtes Gewissen. Das war alles ihre Schuld. Wenn sie nicht Jennings ID-Karte geklaut hätte, zum Abgrund rausgefahren wäre und Bohrkern Nr. 31 entwendet hätte, wäre nichts von alledem passiert. Dann würde sie jetzt wahrscheinlich im Gemeinschaftsraum sitzen und mit Pablo und den anderen Videospiele spielen. Und der Junge neben ihr würde ...

»Wie heißt du eigentlich?«, fragte sie.

»Zak.«

... und Zak würde eine entspannte Zeit mit seinen Eltern haben, anstatt hier mit ihr festzusitzen.

Ganz klar: Sie musste etwas tun.

»Ich geh raus«, sagte sie. »Signalisiere ihnen, dass wir hier sind.«

»Was?! Nein!«

»Uns bleibt nichts anderes übrig. In ein paar Minuten sind sie sowieso hier. Was sollen wir sonst tun?«

»Uns verstecken?«

»Und wo? Hier gibt's kein Versteck. Stell dir mal vor, sie überraschen uns. Nein, es ist besser, rauszugehen und mit ihnen zu reden.«

»Ich …«

»Wenn sie hier reinplatzen und uns entdecken, erschießen sie uns vielleicht. Nein, ich geh jetzt raus und du bleibst drinnen.« Sie hielt Zak den Zünder hin. »Hier, pass gut darauf auf.«

»Du kannst da nicht rausgehen!«, beharrte Zak.

»Sie werden uns so oder so finden, ob ich rausgehe oder nicht. Deshalb bleibst du hier drinnen. Ich hoffe, dass sie freundlich sind, wenn nicht, gebe ich dir ein Signal.«

»Was für ein Signal?«

»Keine Ahnung, ich lass mir was einfallen. Und wenn ich dir das Zeichen gebe, zeichnest du mit dem Finger das Symbol nach, das ist alles.« Sofia deutete auf den Zünder. Der kleine weiße Leuchtpunkt bewegte sich noch immer z-förmig über das Display.

»Aber damit jage ich doch den Schwarm in die Luft …«

»Ja, und lenkst hoffentlich die Typen ab, um uns etwas Zeit zu verschaffen. Keine Ahnung, es ist jedenfalls alles, was wir haben …«

»Sorry, das kann ich nicht.« Zak starrte auf den Zünder.

»Vielleicht ist es ja nicht nötig. Hoffen wir's.« Sofia klopfte ihm auf die Schulter und ging zur Tür. »Wünsch mir Glück.« Dann drückte sie auf den Öffner und trat hinaus.

Die Soldaten erblickten Sofia noch im selben Moment, aber es war die Frau in Schwarz, die auf sie schoss.

Sie schulterte das Gewehr, zielte und feuerte, alles in weniger als einer Sekunde.

Am Fuß der Treppe fiel Sofia auf die Knie. Eine Weile blieb sie in dieser Position, schwankte ein paarmal hin und her, dann kippte sie vornüber und blieb im Schnee liegen.

NEIN!

Die Soldaten rückten vor, die Schwarzgekleidete schlich über das Eis wie ein Schatten. Wie der Tod höchstpersönlich. Mit der linken Hand gab sie Befehle, zeigte auf das Lagerhaus. Die Soldaten schwärmten aus.

Zak wurde schwindelig. Diese Typen waren Killer, schlimmer als alles, was er bisher hier erlebt hatte. Sie hatten Sofia kaltblütig abgeknallt, ohne ein Wort, ohne mit der Wimper zu zucken, wie man eine lästige Fliege zerklatscht. Und jetzt waren sie auf dem Weg zum Lagerhaus.

Um das Gleiche mit ihm zu machen.

Und mit Mum. Dad. May.

Mit allen anderen.

Er starrte auf den Zünder in seiner Hand. Sofia hatte gemeint, er könnte sich damit etwas Zeit verschaffen. Den Finger auf dem Display, war er kurz davor, das »Z« nachzuzeichnen. Aber dann musste er daran denken, wie viel Leben er damit zerstören würde. Nein, das konnte er nicht. Egal wie die Situation war, er konnte nicht zerstören, was sich da unter dem Eis befand. Er legte den Zünder auf den Boden und zertrat ihn mit seinem Stiefel. Er würde das Leben auf der Arche nicht ausradieren. Und wer weiß, wenn er es bewahrte, vielleicht würde es ihn sogar beschützen?

Bitte, lasst das hier nicht geschehen, murmelte Zak. Seit seiner Ankunft auf dem Außenposten hatte Zak schon unzählige Male um Beistand gefleht, aber nie hatte er es so ernst gemeint wie jetzt. Im Flugzeug hatte er darum gebeten, dass die Leuchtfeuer wieder angehen, damit sie sicher landen konnten. Und als sie die lichtlose Station betraten, hatte er sich dasselbe gewünscht. Er hatte Wünsche formuliert und sie waren in Erfüllung gegangen. Im Gemeinschaftsraum, nachdem sie Dima am Fuß der Treppe gefunden hatten, hatte May das alles als verrückt bezeichnet. Als wäre Magie im Spiel. Aber das war nicht der Fall. Es waren die Insekten gewesen, davon war er jetzt überzeugt. Er war mental mit den Kreaturen verbunden, die gerade versuchten durch die Eisschicht zu brechen, und jedes Mal wenn er Hilfe brauchte, hatten sie ihm geholfen. Warum sollten sie das jetzt nicht auch tun?

Bitte, murmelte er noch einmal, *helft uns. Dann helfen wir euch.*

Ihr müsst uns helfen. Bitte.

Die Frau in Schwarz führte ihre Soldaten immer näher. Sämtliche Waffen waren auf die Tür und das Fenster des Lagerhauses gerichtet. Aber Zak versuchte sie auszublenden – ebenso wie den Gedanken an Sofia, die tot auf dem Eis lag. Er konzentrierte sich ganz darauf, seine Angst zu überwinden und mit den Insekten unter dem Eis zu kommunizieren. Hoffentlich bemerkten sie seine Not und kamen. Das war das Einzige, woran er dachte.

Er brauchte den Insektenschwarm.

Aber es war nicht der Schwarm, der am Ende der Landebahn auftauchte, sondern die drei Spinnen – Furcht einflößend und faszinierend zugleich. In unglaublichem Tempo kamen sie angerannt, direkt auf die Soldaten zu – Monstren aus Metall und organischer Muskelmasse.

Die Schwarzgekleidete schien zu hören oder zu spüren, dass sich etwas näherte, denn sie wirbelte herum und feuerte augenblicklich drauflos. Zak sah das Mündungsfeuer und den heftigen Rückstoß ihrer Waffe. Die übrigen Soldaten eröffneten ebenfalls das Feuer und das Team, das im Inneren der Station verschwunden war, kam alarmiert heraus.

Kugeln trafen die angreifenden Spinnen. An den Stahlteilen prallten sie ab, aber die Kunststoffteile splitterten, das Aluminium verbog sich und die Muskeln und Sehnen zerfetzten. Jeder Treffer vergrößerte den Schaden.

Zak hatte keine Ahnung, wer diese Soldaten waren, aber nach dem, was sie mit Sofia gemacht hatten, brauchte er gar nicht mehr zu wissen. Sie waren definitiv nicht zu ihrer Rettung gekommen – sondern um sie zu töten. Und plötzlich waren die merkwürdigen biomechanischen Wesen, die er die ganze Zeit so gefürchtet hatte, seine letzte Hoffnung. Sie waren jetzt auf Höhe der Osprey, die am östlichen Ende der Landebahn stand. Nur noch ein paar Sekunden mussten sie dem Kugelhagel standhalten, dann würden sie sich auf die Soldaten stürzen.

Sie kommen, um uns zu retten!

Doch die Soldaten verstärkten das Feuer, sie versuchten die Spinnen mit aller Macht zurückzudrängen. Und tatsächlich wurden diese leicht ausgebremst, ihre Bewegungen liefen nicht mehr ganz rund – aber sie blieben nicht stehen. Sie kamen unaufhaltsam näher.

Die Arche rettet uns!

Nur noch wenige Sekunden ...

Da ließ die Frau in Schwarz ihr Sturmgewehr fallen und schnappte sich die riesige Waffe, die sie auf dem Rücken trug. Zak hatte genug Videospiele gespielt, um zu wissen, dass es ein Granatwerfer war. Eine wahre Killermaschine.

Sie schulterte das Teil und drückte ab.

Eine Sekunde lang passierte nicht – dann explodierten Feuerbälle vor den drei Angreifern. Eissplitter schossen durch die Luft. Die Sehnen- und Muskelstränge der Spinnen zerfetzten, die Beine flogen zur Seite, die Körper barsten. Brennende Metallteile regneten auf die nächststehende Osprey herab, es war das reinste Höllenfeuer. Kurz darauf gab es einen entsetzlichen Knall, gefolgt von einem Flammeninferno. Ein Kerosintank hatte sich entzündet. Das Flugzeug riss auseinander, der Tank unter dem zweiten Flügel explodierte. Überall Rauch, Flammen und umherfliegende Wrackteile. Einige knallten gegen das Lagerhaus. Das verstärkte Fensterglas barst, Splitter prasselten in den Raum. Zak duckte sich.

Die Spinnen, diese einzigartigen, raffinierten Konstruktionen, Träger von urzeitlichem Zellmaterial, waren zerstört. Binnen Sekunden zu einem Haufen Schrott reduziert.

Zaks letzte Hoffnung war zerplatzt.

STATION ZERO, ANTARKTIS

JETZT

Das eine Ende der Landebahn stand in Flammen. Aus dem völlig verzogenen Flugzeugwrack stieg dunkler Rauch auf. Dort, wo die Osprey explodiert war, klafften riesige schwarze Löcher im Boden. Doch das Höllenszenario schien die Soldaten nicht weiter zu beeindrucken.

Schon wenige Sekunden nach Zerstörung der Spinnen erteilte die Anführerin ihren Kämpfern neue Befehle. Daraufhin verschwand das eine Team wieder im Gemeinschaftsmodul. Die übrigen verteilten sich rund um das verbliebene Flugzeug, als wollten sie es beschützen.

Zak bekam kaum Luft.

Sofia war tot, er hatte nicht die geringste Chance, das Lagerhaus zu verlassen, und nichts, rein gar nichts, womit er sich hätte verteidigen können. Nicht dass es Sinn gemacht hätte, sich gegen diese bis zu den Zähnen bewaffnete Frau dort draußen zu verteidigen.

Die schulterte gerade ihre Superwaffe und visierte das Lagerhaus an. Zak wusste genau, was passieren würde. Er sah es kristallklar vor sich.

In ein paar Sekunden würde sie ihn pulverisiert haben.

Da begann plötzlich der Boden zu beben. Zunächst war es nur ein leichtes Vibrieren, begleitetet von einem Grummeln, doch stark genug, dass die Frau in ihrer Bewegung innehielt und sich umblickte. Dann wurde das Rumoren im Untergrund stärker.

Die Wände wackelten, die Gerätschaften in den Regalen stießen gegeneinander, genau wie vorhin, als sich die Flugzeuge genähert hatten. Der Boden unter Zaks Stiefeln bewegte sich. Die Frau im schwarzen Kampfanzug machte ein paar Ausgleichsschritte und versuchte die Balance zu halten.

Zak kam ebenfalls ins Stolpern und musste sich an der Wand abstützen. Behältnisse kippten um, Kanister fielen von den Regalborden, Dosen rollten über den Boden. Mum, Dad und May rempelten gegen die Rotjacken und dann knickten ihnen allen die Knie weg und sie fielen kreuz und quer übereinander.

Ein Erdbeben, schoss es Zak durch den Kopf. *Ein Erdbeben rettet uns.*

Draußen ertönte ein scharfes Geräusch, eine Art Krachen. Zak klammerte sich am Fensterrahmen fest und spähte hinaus. Die Soldaten hatten sich vorsichtshalber hingehockt. Die Frau stand mit dem Rücken zum Lagerhaus und bellte Befehle in alle Richtungen. Das Grummeln aus dem Untergrund wurde lauter, das Gemeinschaftsmodul schwankte hin und her. Der gefrorene Boden brach auf und kräuselte sich wie bewegtes Wasser.

Das ist kein Erdbeben! Das sind die Insekten. Sie durchbrechen die

Oberfläche, steigen aus der Tiefe hoch. Alles, was sie brauchten, war Zeit. Mehr wollten sie gar nicht. Genügend Zeit, um sich in Sicherheit zu bringen.

Unter dem Gemeinschaftsmodul tauchte jetzt ein großer dunkler Schatten auf. Zak trat näher an das geborstene Fenster und blinzelte in die Kälte. Erneutes Krachen. Er zuckte zusammen. Zwischen den Stelzen des Gebäudes tat sich ein Riss auf und von beiden Seiten rieselte puderiger Schnee hinein. Die Kluft vergrößerte sich, zog sich bald von einem Ende der Station zum anderen und teilte schließlich die gesamte Senke in zwei Teile.

Die Soldaten taumelten rückwärts zum Lagerhaus und beobachteten fassungslos, wie sich der Riss, ähnlich einem gezackten Blitz, durchs Eis fraß – geradewegs auf den großen Abgrund am Horizont zu. Jetzt wölbte sich der Boden hoch. Die zwei zerklüfteten Ränder wurden angehoben, immer mehr Risse bildeten sich. Das Gemeinschaftsmodul stand schon deutlich höher als die restlichen Module, die Tunnel ächzten und brachen an den Verbindungsstellen.

Als die einzelnen Gebäudeteile auseinanderrissen und umstürzten, hörte Zak die Soldaten im Inneren schreien. Die ganze Konstruktion klappte zusammen wie ein Kartenhaus. Eine Weile hing der Kontrollraum noch schräg über dem Abgrund, dann wurde sein Gewicht zu schwer für die Verbindungsstreben, er brach vom Osttunnel ab und verschwand in der Tiefe. Kurz darauf folgte die Krankenstation. Zwei, drei Sekunden nach ihrem Verschwinden dröhnte es und eine Schneewolke stob aus dem Abgrund. Sie schwallte über die Landebahn, hüllte die verbliebenen Soldaten ein und drang durch das zerborstene Fenster des Lagerhauses, wo sie alles mit einer feinen weißen Schicht bedeckte.

Als sich der Pulverschnee gelegt hatte, war der Großteil der Station verschwunden: das Gemeinschaftsmodul, der Ost- und der Westtunnel. Nur eines der Wohnmodule existierte noch. Umgekippt und mit eingedrückten Wänden lag es am Rand des Abgrunds. Die Drohnenstation gab es auch noch, aber sie war durch den mit ungeheurer Wucht hervorbrechenden Insektenschwarm weit weggeschleudert worden.

Das Ausmaß des Schwarms war einfach gigantisch. Auf der gesamten Länge des Abgrunds quoll er aus dem Eis und stieg auf wie eine endlose ölig schwarze Gardine, über der das Polarlicht tanzte. Das Schlagen von Millionen und Abermillionen winziger Flügel vermischte sich zu einem ohrenbetäubenden Summen. Und noch immer stiegen Insekten auf, es war kein Ende in Sicht.

Nach einer Weile veränderte sich die Formation: Von den Rändern flogen ständig neue Insekten zur Mitte, wo sie eine Art Säule bildeten. Verschiedene Farbreflexe kreisten darin, während sich die Säule zu einem immer höheren Wirbel auswuchs. Vereinzelt herumschwirrende Insekten wurden hineingesogen, bis sich der Schwarm als kompakte Masse in den leuchtenden Himmel erhob.

Das einzige Geräusch war das millionenfache Flügelrascheln.

»Eine Arche. Genau wie eine Arche.« Zak hatte gar nicht gemerkt, dass er laut gesprochen hatte.

Im Inneren der schwarzen Säule begann es zu leuchten, erst nur flackernd wie eine kaputte Neonröhre, dann konstanter. Immer mehr Insekten aktivierten den fluoreszierenden Punkt auf ihrem Rücken, immer mehr neongelbe Streifen stiegen aufwärts, verbanden sich zu einer dicken, endlos langen Leuchtschnur innerhalb des schwarzen Wirbels.

Zak konnte seinen Blick nicht abwenden. Die Größe der Formation und die Präzision, mit der sie sich bewegte, war schwindelerregend. Er rief sich die Bilder in Erinnerung, die er in der Höhle, beim Kontakt mit dem Schwarm, gesehen hatte. Und plötzlich wusste er, was er da vor sich hatte: das pure Leben. Alles, was die Menschen jemals an Wissen und Erfahrung angesammelt hatten, hatte seinen Ausgangspunkt hier. Bei diesen Insekten. Millionen Jahre hatten sie ausgeharrt – für den Fall, dass sie erneut gebraucht würden. Aber sie waren entdeckt worden. Oder besser: aufgedeckt. Gestört und bedroht. Und jetzt brauchten sie eine neue Zuflucht. Einen Ort, an dem sie überdauern konnten, bis das Leben auf Erden erlosch und neues Leben benötigt wurde.

Sie waren das Leben. Die Hoffnung. Sie waren alles, was die Erde hatte.

Die verbliebenen Soldaten standen fassungslos auf dem Eis, die Köpfe in den Nacken gelegt, und starrten den Schwarm an, der sich gerade zu einer glatten, schwarzen Platte wandelte, in deren Mitte eine Doppelspirale endlos um sich selbst kreiste. Gegen jede Logik schien die schwarze Masse tatsächlich fest und kompakt geworden zu sein, und trotzdem schwebte sie schwerelos über der klaffenden Öffnung.

Zak spürte, wie seine Verbindung zum Schwarm – zur Arche – stärker wurde, wie sich sein Geist mit dem von Abermillionen Kreaturen verband, am Anfang langsam und sacht, dann immer schneller und intensiver. Sein Gesichtsfeld trübte sich ein, so wie er es mehrfach seit seiner Ankunft erlebt hatte. Eine Schmerzwelle durchfuhr ihn. Schreiend warf er den Kopf zurück. Sein Körper kribbelte und brannte, als würde er in Flammen stehen. Der Schmerz sprang von einer Zelle zur nächsten, verschlang alles, fräste sich durch seinen Kopf, wütete in seinen Gedanken.

Zak hatte das Gefühl, besessen zu sein, nicht mehr er selbst – aber komischerweise konnte er noch eigenständig denken: *Ich sterbe.*

Kaum hatte sich der Gedanke gebildet, hörte der Schmerz auf.

Als wäre er niemals da gewesen.

Die gelbe Spirale innerhalb der Säule flackerte noch einmal kurz auf, dann verschwand sie. Die Zeit hatte aufgehört zu existieren. Der kleine Punkt in der Antarktis, einer der isoliertesten Orte der Welt, hielt den Atem an und wartete reglos auf die nächste Aktion des Schwarms.

Zaks Herz schlug genau drei Mal, bevor ein kleiner Insektenstrom wie ein Greifarm aus dem Schwarm hervorbrach und sich über das Rollfeld und die Köpfe der Soldaten hinweg bis zum Lagerhaus verlängerte und durch das zerborstene Fenster hereinschoss.

Zak zuckte zurück, wandte den Kopf ab und schloss die Augen, als die Insekten ihn berührten und über seinen Körper krochen. Sie krabbelten auf ihm herum, fanden die Öffnungen in seiner Kleidung, wuselten in seinem Haar und auf seinem Gesicht herum. Einige warfen ihren Panzer ab und zwängten sich durch Mund, Nase und Ohren in ihn hinein. Sie erstickten ihn, nahmen ihm die Luft.

Nein, ich werde nicht sterben. Sie sind nicht hier, um mich umzubringen. Sie wollen mich heilen.

Als ihm das klar wurde, entspannte er sich und gab sich dem verrücktesten Gefühl hin, das er je verspürt hatte. In seinem Kopf zerfielen die fleischigen kleinen Körper in ihre lebensspendenden Einzelteile. Er merkte, wie sie mit seinem Gehirn verschmolzen, wie sich ihre Zellen mit seinen verbanden und ein Teil von ihm wurden. Es war ein wohltuendes, besänftigendes Gefühl, das mit einem Nachlassen des Drucks in seinem Kopf einherging. Als würde ein Stachel aus seiner Haut gezogen. Die Insekten befreiten ihn von seiner Krankheit. Sie heilten ihn.

Nachdem sich der Greifarm zurückgezogen hatte, war der Boden rund um Zak übersät mit abgeworfenen Insektenpanzern. Draußen glühte der Schwarm erneut auf und drehte sich schneller und schneller. Alle Schwarmmitglieder schienen ihren fluoreszierenden Punkt gleichzeitig zu aktivieren. Ein pulsierendes Licht strahlte über das Eis, so gleißend, dass Zak die Hände vors Gesicht schlug und die Augen zusammenkniff. Und als es schließlich erlosch, brannte das Bild des Schwarms weiter auf seiner Netzhaut.

Erst nach einer ganzen Weile wagte Zak die Augen zu öffnen und in die Richtung zu schauen, wo Station Zero gestanden hatte.

Die Soldaten lagen kreuz und quer in der Gegend, einige ausgestreckt wie gefrorene Schneeengel, andere in Kauerstellung. Die Frau in Schwarz sah aus wie eine Stoffpuppe, die ein gelangweiltes Kind auf den Boden geworfen hatte.

Zak blickte zum Himmel empor, aber der Schwarm war verschwunden.

Die Arche war weitergezogen, um sich ein neues Versteck zu suchen.

STATION ZERO, ANTARKTIS
JETZT

Das Gelände des Außenpostens ähnelte einem Kriegsgebiet. Der zerklüftete Abgrund hatte es in zwei Teile gerissen. Überall verstreut lagen Gebäudereste. Flammen leckten am Wrack der Osprey und tauchten die Landebahn in ein unheimliches Orange. Dichter Rauch waberte über verbogenen und geschmolzenen Metallteilen und den reglosen Körpern der Soldaten.

Im hinteren Teil des Lagerraums lagen, auf einem wüsten Haufen, die Exodus-Teilnehmer – und mittendrin Zaks Eltern und seine Schwester.

Bitte, lasst alles gut sein mit ihnen! Bitte!

Zerrissen zwischen Hoffnung und Panik kletterte Zak über umgestürzte Regale, ausgekippte Vorräte und herumliegende Ersatzteile zu seiner Familie. Als er bei May ankam, erschrak er über ihre blasse, blutleer wirkende Haut. Ihr Haar war staub- und schneebedeckt und übersät mit feinen Glassplittern. Ihre Augen waren geschlossen und einen schrecklichen Moment lang dachte Zak, sie wäre tot. Sie wären alle tot. Er fiel auf die Knie und presste sein Ohr auf ihre Brust. Nein, da war ein Herzschlag!

Du-dum. Du-dum. Du-dum.

Schwach, aber eindeutig.

Zak schloss die Augen und schickte einen Stoßseufzer in Richtung Decke. Dann beugte er sich über seine Eltern und nahm auch bei ihnen einen schwachen Puls wahr. Sie waren ohnmächtig, aber sie lebten.

Plötzlich hörte er ein Stöhnen. Erschrocken wich er zurück.

»May?« Zak schüttelte seine Schwester, aber mehr als erneutes Stöhnen brachte sie nicht zustande. Er hockte sich neben sie, doch sie zeigte keine Reaktion.

Seine Gedanken wanderten zu den Soldaten, die draußen herumlagen, und er stand auf und trat ans Fenster. Er hatte keine Ahnung, wann die Typen zu sich kommen würden, aber er machte sich keine Illusionen, dass sie nach dem Aufwachen genauso gefährlich sein würden wie davor.

Seine Familie lebte. Sie hatte den Albtraum überstanden. Er musste um jeden Preis verhindern, dass ihr jetzt noch etwas passierte. Und weil von den Soldaten die größte Gefahr ausging, musste er sie entwaffnen.

Er kletterte durch das Chaos zur Tür, drückte den Nothebel und schlüpfte hinaus. Am Fuß der Treppe blieb er stehen und spähte zu der Stelle, wo Sofia lag.

Da mit den Gebäudemodulen auch die Generatoren im Abgrund verschwunden waren, gab es keinen Strom mehr, doch zum Glück tanzte das Polarlicht wieder am Himmel und der Mondschein reflektierte sich in den glänzenden Insektenpanzern, die rund um Sofia im Schnee lagen. Es war eine solche Masse von Panzern, dass Zak unwillkürlich an den »Arm« denken musste, der sich aus dem Schwarm herausgestülpt hatte. Hatten sich die Insekten auch um Sofia gekümmert? Hatten sie sie ebenfalls geheilt?

Zak zögerte. Er wollte sich keine falschen Hoffnungen machen. Doch schließlich kniete er sich neben Sofias schlaffen Körper, drehte sie vorsichtig auf die Seite, legte sein Ohr auf ihre Brust – und hörte das schönste Geräusch der Welt.

Sie atmete. Sie lebte! Die Insekten hatten sie gerettet!

Zak schleppte sie die Stufen hoch ins Lagerhaus, wo es immer noch ein paar Grad wärmer war als draußen. Er prüfte kurz ihren Puls, dann rannte er wieder hinaus, direkt zu der Frau im schwarzen Kampfanzug. Er zerrte die Pistole aus ihrem Holster und schleuderte sie weit weg. Dumpf schlug sie irgendwo im Schnee auf. Den Granatwerfer musste er der Frau regelrecht aus der Hand winden. Er hängte ihn sich über die Schulter und lief zum nächsten Kämpfer. Einen nach dem anderen entwaffnete er sie, unter Hochdruck, denn sie konnten jederzeit aufwachen.

Dann rannte er zum Abgrund und warf die Gewehre hinein.

Und was jetzt?

Als Zak sich nach dem Lagerhaus umblickte, stellte er fest, dass es das einzige Gebäude war, das noch stand. Alle anderen Gebäudeteile – das Gemeinschaftsmodul, die Krankenstation, der Kontrollraum – waren verschwunden oder zerstört. Es stimmte also wirklich: Die Insekten hatten die Projektteilnehmer nur zu ihrem Schutz in Zombies verwandelt. Damit sie ruhig im Lagerhaus ausharrten.

Keine Kommunikationsmöglichkeit! Der Gedanke traf Zak wie ein Schlag. Sie hatten keine Möglichkeit mehr, mit der Außenwelt in Kontakt zu treten! Würde die Station noch existieren, hätte sich die Verbindung sicher wieder herstellen lassen – jetzt, wo die Insekten fort waren. Doch sämtliches Equipment war in der bodenlosen Tiefe des Abgrunds verschwunden.

Zaks Blick schweifte über das Gelände und blieb an der zweiten Osprey am Ende der Landebahn hängen.

Vielleicht eine Chance, hier wegzukommen. Wahrscheinlich sogar die einzige. Mit Dima als Pilot.

Hastig überquerte Zak die Landebahn. Er war am Rande seiner Kräfte und bekam kaum Luft, aber er musste seine Familie in Sicherheit bringen! Sie mussten diesen unwirtlichen Ort verlassen! Vor seinem inneren Auge sah er das Flugzeug bereits abheben, mit sämtlichen Projektteilnehmern an Bord, zusammengepfercht auf engstem Raum. Aber erst musste er zum Lagerraum und sie wachrütteln.

Plötzlich packte ihn etwas am Knöchel und er landete mit dem Gesicht voran im Schnee. Reflexhaft krabbelte er weiter, auf Händen und Knien, ohne sich umzublicken. Erst nach ein paar Metern richtete er sich auf und wagte einen Blick zurück.

Auf die Ellbogen gestützt lag der Soldat da und blinzelte Zak verwirrt an. Dann versuchte er ebenfalls auf die Füße zu kommen – schaffte es aber nicht. Um ihn herum wurden seine Kollegen wach und begannen sich zu regen.

»Hey! Junge!« Die Stimme kam von hinten. Leise und gedämpft, aber äußerst gebieterisch.

Zak wirbelte herum. Die Frau im schwarzen Kampfanzug kniete zwischen ihm und dem Lagerhaus und stemmte sich mühsam hoch.

»Bleib stehen!«, warnte sie.

»Verpiss dich!« Zak stürmte auf sie zu und rannte, als sie gerade auf die Beine kam, mit voller Wucht in sie hinein. Sie schlug der Länge nach hin. Er selbst biss sich bei dem Zusammenprall auf die Zunge, doch er ignorierte den Schmerz. Wenn die Soldaten zu Bewusstsein kamen, dann wahrscheinlich auch die Leute im Lagerhaus. Er musste zu ihnen. Ihnen sagen, dass die Soldaten entwaffnet waren. Sie mussten sich wappnen und zusammenarbeiten, falls sie gegen diesen Trupp Elitesoldaten bestehen wollten. Vielleicht standen ihre Chancen ja gar nicht so schlecht: Wissenschaftler waren zwar nerdig – aber auch schlau.

Als Zak sich dem Rand der Landebahn näherte, nahm er eine Bewegung aus dem Augenwinkel wahr. Er fuhr herum und sah eine Gestalt aus der Osprey heraustaumeln.

Der Pilot! Den hatte er komplett vergessen.

Der Mann kam auf die Füße und stützte sich mit einer Hand am Flugzeugrumpf ab. Mit der anderen zog er eine Pistole aus seinem Hüftholster.

»Halt ihn auf!«, rief ihm die Frau zu. »Knall ihn ab.«

Zak sprintete los, geduckt, aber nach ein paar Schritten spürte er, wie seine Jacke unterhalb der Achselhöhle aufriss. Sekundenbruchteile später hörte er einen Schuss hinter sich.

Zosch!

Der Typ schießt auf mich! Der schießt wirklich! Zaks Gedanken überschlugen sich, Adrenalin pumpte durch seine Adern, sein Körper schaltete in den Turbogang.

Zosch!

Das zweite Projektil zerfetzte die rechte Schulterwattierung und streifte ein Stück Haut. Zak strauchelte nach links. Seine Beine verknoteten sich, er stolperte über die eigenen Füße und schlug der Länge nach auf die eisharte Landebahn. Seine Schulter brannte, aber er kroch weiter. Um ihn herum prasselten Kugeln auf den Boden. Zak war kurz vorm Durchdrehen. Der Pilot wirkte zwar immer noch leicht benommen, schien sich aber schnell zu erholen – seine Schüsse wurden immer präziser. Jeden Moment konnte er Zak in den Kopf oder Rücken treffen.

Wenn er doch bloß schon beim Lagerhaus wäre!

Auf Händen und Knien krabbelte er in den Tiefschnee jenseits der Landebahn. Seit ein paar Sekunden war kein Schuss mehr gefallen. Vermutlich musste der Pilot nachladen, weil alle Patronen verballert waren. Die Chance für einen Spurt!

Zak ignorierte den mörderischen Schmerz in seiner Schulter, rappelte sich hoch und riskierte einen schnellen Blick zurück. Verdammt, der Pilot lud gar nicht nach: Er zerrte etwas aus dem Cockpit. In dem Moment, als Zak erkannte, dass es ein Sturmgewehr war, traf ihn irgendetwas von links und riss ihm die Beine weg.

Er schlug der Länge nach hin. Und noch bevor er wieder auf die Knie kam, den Mund und die Augen voller Schnee, legte sich ein Arm um seinen Nacken und zerrte ihn brutal hoch.

Sein Hals wurde verdreht und die Frau in Schwarz zischte ihm ins Ohr: »Netter Versuch, Kleiner.«

Mit knirschenden Schritten trat der Pilot zu ihnen. Die Frau schubste Zak von sich, riss dem Piloten die Waffe aus der Hand und schulterte sie, sodass Zak direkt in den Gewehrlauf sah.

»Nein! Bitte! Nicht schießen!« Zak schlug sich die Hände vors Gesicht.

Die Frau stand da und musterte ihn.

Er kniete sich auf den Boden, die Hände immer noch vor dem Gesicht. Doch nichts passierte. Kein Schuss.

Er ließ die Arme sinken und hob verdutzt den Kopf.

»Commander?« Auch der Pilot blickte seine Chefin fragend an, versuchte ihren Gesichtsausdruck hinter dem Visier zu lesen. »Stimmt was nicht?«

»Ich ...« Sie beugte sich vor und brachte die Waffe erneut in Position.

Zak zuckte zusammen, aber sie schoss nicht.

»Ich kann nicht«, brachte sie schließlich heraus.

»Sie *können* nicht?«, fragte der Pilot.

»Nein.«

Was zum Teufel geht hier ab?, dachte Zak. War es möglich, dass ihm die Insekten, als sie im Lagerhaus in sein Hirn eingedrungen waren, irgendeine geheime Kraft verliehen hatten? Dass sie ihm mehr mitgegeben hatten als Gesundheit und Lebensenergie? Die Fähigkeit zum Beispiel, sich mit anderen Gehirnen zu verbinden? So wie sie sich mit *seinem* Gehirn verbunden und die Rotjacken ferngesteuert hatten?

Verdammt, er musste sich konzentrieren – so wie er sich im Flugzeugwrack darauf konzentriert hatte, die Rotjacken in die falsche Richtung zu schicken. Er starrte die Frau an und überlegte sich ein Szenario, das er ihr in den Kopf projizieren konnte. Ein Szenario, in dem *er* die Befehle gab.

»Sie können nicht schießen, und sie werden nicht schießen«, sagte er schließlich.

Die Frau schwieg eine Weile, dann antwortete sie: »Ich werde nicht schießen.«

Es funktionierte wirklich!

»Sie werden die Waffe jetzt niederlegen«, befahl er.

»Nein, werde ich nicht«, widersprach sie. »Ich werde …«

»Sie legen sie auf den Boden«, wiederholte Zak und malte sich aus, wie sie ihm gehorchte.

Die Frau verlagerte das Gewicht der Waffe und wuchtete sie schließlich mit beiden Händen von ihrer Schulter. »Ich lege sie jetzt auf den Boden«, sagte sie – und tat genau das.

Hinter ihr blickten sich die Soldaten ratlos an.

Das ist ja die reinste Jedi-Gedankenkontrolle! So verrückt es war, es funktionierte genau so. Zak war Obi-Wan, der mit der Hand winkte und sagte: »Das sind nicht die Droiden, die ihr sucht.«

Nein, es ist eher wie bei Rey, die sich plötzlich ihrer übersinnlichen Kräfte bewusst wird und dem Sturmtruppler sagt, er solle sie freilassen und seine Waffe wegwerfen.

Zak versuchte, sich von seiner Aufregung nicht überwältigen zu lassen und sich ganz auf das neue Szenario zu konzentrieren.

»Setzen Sie sich«, befahl er.

»Ich setze mich«, sagte die Frau zu und hockte sich auf den Boden.

»Sie alle!« Zak rief sich das entsprechende Bild vor Augen und im nächsten Moment saßen die Soldaten im Schnee.

Da nahm er aus den Augenwinkeln eine Bewegung wahr und drehte sich um. Mum, Dad und May, gefolgt von Dima und sämtlichen Exodus-Teilnehmern, traten aus dem Lagerraum. Selbst Sofia war dabei, gestützt auf ihre Eltern.

»Gott sei Dank, euch geht's gut!« Vor Erleichterung bekam er weiche Knie.

»Zak?« May rannte auf ihn zu. »Was ist hier los? Was ist passiert?«

»Ich bin nicht sicher, aber ich glaube, es ist noch nicht vorbei.« Zak versuchte seine Konzentration aufrechtzuerhalten und sich nicht von seinen Gefühlen überrollen zu lassen.

»Was ist noch nicht vorbei?«, fragte May, aber sie bekam keine Antwort, weil sich Mum und Dad auf ihren Sohn stürzten und ihn überschwänglich in die Arme schlossen.

Doch Zak befreite sich hastig und wandte sich an Dima: »Können Sie die Kiste dort fliegen?«

Dima warf einen skeptischen Blick auf die Osprey. »Wo kommt die her? Und was los mit meinem Flugzeug?«

»Können Sie sie fliegen?«, wiederholte Zak.

Dima zuckte mit den Achseln. »Ich kann alles fliegen.«

»Gut. Dann steigen Sie ein und warten Sie auf mich. Sie alle.«

»Was zum Teufel ist hier los?«, fragte Mum. »Wir ...«

»Steig einfach ein. Bitte. Mit allen anderen.«

Mum klappte die Kinnlade herunter und sie blinzelte verwirrt. »Natürlich, Schätzchen, ganz wie du meinst«, sagte sie schließlich.

Zak musste darauf vertrauen, dass die Gruppe folgsam übers Rollfeld stapfte und an Bord kletterte, er konnte sie nicht begleiten, er musste die schwarzgekleidete Frau im Auge behalten.

»Nehmen Sie den Helm ab«, befahl er.

Sofort hob die Frau beide Hände, setzte den Helm ab und legte ihn vorsichtig neben sich aufs Eis. Dann starrte sie Zak an.

Sie hatte kurzes blondes Haar und ein Allerweltsgesicht. Es gab wirklich nichts an ihr, was in irgendeiner Weise hervorstach. Wie ein Monster sah sie jedenfalls nicht aus. Sie war genau die Art Frau, an der Zak auf der Straße vorbeigegangen wäre, ohne sie auch nur wahrzunehmen.

»Von wo sind Sie gekommen?«, fragte Zak.

»November-Island. Indischer Ozean.«

»Und warum?«

»Um die Station unter Kontrolle zu bringen, sicherzustellen, was sich unter dem Eis verbirgt, die Besatzung zu eliminieren und weitere Anweisungen abzuwarten.«

»Die Besatzung eliminieren?«

»Ja, keine halben Sachen.«

Zak musste ein paarmal tief Luft holen. »Wer hat Sie geschickt?«

»Phönix.«

»Wer oder was ist Phönix?«

»Das weiß ich nicht. Ich erhalte eine Nachricht mit Anweisungen, das ist alles.«

Zak hatte keine Lust, das Gespräch fortzusetzen. Er wollte nur noch eines: von diesem unwirtlichen Ort verschwinden, so viel Abstand wie möglich zwischen sich und diese Typen bringen. »Haben Sie die Möglichkeit, mit dem Ort zu kommunizieren, von wo Sie aufgebrochen sind?«

»Ja.«

»Okay.« Zak dachte kurz nach. »Wenn wir weg sind, warten Sie und Ihre Männer fünf Minuten. Nein, sagen wir zehn. Dann können Sie meinetwegen ins Lagerhaus gehen, dort ist es wärmer. Kuscheln Sie sich aneinander oder was auch immer, denn Sie werden zehn Stunden warten, bevor Sie Ihre Kontaktperson oder wen auch immer verständigen. Haben Sie das verstanden?«

»Ich habe verstanden.«

»Gut.« Zak trat ein paar Schritte zurück. Bis zu welcher Entfernung er die Gedanken der Frau wohl noch beeinflussen konnte? Überhaupt: Wie funktionierte das Ganze? Gab es irgendwelche Grenzen? Wie lange würde seine Fähigkeit andauern? Immer mehr Fragen schossen ihm durch den Kopf, aber dafür war jetzt keine Zeit. Er musste sich konzentrieren, damit sie von hier wegkamen.

»Eine Sache noch«, fügte er hinzu.

»Ja?«

Zak sprach jetzt lauter, damit das ganze Team ihn hören konnte. »Wenn Sie den Ort hier verlassen, werden Sie nie wieder an uns denken. Weder an uns, noch an Station Zero, noch an das, was hier passiert ist. Sie werden niemals hier gewesen sein, verstanden?«

»Ja, verstanden«, antworteten sie wie aus einem Mund.

»Gut.« Zak entfernte sich weiter und wandte ihnen schließlich den Rücken zu. Er erwartete Gebrüll, einen Angriff, irgendetwas ... Aber nichts passierte.

Als er an Bord der Osprey kletterte, warf er einen letzten Blick über die Schulter. Die Frau in Schwarz hockte noch immer am Boden, umringt von der kümmerlichen Schar ihrer Soldaten.

»Was ist hier los?«, fragte Dima, als Zak die Kabinentür hinter sich schloss.

»Erkläre ich später. Jetzt fliegen Sie uns erst mal hier weg.«

»Wie du willst.« Dima verriegelte die Tür und klemmte sich ins Cockpit, um die Vorbereitungen für den Start zu treffen.

In der Kabine hockten dicht an dicht die Projektteilnehmer. Sie waren sichtlich verwirrt und versuchten im Gespräch mit den anderen herauszufinden, was genau passiert war. Zak schob sich an ihnen vorbei zu seinen Eltern und umarmte sie.

»Was wird hier gespielt?«, fragte sein Vater. »Alles in Ordnung mit dir?«

»Mir geht's gut. Nein, das ist untertrieben: Mir geht's fantastisch.« Zak tippte sich vielsagend an seine rechte Schläfe. Dann wandte er sich an seine Schwester und grinste. »Ab nach Hause.«

JANUARY-ISLAND, SÜDCHINESISCHES MEER

JETZT

Der Broker saß in seinem Krisenraum und hatte Mühe sich zu beherrschen.

Die neuesten Infrarot-Satellitenbilder deuteten darauf hin, dass von der Angelegenheit unter dem Eis nichts übriggeblieben war. Um was auch immer es sich gehandelt hatte, es war verschwunden – so wie der Großteil von Station Zero. Die einzig verbliebenen Wärmequellen waren das Lagerhaus und die beiden Ospreys, die explodierte und die noch intakte.

Wenn er an den Verlust seines Flugzeugs dachte, fühlte er sich, als wäre in seinem Magen ein Fass Säure aufgegangen. Er brodelte nur so vor Wut. Dabei war die zerstörte Osprey noch nicht mal das Schlimmste.

Das Schlimmste war das Scheitern. Das war es, was der Broker am meisten hasste.

Unwillkürlich ballten sich seine Hände zu Fäusten. Seine gepflegten Fingernägel gruben sich in die Handballen, die

Knöchel traten weiß hervor. Mit gesenktem Kopf starrte er auf die Monitore vor sich an der Wand.

Die meisten Aufnahmen, die aus den Helmkameras von Lazarovichs Team eingingen, waren völlig wertlos. Rauschen und Flimmern, mehr gaben sie nicht her. Die Aufnahmen des Piloten und der im Abgrund verschwundenen Soldaten hatte der Broker bereits abgeschrieben. Er konzentrierte sich ganz auf die restlichen Bilder, speziell auf die, die die Helmkamera eines gewissen »Lewis« aufzeichnete, denn die hatte das verbliebene Team im Blick.

Auf Lewis' Bildern konnte der Broker sehen, wie die restlichen Soldaten im Schnee knieten. Allesamt unbewaffnet. Und völlig reglos. Sie knieten einfach nur da und starrten das Lagerhaus an.

Der Broker versuchte sich einen Reim auf diese bizarre Szene zu machen.

Als Phönix ihm die allerersten Aufnahmen von Station Zero geschickt hatte, hatte der Broker eine große Sache gewittert. Ein gewaltiges Mineralienvorkommen oder einen archäologischen Sensationsfund. Eine neuartige Energiequelle. Irgendetwas, das man zu Geld machen konnte. Und was war stattdessen aus dem Eis hervorgebrochen? Das seltsamste Ding, das er je gesehen hatte. Er kam noch immer nicht darüber hinweg!

Er schloss die Augen und atmete ein paarmal tief durch, um sich abzuregen.

Entspann dich. Ganz ruhig.

Als sein Puls sich auf ein halbwegs normales Niveau gesenkt hatte, öffnete der Broker die Augen und verfolgte die

Aufnahmen aus Lazarovichs Helm. Dieser Reeves-Junge hatte ihr befohlen ihn abzusetzen und sie hatte es tatsächlich gemacht! Jetzt lag der Helm im Schnee. Die untere Hälfte des Bildes war deshalb verdunkelt, der obere Teil zeigte die unversehrte Osprey. Die Rotorblätter drehten sich. Es sah so aus, als sei sie kurz vorm Abheben.

Es war einfach unglaublich! Die Art und Weise, wie dieses Bürschchen Lazarovich herumkommandiert hatte! Als hätte er sie hypnotisiert. Der Broker hatte sich die Aufnahme von vorne bis hinten angesehen, den Schuss auf das Mädchen, das Aufreißen des Permafrostbodens, die Zerstörung und das Verschwinden der Polarstation, das Auftauchen dieses merkwürdigen ... Tja, was war das gewesen, das da aus dem Eis hervorgebrochen war? Eine Art Schwarm?

Was auch immer, es hatte den Jungen berührt – und ihn offenbar in irgendeiner Weise verändert. Jedenfalls hatte der Broker keine andere Erklärung für Lazarovichs merkwürdige Untergebenheit, ihren Gehorsam dem Jungen gegenüber. Und dann die Sache mit dem Mädchen. Er hatte genau gesehen, wie Lazarovich sie erschossen hatte, aber jetzt war sie nicht mehr tot. Als hätte dieser Schwarm sie auferstehen lassen.

Über Lazarovichs Helmkamera verfolgte der Broker, wie die Osprey abhob und verschwand. Eine Weile lauschte er noch dem Geräusch der Rotoren und stellte sie sich in der Luft vor. Als das Brummen verklang, wandte er sich wieder seinen Agenten zu.

Die knieten immer noch reglos im Schnee.

Seufzend griff der Broker nach seinem Smartphone und

drückte den Daumen auf den Fingerabdrucksensor. Als das Display aufleuchtete, tippte er auf das Phönix-Icon.

»Sir«, meldete sich Phönix nach dem ersten Klingeln.

»Ich gehe davon aus, dass Sie alles verfolgt haben?«

»Ja, Sir. Ich versuche die ganze Zeit das Team zu kontaktieren, aber sie antworten nicht. Als hätten sie sich in Zombies verwandelt. Was hat der Junge mit ihnen gemacht?«

»Ich weiß es nicht, aber ich werde es herausfinden. Ich möchte mit ihm sprechen. Recherchieren Sie, wo sich das Flugzeug befindet und wohin es fliegt.«

»Ja, Sir.«

»Und schicken Sie jemanden runter, um Lazarovich zu holen. Ich kann es mir nicht leisten, noch eine Agentin zu verlieren.«

»Sir …«

Doch der Broker hatte das Gespräch bereits beendet, stand auf und fegte in einem plötzlichen Wutausbruch die Weltbester-Papa-Tasse vom Tisch. Es gab ein helles *Kling*, als er mit seinem Ehering gegen das Porzellan stieß, und ein lautes Klirren, als die Tasse an der gegenüberliegenden Wand zersprang. Dann packte er den Tisch und schmiss ihn ebenfalls gegen die Wand.

Ein Tischbein streifte den mittleren Monitor, der sofort splitterte. Ein gezackter Riss lief von rechts oben nach links unten. Der Tisch war kaum auf dem Boden aufgekommen, da sprang der Broker auf und trat ihn aus dem Weg. Er griff nach dem kaputten Bildschirm, riss ihn aus der Halterung an der Wand und hielt ihn hoch über seinen Kopf. Dann knallte er ihn mit voller Wucht auf den Boden, immer wieder, hoch und runter, hoch und runter, bis das Innenleben herausfiel. Entnervt schleuderte er die Überreste beiseite und zerrte den nächsten Monitor aus der Wand.

Ein zaghaftes Klopfen an der Tür ließ ihn innehalten.

Erneutes Klopfen.

»Alles in Ordnung, Dad?«

Die Stimme seines Sohnes.

Mit dem Monitor in der Hand drehte sich der Broker zur Tür. »Ja, David, alles okay. Ich hab meine Tasse fallen lassen. Tut mir leid, es war die, die du mir zum Geburtstag geschenkt hast.«

»Oh.« Eine Weile herrschte Stille. »Na ja. Mum sagt übrigens, dass es Kaffee und Kuchen gibt, wenn du magst.«

»Sekunde, ich komme gleich, ja?« Der Broker räusperte sich und stellte den Monitor ab. Er klopfte sich die Plastik- und Glassplitter vom Hemd und strich sich übers Haar. Er brauchte einen kurzen Moment der Ruhe, bevor er hinuntergehen konnte.

Als er den Krisenraum schließlich verließ, wartete sein Sohn vor der Tür.

»Ist wirklich alles in Ordnung?« David versuchte einen Blick ins Büro zu erhaschen.

»Alles bestens.« Der Broker zog die Tür zu und drehte den Knauf, bis es im Schloss klickte.

»Ich hab nur ... Ich dachte, ich hätte gehört, wie ...«

»Wirklich, es ist nichts. Alles fein.« Der Broker raufte seinem Sohn durchs Haar und lächelte ihn an. »Tut mir leid wegen der Tasse.«

»Ich kaufe dir eine neue«, sagte David.

»Oh, das ist lieb.« Der Broker legte seinem Sohn einen Arm um die Schulter und gemeinsam gingen sie nach unten, wo der Rest der Familie wartete.

»Und? Was für einen leckeren Kuchen hast du heute gezaubert?«, fragte er seine Frau.

WEST ALLEN SCHOOL

ZWEI WOCHEN NACH DEN VORFAELLEN AUF STATION ZERO

Zak starrte auf das Buch, das vor ihm auf dem Tisch lag.

Jackson Jones und die Geister der Antarktis.

Es war der Roman, den er auf dem Hinflug zur Polarstation hatte lesen wollen. In den vergangenen zwei Wochen hatte er ihn immer wieder aufgeschlagen, aber mehr als ein paar Seiten hatte er nicht geschafft. Er konnte sich einfach nicht konzentrieren. Er konnte sich auf gar nichts konzentrieren. Die Vorfälle am Außenposten verfolgten ihn wie eine düstere Wolke, wohin auch immer er ging. Die Welt war nicht mehr das, wofür er sie gehalten hatte. Er hatte Dinge gesehen, die ihn alles infrage stellen ließen. Besonders eine Erinnerung bekam er nicht aus dem Kopf. Die an die blonde Frau mit dem Allerweltsgesicht. Wenn er nachts träumte, dann nicht von Insektenschwärmen oder albtraumhaften, lebendig gewordenen Robotern – nein, er träumte von ihr.

Zak fuhr mit einer Hand unter seine Schuluniformjacke und betastete die dicke Schorfkruste auf der rechten Schulter, die sich nach dem Streifschuss gebildet hatte. Hätte ihn die

Kugel nur ein paar Zentimeter weiter Richtung Hals getroffen, würde er jetzt nicht hier sitzen.

Die Besatzung eliminieren, hatte die Frau gesagt, und jede Nacht hörte Zak sie diese drei Worte wiederholen. Vollkommen emotionslos. Immer wieder durchlebte er den Moment, als sie Sofia erschossen hatte.

Und noch etwas spukte ihm durch den Kopf. Der Name Phönix. Was er wohl bedeutete? Zak hatte unzählige Male mit May darüber gesprochen und über FaceTime auch mit Sofia, mit der sie sich angefreundet hatten, aber sie waren zu keinem Ergebnis gekommen. Das Einzige, was Zak mit Sicherheit wusste, war, dass sein Leben nie mehr so sein würde wie vorher. Wie auch? Die Ärzte hatten in seinen Kopf geschaut und festgestellt, dass er gesund war. So gesund, wie ein Zwölfjähriger nur sein konnte. Ja, sie hatten nicht mal mehr den kleinsten Hinweis darauf gefunden, dass er überhaupt je krank gewesen war. Und als wäre das nicht schon verwunderlich genug, konnte Zak jetzt auch noch die Gedanken anderer Menschen manipulieren. Natürlich bereitete ihm das ziemliches Kopfzerbrechen – vor allem die Frage, was er mit dieser Gabe anfangen, wie er sie nutzen sollte.

Mum und Dad hatten ihn beschworen, sie keiner Menschenseele gegenüber je zu erwähnen und vor allem niemals anzuwenden. Es sei falsch, hatten sie ihm eingeschärft, Leute gegen ihren Willen zu irgendetwas zu zwingen.

Und jetzt hockte er mit seinem besten Freund Krishna in der Schulkantine und musste so tun, als wäre alles ganz normal. Wie immer. Mum und Dad fanden es wichtig, dass er in seinen Alltag zurückfand, dass endlich wieder Normalität einkehrte. Dabei wusste Zak nicht einmal mehr, was Normalität war.

»Isst du den noch auf?«

Zak blickte von seinem Buch auf. Er hatte seine Umgebung nur gedämpft und verschwommen wahrgenommen, wie unter Wasser. Die Stimme seines Freundes holte ihn jäh an die Oberfläche zurück. Das Herumalbern seiner Mitschüler, das Besteck- und Geschirrklappern, das Gedränge und Geschubse von Leuten, die vorbeiwollten – alles war plötzlich wieder in voller Lautstärke und voller Schärfe da.

»Erde an Zak. Erde an Zak. Bist du auf Empfang?«

»Häh?« Verwirrt blickte Zak seinen Freund an.

»Dein Kuchen«, sagte Krishna. »Isst du den noch oder nicht? Wenn nicht, nehme ich ihn.«

»Echt?«

»Ja.«

»Okay, meinetwegen.« Zak schob sein Tablett über den Plastiktisch.

»Danke!« Krishna stieß seine Gabel in Zaks Kuchen, stopfte ihn sich in den Mund, kaute ein paarmal und pikste die Gabel in Zaks Richtung. »Alles in Ordnung mit dir?«

»Ja, warum?«

»Weiß nicht, du wirkst etwas neben der Spur, seit du wieder da bist.« Er schaufelte den restlichen Kuchen in sich hinein und leckte zum Schluss die Gabel ab.

»Ja, kann schon sein. Es ist ... ach, ein Haufen Zeug, du weißt schon.«

Krishna sah Zak an, als würde er darüber nachdenken, dann zuckte er die Achseln, schob seinen Stuhl zurück und stand auf. »Kommst du mit raus, Fußball spielen?«

»Hm.« Zak legte einen Finger auf die aufgeschlagene Buchseite. »Nee, ich geh lieber in die Bibliothek. Lese ein paar Kapitel.«

Sein Freund verdrehte die Augen. »Na dann, viel Spaß, du Nerd.«

»Bis später, du Loser.« Grinsend beobachtete Zak, wie Krishna sein Tablett in den Geschirrrückgabe-Wagen schob, die Hände an der Hose abwischte und auf den Ausgang zusteuerte.

Kaum war er verschwunden, entdeckte Zak seine Schwester, die gerade mit ein paar Freunden die Kantine betrat. Wie immer waren Mays Augen umrahmt von schwarzem Eyeliner und ihr Gesicht verdeckt von noch schwärzeren Strähnen. Am Kragen ihrer Uniformjacke trug sie ihre Badges-Sammlung und auf dem Rücken ihren geliebten *Evil-Dead*-Rucksack. Sie wollte sich gerade das Tagesgericht aufs Tablett laden – graues Fleisch mit Gemüsematsch und Kuchen mit Vanillesoße –, als sie Zak erspähte. Sie sagte irgendetwas zu ihren Freunden und kam mit leerem Tablett herüber.

Als sie an dem Tisch vorbeiging, wo Vanessa Morton-Chandler mit ihren Klonfreundinnen saß, blickte Vanessa von ihrem Handy auf und murmelte: »Haltet die Luft an, Mädels, sonst fangt ihr euch was ein.«

Einen Moment lang war es still in der Runde, dann fingen die Freundinnen an zu kichern.

May ging weiter, als wäre nichts gewesen, aber plötzlich blieb sie abrupt stehen. Das Tablett in der Hand, schaute sie kurz zur Decke, dann seufzte sie, drehte sich um und starrte Vanessa an. »Was hast du gesagt?«

Angewidert musterte Vanessa May von Kopf bis Fuß. Dann legte sie den Kopf schief und warf ihr langes Haar schwungvoll über die Schulter. »Na ja, wir haben keine Lust, uns mit deiner Verrücktheit anzustecken.«

Die Klone prusteten.

»Na los, zieh Leine, du Freak.« Vanessa machte eine Laufbewegung mit ihren Fingern. »Abmarsch. Ich hab keine Lust, in deine hässliche Visage zu glotzen.«

Bei dem Wort »Freak« war Zak auf den Beinen. Bei dem Wort »hässliche« stand er neben seiner Schwester.

Vanessa kräuselte verächtlich die Lippen. »Und du auch, du Zwerg.«

Zak trat einen Schritt vor, aber May hielt ihn am Ärmel fest. »Ist schon okay«, sagte sie. »Ich regele das selbst ...«

»Was willst du überhaupt, Kleiner? Mich mit deinem Buch erschlagen, oder was?« Vanessa schielte auf den Titel.

Mays Augen verengten sich zu Schlitzen. »Ich hab keine Angst vor dir«, zischte sie. »Hatte ich noch nie. Aber immer wenn ich dir begegne, fühle ich mich mies. Du gibst mir das Gefühl, nichts wert zu sein, weil ich anders aussehe und mich anders kleide als ihr und nicht zu euren Partys eingeladen werde. Ich hab mir immer eingeredet, dass mir egal ist, was ihr über mich denkt. Doch das stimmt nicht und das weißt du, oder? Es ist mir nicht egal. Oder besser gesagt: Es *war* mir nicht egal. Aber das ist jetzt vorbei. Denn ich habe Sachen erlebt und gemacht, bei denen dir deine lächerliche Föhnfrisur zu Berge stehen würde. Sachen, die mir gezeigt haben, dass *du* nichts wert bist, jedenfalls nicht für mich. Deine Partys, deine Freunde, dein permanentes Gestänkere ... völlig egal. Uninteressant. Alles, was dich in irgendeiner Weise betrifft: unwichtig. Ein Staubfussel, den ich jederzeit wegschnipsen kann. Ach was, noch nicht mal. Okay, kann schon sein, dass du hier ...« May machte eine ausladende Bewegung durch die Kantine, in der mittlerweile Totenstille herrschte, weil jeder, wirklich jeder zuhörte. Aber das schien sie gar nicht mitzukriegen. »... Kann schon sein, dass du hier eine große Nummer bist, mit deinen aufgedonnerten Freundinnen, deiner Frisur und deinem Minirock, aber draußen, in der Welt, da bist du ein ganz kleines Licht. Auf jeden Fall bist du nicht besser oder schlechter als ich. Nur anders.«

May holte tief Luft und lächelte Vanessa an, die mit offenem Mund dasaß und offenbar nach Worten rang. Aber bevor sie etwas sagen konnte, drehte sich May auf dem Absatz um, knuffte Zak in die Seite und verließ mit ihm zusammen die Kantine.

»Bist du echt gekommen, um mir zu helfen?«, fragte sie ihren Bruder.

»Natürlich. Sie hat dich ›Freak‹ genannt. Niemand außer mir darf dich Freak nennen!«

May blieb stehen und grinste Zak an. »Vielleicht kannst du ja mal ... du weißt schon.«

»Du meinst ...?« Zak wedelte mit einer Hand, so wie Obi-Wan Kenobi, der den Sturmtrupplern sagt: *Das sind nicht die*

Droiden, die ihr sucht. »Meinst du wirklich? Aber Mum und Dad sagen, ich soll nicht. Sie wollen, dass wir normal sind und ...«

»Klar, wenn du's jemals bei mir machst, bist du tot, das verspreche ich dir. Ich würde dir das Leben zur Hölle machen, *buchstäblich*. Aber bei ihr? Wenigstens ein Mal. Muss ja nichts Superschlimmes sein.«

Zak grinste. »Okay, mir kommt da gerade eine Idee.« Er marschierte auf direktem Weg zurück zu Vanessa, beugte sich zu ihr und flüsterte ihr leise und höchst konzentriert etwas zu. Als er fertig war, nickte sie und saß reglos da.

Sie verfolgte Zak mit den Augen, als der die Kantine durchquerte, und als er bei May ankam, lächelte Vanessa in ihre Freundinnenrunde, als hätte sie gerade irgendeinen idiotischen Preis gewonnen. Dann nahm sie das Schälchen mit dem Kuchen und der Vanillesoße und kippte es sich über den Kopf.

»Bäh! Igitt!« In einem Tempo, das Zak nicht mal den Spinnen-Drohnen auf Station Zero zugetraut hätte, waren die Freundinnen von ihren Stühlen aufgesprungen. Angewidert schauten sie Vanessa an.

Der Schokokuchen lag oben auf ihrem Kopf, die klebrige Soße lief an ihren Haaren hinab auf die Uniformjacke.

»Geht's noch?«, rief eine der Freundinnen.

»Wie ekelig ist das denn!«, kreischte eine andere.

Im näheren Umkreis herrschte betretenes Schweigen, das sich immer weiter ausbreitete, je mehr Leute mitbekamen, was passiert war. Und dann prustete plötzlich jemand los, ein anderer fing ebenfalls an zu kichern, dann noch einer und schließlich lachte die ganze Kantine.

Aber Vanessa zeigte sich völlig unbeeindruckt. Sie hob den Arm, zerquetschte den Kuchen auf ihrem Kopf und rieb die Krümel in ihr Haar.

Das war der Moment, wo sich ihre Freundinnen von ihrem Tisch und dem Schmierkram entfernten.

»Ich hab ihr erzählt, dass es ein super Shampoo ist, das sie unbedingt mal ausprobieren soll«, flüsterte Zak May ins Ohr.

»Also wirklich!« May spielte die Empörte. »Komm, lass uns verschwinden.«

»Aber du hast doch noch gar nichts gegessen ...«

»Mir ist der Appetit vergangen«, sagte May mit Blick auf Vanessa, die sich munter mit Kuchen und Vanillesoße shampoonierte.

In aller Seelenruhe verließen sie und Zak die Kantine.

»Also, dann ist es jetzt wohl offiziell ...«, grinste May, als das Gelächter hinter ihnen leiser wurde.

»Was?«

»Na ja, dass du *wirklich* ein Freak bist.«

DANKSAGUNG

Als mir mein Verleger Barry Cunningham erzählte, er hätte über eine Organisation gelesen, die plant, Interessenten zum Mars zu schicken, und zwar mit One-Way-Tickets, war ich fasziniert. Das muss man sich mal vorstellen: Man verlässt die Erde, um nie wieder zurückzukehren! Garantiert Stoff für eine aufregende Geschichte. Also begann ich, über das Mars-Besiedelungsprojekt zu recherchieren. Ich las, was ich zu dem Thema in die Finger kriegen konnte, und begann schließlich zu schreiben. Aber dann entwickelte sich die Geschichte völlig anders als geplant: *Meine* Geschichte über die Marsbesiedelung verlässt unseren Planeten nicht eine Sekunde. Sie spielt so sehr auf der Erde, wie ich es mir bei dem Thema nie hätte träumen lassen: Anstatt ins All abzuheben, gräbt sie sich tief ins antarktische Eis.

Und weil das Graben nicht ganz einfach war (antarktisches Eis ist hart), brauchte ich Unterstützung.

Ich möchte Barry und Rachel L. für ihre unschätzbar wertvollen Ratschläge danken – und dafür, dass sie sich all die verrückten Dinge, die ich unter dem Eis verstecken wollte, so geduldig angehört haben. Auch Claire möchte ich für ihr hervorragendes Lektorat danken.

Bekanntlich soll man ein Buch ja nicht nach seinem Cover beurteilen, aber natürlich tut man das doch. Deshalb danke ich Rachel H. für die wunderbare Umschlaggestaltung und Steve, der alles darangesetzt hat, *Das Exodus-Projekt* noch ein paar Grade kälter wirken zu lassen. Ein großes Dankeschön auch an alle anderen Chicken-House-Kollegen, die mitgeholfen haben, das Buch zum Leben zu erwecken: Kesia, Elinor, Esther, Jazz, Laura und Sarah. Ihr seid fantastisch. Es ist eine Freude, mit euch zusammenarbeiten zu dürfen!

Und eines noch: Ich möchte an dieser Stelle kurz innehalten und meiner früheren Agentin Carolyn Whitaker gedenken, die im Juni letzten Jahres verstorben ist. Carolyn war eine Agentin alter Schule und eine wunderbare Frau. Einem Menschen wie ihr bin ich zuvor noch nicht begegnet und werde es wohl auch künftig nicht mehr tun. Sie war beschützend, ehrlich, direkt, manchmal knallhart – und hatte einen großartigen Humor. Es war eine Freude, mit ihr zusammen zu sein. Ich werde Carolyn lebenslang dankbar sein für ihre Ratschläge und Unterstützung und für all das, was sie unternommen hat, um mich als Autor zu fördern. Es hat eine Weile gedauert, bis ich eine neue Agentin gefunden habe: Ella Kahn. Aber dafür habe ich sehr schnell gemerkt, was für einen Glücksgriff ich mit ihr getan habe.

Ich denke bereits über mein nächstes Buch nach und freue mich schon jetzt, wieder mit dem Dream-Team »Ella & Chicken-House« zusammenzuarbeiten.

Das war's schon.

Von Dan Smith bereits erschienen:
Big Game – Die Jagd beginnt
Shut Down – Du hast nur 24 Stunden

MIX
Papier aus verantwortungsvollen Quellen
FSC® C014496
FSC www.fsc.org

Ein *Chicken House*-Buch im Carlsen Verlag

Originaltitel: Below Zero
Umschlaggestaltung: Henry's Lodge, Vivien Heinz
Umschlagbilder: Fotolia, ronstik, Silver
Aus dem Englischen von Birgit Niehaus
Lektorat: Barbara König
Herstellung: Karen Kollmetz
Satz: Pinkuin Satz und Datentechnik, Berlin
Gesetzt aus der Alegreya pro
ISBN 978-3-551-52107-1
Printed in Germany

www.chickenhouse.de